365
愛慕神手札

L O V I N G   G O D

畢邁可 著

By MIKE BICKLE

林恂惠　譯

365 篇雋永的靈修小品，激勵你與神熱戀一整年！

送給神所珍愛的_____

神熱切地渴望與你建立關係，
願這本靈修手札使你一年365天，
天天感受到祂對你的心跳和熱情，
鼓舞你與祂建立愈發真實、親密而享受的關係！

願你人生中的每一個今天，
都因祂熱情的凝望，
而映射出愛神的喜樂光芒！

願你的心，
因被祂愛的透雨及覆淋淋，
不再是乾渴的荒漠，卻湧出最沁涼豐沛的生命！

_____致贈

致贈之日_____

推薦序

「身爲一個基督徒，每天一定要做的一件事，就是來到耶和華的殿中，瞻仰祂的榮美。

鼓勵大家，讓畢邁可（Mike Bickle）的《365愛慕神手札》幫助你，建立起和神眞實委身的親密關係，每一天在神愛的心意當中被建造被恢復，相信你的生命一定會經歷前所未有的更新大能！」

周巽光 牧師

約書亞樂團團長

第 1 天 ___月___日

「神愛我們的心，我們也知道也信。神就是愛；住在愛裡面的，就是住在神裡面，神也住在他裡面。」

（約翰一書四章16節）

無人在與神的本相面對面之後，還能依然故我。明白關乎祂性情的真理，必會觸動我們內心深處的情感，帶領我們進入屬靈的完全與成熟。

禱告良辰

主啊，我心所求的經歷，莫過於和祢有著不斷增長且始終親密的關係。讓我得見祢的本相，使我的生命得以轉變，與祢同行。阿們。

定睛於祂本體的榮耀與作為，必使我們得以剛強，心意更新而變化。

___月___日　　　　　　　　第 *2* 天

「你們必曉得真理，真理必叫你們得以自由。」

（約翰福音八章32節）

在今天的經文中，耶穌告訴我們，我們必曉得真理，真理必叫我們得以自由。我們必須曉得哪些真理以得著自由呢？首先且最重要的是，神是誰呢？祂像什麼？祂有何性情呢？

禱告良辰

主啊，我要因祢的真理得著自由。我要更像祢。我要活出從祢生命所見到的性情。我知道自己生命中的一些特質，並沒有反映出祢的性情。當祢的真理揭露我的每個缺點時，求祢幫助我勝過，讓我得自由。

通往情感的路是藉由我們的思想。

第 *3* 天　　　　　　　＿月＿日

> 「我是耶和華，在我以外並沒有別神；除了我以外再
> 沒有神。你雖不認識我，我必給你束腰。從日出之地
> 到日落之處使人都知道除了我以外，沒有別神。我是
> 耶和華；在我以外並沒有別神。」
>
> （以賽亞書四十五章5～6節）

你對神的認知──祂是誰和祂像什麼──自然會來自於你與地
上權柄人物的關係。當這些關係被扭曲時，你對神的觀感也會受
到扭曲。

禱告良辰

父神，我知道我屬世的關係有些地方攔阻了我認識
祢的本相。我不希望我對祢的認知被扭曲。我定意
竭盡所能，藉著研讀祢的話語和聖靈的教導來發現
祢的本相。

要得著長期的更新和自由，我們必須改變對神的觀感。

___月___日　　　　　第 **4** 天

「我們的主為大,最有能力;祂的智慧無法測度。耶
和華扶持謙卑人,將惡人傾覆於地。」

（詩篇一四七篇5～6節）

在你最隱密的思想中,你相信神的性情為何呢?你整個屬靈的未
來,與你心裡隱密處對這個問題的答案息息相關,因為對神不正
確的觀點,會帶給你負面的情緒影響。

禱告良辰

神啊,求祢幫助我定睛於祢令人敬畏的性情。奪去我
心思中,對祢本相不正確的觀感。祢是我的奇妙策
士、全能的神、永在的父、和平的君。

我相信教會最大的問題,在於我們對神心意的想法,根本是匱
乏和扭曲的。

第 5 天 　　　　　＿月＿日

「你看父賜給我們是何等的慈愛，使我們得稱為神的
兒女；我們也真是祂的兒女。世人所以不認識我們，
是因未曾認識祂。親愛的弟兄啊，我們現在是神的兒
女，將來如何，還未顯明；但我們知道，主若顯現，
我們必要像祂，因為必得見祂的真體。」

（約翰一書三章1～2節）

當神向你啟示祂自己時，祂必會滿足你飢渴的心。當你得見祂性
情中那可畏的聖潔和能力時，你必得著能力勝過試探。

禱告良辰

我的天父啊，我極其渴慕祢更多地彰顯祢對我奇妙的
愛。祢的愛使我降服，填滿我心，使我盼望每日更加
地親近祢。我對祢愈發渴慕。天父啊，請充滿我直到
滿溢出來。

神激起我們聖潔熱切的愛慕，使我們更多地認識主耶穌基督神
性的尊貴、完全、熱情。

__月__日　　　　　　第 *6* 天

「神啊，祢的作為是潔淨的；有何神大如神呢？祢是
行奇事的神；祢曾在列邦中彰顯祢的能力。祢曾用祢
的膀臂贖了祢的民，就是雅各和約瑟的子孫。」

（詩篇七十七篇13～15節）

當你定睛於祂對你的心意，經歷到祂對你熱烈的情感，你必會更
有能力勝過試探。在你認識神之完全的旅程中，專注於福音的四
個要素：

　　1. 神是誰　　　　3. 你能領受什麼

　　2. 祂成就了什麼　4. 你該做什麼

我們常將大部分的重點擺在後面三項：神在基督裡為我們所成就
的、我們這被收養為兒女的所領受的赦免和產業、還有，在與神
同行的路上，我們該做什麼。然而，最根本的要素——神是誰
——在我們的信息中，卻常是可憐的缺席者。

禱告良辰

天父啊，對我而言，認識祢是我心中最大的渴求。感
謝祢為我所成就的，以及祢所賜予我的福分。求祢此
刻就在我生命中顯明祢的本相。阿們。

此刻最大的需要，就是認識神的性情。

第 *7* 天 　　　　　　　　＿＿月＿＿日

「從來沒有人見過神，我們若彼此相愛，神就住在我
們裡面，愛祂的心在我們裡面得以完全了。……神愛
我們的心，我們也知道也信。」

（約翰一書四章12、16節）

想要經歷對神的熱情，有個極為有效而具體的辦法，就是要認識
神是誰，這兩者之間有密切的關連。喚醒我們對神愈發深刻之愛
慕和熱情的，正是神對我們強烈愛情的啟示。

禱告良辰

神啊！我知祢的話語能教導我有關祢的事。但我要經
歷祢，而不只是知道有關祢的事。求祢幫助我感受到
祢對我強烈的愛情。

只要說：「我們愛，因為神先愛我們。」（約翰一書四章19節）

___月___日　　　　　第 *8* 天

「耶和華必然等候，要施恩給你們；必然興起，好憐憫你們。因為耶和華是公平的神；凡等候祂的都是有福的！」

（以賽亞書三十章18節）

進入神心意的寶貴洞見，就在距離每個神兒女的不遠之處。那是我們伸手可及的！神是可尋見的，因祂讓自己成為可尋見的。只是我們希望自己對耶穌有多熱情呢？設定那界限的是你和我，而非神。

禱告良辰

神啊！祢一直恩待著我。我渴望更加地愛慕祢。求祢赦免我對祢的愛設限。求祢挪去我所樹立的障礙和圍牆，並以對祢的熱愛來淹沒我。

問題在於，你想要多親近神呢？

第 *9* 天 　　　　　__月__日

「主就是那靈；主的靈在哪裡，那裡就得以自由。我
們眾人既然敞著臉得以看見主的榮光，好像從鏡子裡
返照，就變成主的形狀，榮上加榮，如同從主的靈變
成的。」

（哥林多後書三章17～18節）

藉著認識和注視神榮耀的性情，我們得以轉化並燃起聖潔的熱
情，這是賜給每個人的應許。無論你感到多麼軟弱或剛強，不論
你先前的失敗，無關乎你天然的性情或個性，你對耶穌的熱愛都
是可以被點燃的。

禱告良辰

天父啊！祢能改變我，使我更像祢——這充滿盼望
的思想幾乎是難以理解的。求祢在我裡面做一件超
乎我能理解的工作，讓我得以在自己的生命中返照
祢的性情。

倘若我人生的頭二十年教導了我任何事，那就是對耶穌的愛慕
並非來自天然人的熱情或熱心。

__月__日　　第 *10* 天

> 「你們查考聖經（或譯：應當查考聖經），因你們以
> 為內中有永生；給我作見證的就是這經。然而，你們
> 不肯到我這裡來得生命。」
>
> （約翰福音五章39～40節）

在我生命中首次感到，只有熱心是不夠的。若要說我曾犯了什麼屬靈的過錯，那就是熱心雖令我興奮，卻成了我的仇敵。我人性的熱心救不了我的心。我對神的憤怒愈來愈深，人們也加增我罪惡感的重擔。當時我已快二十歲，心中卻仍充滿挫折，因我視自己為屬靈的失敗者。

禱告良辰

主啊！我也像畢邁可一樣，有時感覺自己像個屬靈的
失敗者。求祢幫助我燃起對祢的愛慕。

我突然明白自己就像虔誠的法利賽人，研讀聖經卻不想和經文所論及的那一位建立關係。

第 *11* 天 　　　　　__月__日

「於是起來，往他父親那裡去。相離還遠，他父親看
見，就動了慈心，跑去抱著他的頸項，連連與他親
嘴。」

（路加福音十五章20節）

有一天當我在讀浪子的故事時，上面經文中關於浪子父親的動
詞，突然變得生動起來。我已經想過很多次，神對我的觀感到
底如何。突然間我明白了，因為透過浪子的父親，我瞥見神的臉
和心。我的天父是一位看顧、快跑、哭泣、歡笑、擁抱、親吻的
神！祂是鼓勵、肯定、讚美、充滿情感的神。

禱告良辰

主啊！如同浪子一般，我渴望祢看見我，對我動了慈
心，跑來擁抱我、親吻我。主啊！我永不會停止表達
對祢的愛。

祂是非常愛我的神，祂無法不擁抱我。

__月__日　　　第 *12* 天

「父親卻吩咐僕人說：『把那上好的袍子快拿出來給
他穿；把戒指戴在他指頭上；把鞋穿在他腳上；把那
肥牛犢牽來宰了，我們可以吃喝快樂；因為我這個兒
子是死而復活，失而又得的。』」

（路加福音十五章22～24節）

就如同浪子的父親因他兒子回家而喜出望外，當我來到祂面前
時，我的父神更有著莫名的喜樂。祂是喜悅我的神，即使在我
失敗和不成熟之時；祂是我不必努力取悅的神，因祂已經喜悅我
了。祂是一位鼓勵我的父親，並且熱切地稱我為祂的兒女。

禱告良辰

主啊！我也像畢邁可一樣，有時感覺自己像個屬靈的
失敗者。求祢幫助我燃起對祢的愛慕。

天父啊！祢的愛改變了我的生命，使我的靈更新變化。我的心因
知道祢稱我為祢的兒女而充滿喜樂。
我踏上明白神愛我的旅程，這大大改變了我的生命；聖潔的膽量
和對祂的愛，取代了我的罪惡感。

第13天 　　　__月__日

「耶和華啊，求祢記念祢的憐憫和慈愛，因為這是亙
古以來所常有的。求祢不要記念我幼年的罪愆和我的
過犯；耶和華啊，求祢因祢的恩惠，按祢的慈愛記念
我。」

（詩篇廿五篇6～7節）

當神看見我舉步維艱、羞愧地低著頭走向祂的寶座時，我突然明
白祂就像那浪子的父親，對我流露出愛和溫柔。這可畏的真理閃
電般劃過我的心靈，瞬間點亮我的心！我一直努力想取悅神，要
讓祂喜歡我，然而如同我地上的父親愛我一般，我的天父始終愛
著我——只是祂更愛我！

禱告良辰

天父啊！無人能像祢如此愛我，即使是我地上的父親
也是一樣。我願像個孩子般爬到祢的臂彎，感受祢將
我舉起來，脫離罪惡生活的束縛。祢是我的阿爸、我
的父，我的天父。

祂張開雙臂迎接我，渴望將我擁入祂愛的懷抱中。

___月___日　　　第*14*天

「我也將萬事當作有損的，因我以認識我主基督耶穌
為至寶。我為祂已經丟棄萬事，看作糞土，為要得著
基督；並且得以在祂裡面，不是有自己因律法而得的
義，乃是有信基督的義，就是因信神而來的義。」

（腓立比書三章8～9節）

在我熱切地要取悅神的那些年日裡，我單單思想祂的聖潔，那是
何等地遙不可及啊！如同使徒保羅一般，我面對自己的罪性和軟
弱。保羅因著看見祂性情的榮耀，而充滿對耶穌的愛慕。因著認
識這位榮耀之主的非凡價值，保羅視萬事為糞土，為要得著與耶
穌更深入的關係。

禱告良辰

神啊！我不喜歡面對自己人性的軟弱，但除非這麼
做，並且認識祢的榮耀，我就無法更像祢。求祢指示
我導致我如此軟弱的原因。

當我看見自己的罪時，就面對要改變己心的無力感。

第 *15* 天 ＿月＿日

「耶和華——你的神是施行拯救、大有能力的主。祂
在你中間必因你歡欣喜樂，默然愛你，且因你喜樂而
歡呼。」

（西番雅書三章17節）

當我誤以為神判定我為失敗者，就掙扎不已，活在沉重難當的定
罪感之下。然而，神並未定睛於我的失敗；祂看重我真心地渴望
討祂喜悅，即便那是失敗的。祂喜悅我。

禱告良辰

天父啊！謝謝祢，因祢不看我的失敗，只看我的心。
我真心地渴望遵行祢的旨意。求祢教導我該怎麼做，
並顯明祢對我一生的計畫。主啊！我屬於祢。求祢照
祢的心意使用我。阿們。

我才剛開始明白祂對我的愛，即使是在我屬靈的失敗和不成熟
之中。

__月__日　　　　第 *16* 天

「我以永遠的愛愛你，因此我以慈愛吸引你。……他
們要哭泣而來。我要照他們懇求的引導他們，使他們
在河水旁走正直的路，在其上不致絆跌。」

（耶利米書卅一章3、9節）

神為父的心極其興奮；祂對我這個不成熟、常把事搞砸的屬靈
嬰孩，與祂對靈性成熟，以優異成績從聖靈學校畢業的兒女所
感到的興奮程度是一樣的。雖然我還處於漸趨成熟的過程中，
我的天父仍喜悅我；祂不會帶著嫌惡的嘆息聲，不耐煩地等著
我長大。

禱告良辰

天父啊！就像畢邁可一樣，我是不成熟、常把事搞砸
的屬靈嬰孩。然而祢如此愛我，祢喜悅我的本相。天
父啊！我實在難以測度祢對我的愛，但我的心因此被
愛所淹沒了。

隨著對祂信心的增長，我對神的心愈發地熱情柔和。

第17天　　　　　　　__月__日

「我要使他們的悲哀變為歡喜，並要安慰他們，使他
們的愁煩轉為快樂。我必以肥油使祭司的心滿足；我
的百姓也要因我的恩惠知足。這是耶和華說的。」

（耶利米書卅一章13～14節）

當我明白主對我有真正的肯定和愛時，期盼的感覺充滿了我的
心啊！我在祂面前開始有信心了。對我而言，那實在是好得令
人難以置信！我喜極而泣。當眼淚終於止住時，我感到心中的憤
怒、苦毒、罪疚、定罪感都開始減輕了。我那出自人性的熱心所
發出微弱閃爍的火光，被對那位榮耀之主的熱情火燄所取代。祂
對我那份強烈的獻身和燃燒的愛情，遠勝過我地上的父親……而
我深知自己永遠不再一樣了。

禱告良辰

神啊！天地的創造主，祢真是我的朋友！祢的友誼使
我裡面湧現一股興奮之情。我對祢充滿如此大的愛，
我將用生命更加地愛祢，盡我一切所是和所有地來服
事祢。

明白神對我的大愛，開始再一次點燃我對祂的愛。

___月___日　　　　　第 *18* 天

> 「你考察就能測透神嗎？你豈能盡情測透全能者嗎？
> 祂的智慧高於天，你還能做什麼？深於陰間，你還能
> 知道什麼？其量比地長，比海寬。」
>
> （約伯記十一章7～9節）

我們的世界每天可悲地受到人們的影響，而這些人對神的超然存在，鮮少或渾然無覺。大部分的受造者不知——或不在乎——其創造主是無與倫比、無可匹敵、至高無上的。當論及神時，超然意指祂不只存在於我們的現實領域中，更是超乎其上。換言之，祂不像我們——祂是遠勝過一切。神被高舉於祂所創造的宇宙之上，祂的至高甚至連最聰明的人也無法測透。

禱告良辰

天父啊！今天我就是要停下來，再次陳述我對祢的一切認識，以及祢在我生命中所行的一切事。我永遠無法完全認識祢，但是天父啊，我要每天更多認識祢。

我內在的人在持續更新的過程中，對神及祂榮耀的性情有著更豐富、更整全的認識。

第19天 ＿＿月＿＿日

「耶和華神見他過去要看，就從荊棘裡呼叫說：『摩
西！摩西！』他說：『我在這裡。』神說：『不要近
前來。當把你腳上的鞋脫下來，因為你所站之地是
聖地』；又說：『我是你父親的神，是亞伯拉罕的
神，以撒的神，雅各的神。』摩西蒙上臉，因為怕看
神。」

（出埃及記三章4～6節）

在舊約時代，每當神向人顯現時，其結果就是驚駭和畏懼的感受
排山倒海而來。相對地，在我們這個世代，許多人無視於神的超
然，對祂的不在意到令人震驚的地步。倘若人們無法察覺到神那
令人畏懼的崇高，是超越宇宙和時間的，他們對祂就鮮少會存敬
畏的心。我們若不敬畏神或不顧後果，就很容易違反祂的誡命。

禱告良辰

父神啊！因著祢的能力和威榮，我站立敬畏祢。求祢
教導我對祢的榮耀心存聖潔而敬虔的畏懼，使我能過
純淨且聖潔的生活。

社會中每況愈下的道德觀，與我們失去對神之偉大的認識是直
接成比例的。

__月__日　　　　　第20天

「我兒，你若領受我的言語，存記我的命令，側耳聽智慧，專心求聰明，呼求明哲，揚聲求聰明，尋找它，如尋找銀子，搜求它，如搜求隱藏的珍寶，你就明白敬畏耶和華，得以認識神。」

（箴言二章1～5節）

我們社會對神的看法，為何如此不敬且輕慢呢？答案很簡單。教會並未傳揚神！教會對神的概念實在薄弱。神位格的榮耀，並未清楚地傳給這世代。即使我們的心思只瞥見神偉大屬性的一點微光，都要以敬畏戰兢的心來做成我們得救的工夫，謹慎地行在祂面前。

禱告良辰

天父啊！幫助我尊崇祢的名，絕不將祢的能力和偉大視為平常。求祢教導我頌讚祢，因為祢是那位創造主，是宇宙萬物的神。

對許多基督徒而言，耶穌比較像是聖誕老人，或是通俗的心理學家，而非那位會用祂的話語審判天地的至聖者。

第 21 天 ___月___日

「祂身體如水蒼玉，面貌如閃電，眼目如火把，手和腳如光明的銅，說話的聲音如大眾的聲音。這異象惟有我——但以理一人看見，同著我的人沒有看見。他們卻大大戰兢，逃跑隱藏，只剩下我一人。我見了這大異象便渾身無力，面貌失色，毫無氣力。……忽然，有一手按在我身上，使我用膝和手掌支持微起。」

（但以理書十章6～8、10節）

大蒙神眷愛的但以理，被賜予一個強大的異象。他因這異象無法言語和呼吸、毫無氣力。但以理在異象中所見的使者，只是個位階較低的天使。倘若所見到的是米迦勒、甚至是主自己，情況又是如何呢？無疑地，這樣的啟示必會改變我們許多的思維；我們的敬拜必會被熱情所點燃。無論是藉著洞見和屬靈啟示，或藉著色彩鮮明的具象，其結果都是一樣的。

禱告良辰

主啊！我渴慕見到祢。求祢向我顯明，並指示我生命中必須改變之處，好讓我更像祢。

神聖潔的新啟示，必會光照出我們自身的處境。

__月__日　　　第*22*天

「你們要向天舉目，觀看下地；因為天必像煙雲消

散，地必如衣服漸漸舊了；其上的居民也要如此死亡

（如此死亡：或譯像蠓蟲死亡）。惟有我的救恩永遠

長存；我的公義也不廢掉。」

（以賽亞書五十一章6節）

惟願更多信徒明白神是永不改變的。神永遠不會為了展現某種屬
性而暫停另一種。例如，當祂施展慈愛和憐憫時，祂從不減少祂
的聖潔。神的屬性絲毫未受減損。事實上，當神永不改變的本
質，在某方面似乎與另一屬性衝突時，正是你得以一窺祂偉大的
所在。

禱告良辰

神啊！得知祢從不改變實在美好。當身邊——及內心

——所有事物充滿變數和混亂時，祢的愛不斷圍繞

我，使我穩妥。

神過去如何，現在和將來也必如何。

第23天　　　__月__日

「差遣我……賜華冠與錫安悲哀的人……使他們稱為
『公義樹』，是耶和華所栽的，叫祂得榮耀。」

（以賽亞書六十一章1、3節）

假設有一個園丁栽植、照顧一塊得獎的花圃，他會比較痛恨哪一樣呢？是在普通土地上的雜草，或在他那得獎花圃裡的雜草呢？很顯然地，他會較痛恨那在他花圃裡的雜草，因它扼殺了他那得獎花卉的生命，摧毀他在園藝方面的榮耀。同樣地，神無限地痛恨基督徒生命中的罪，因我們是祂的葡萄園，是「耶和華所栽的」。最美好的事就是：祂以永遠的愛來愛我們，因著我們在基督裡的信，及祂在十字架上的大工，祂認定我們是完全公義的。

禱告良辰

天父啊！我不希望我生命中的雜草，扼殺了祢榮耀的同在。求祢向我顯明那些罪，並從我生命中將其拔除。我只要擁有從祢而來純淨、聖潔、公義的性情。

神定意對惡人的罪施以永遠的刑罰，這完美地詮釋出祂對罪的深惡痛絕。

___月___日　　　　第 *24* 天

「所以，不要容罪在你們必死的身上作王，使你們順
從身子的私慾。也不要將你們的肢體獻給罪作不義的
器具；倒要像從死裡復活的人，將自己獻給神，並將
肢體作義的器具獻給神。」

(羅馬書六章12～13節)

當你開始體會神完全且永不改變的聖潔，同時也明白祂對你深不
可測的愛時，你才會開始了解祂對你生命中那些罪的痛恨。對神
的認識若在你心中的開啟，便會讓你轉化成祂的形像。對神的認
識若不完全，對罪的態度就會漫不經心。

禱告良辰

天父啊！求使我聖潔，脫離一切攔阻我用清心來服事
祢的事物。求祢將我轉化成祢兒子的形像，因祂將生
命捨了，我才得以存活。

各各他的十字架，是神性格和屬性最偉大的呈現。

第25天　　　　　__月__日

> 「神設立耶穌作挽回祭，是憑著耶穌的血，藉著人的
> 信，要顯明神的義；因為祂用忍耐的心寬容人先時所
> 犯的罪，好在今時顯明祂的義，使人知道祂自己為
> 義，也稱信耶穌的人為義。」
>
> （羅馬書三章25～26節）

我常被問及：「神若是慈愛的，怎麼會將人送進地獄呢？」但更恰當的問題是：神若是完全聖潔的，怎麼會將人送進天堂呢？一位聖潔公義的神，如何能任意忽視罪呢？一位慈愛的神，怎能不赦免人的罪呢？永不改變的聖潔和無條件的愛，是彼此抵觸的。神的偉大被顯明出來，不在於祂赦免我們罪過的事實，而是在於祂赦免罪惡的方式——祂差祂的兒子，為我們作了完全的犧牲。祂的愛被彰顯；祂的公義被滿足。

禱告良辰

耶穌啊！我要體會祢甘願為我捨了自己的生命！感謝祢在羞辱的十字架上，為我的罪而犧牲。赦免我的罪，預備我配得在天上與祢同享永恆。

神絕不會背乎祂的聖潔，也不會轉離祂的愛。

__月__日　　　　第**26**天

「於是轉過來向著那女人，便對西門說：『你看見這女人嗎？我進了你的家，你沒有給我水洗腳；但這女人用眼淚溼了我的腳，用頭髮擦乾。你沒有與我親嘴；但這女人從我進來的時候就不住地用嘴親我的腳。你沒有用油抹我的頭；但這女人用香膏抹我的腳。所以我告訴你，她許多的罪都赦免了，因為她的愛多；但那赦免少的，他的愛就少。』」

（路加福音七章44～47節）

有些人對神的聖潔和慈愛，概念模糊或認識淺薄，以致十字架似乎不那麼重要。他們不明白自己有極大的需要，也不明白神恩賜的榮耀。耶穌教導我們，多得赦免的人，他的愛也多。當你開始體會基督為你所成就的事有多大，你就會「愛得多」。

禱告良辰

親愛的耶穌，我的心充滿對祢的愛。世上無人像祢這麼愛我。我何等地感謝祢，因著祢為我所做的，我願一生事奉祢、愛祢。

認識神的啟示會使你裡面的熱情油然而生。

第27天 ___月___日

「我若不信在活人之地得見耶和華的恩惠，就早已喪
膽了。要等候耶和華！當壯膽，堅固你的心！我再
說，要等候耶和華！」

（詩篇廿七篇13～14節）

在淘氣阿丹的一集卡通裡，阿丹和他的朋友從威爾森太太的家
走出來，雙手拿著餅乾。阿丹的朋友很好奇他們究竟做了什麼
好事，竟可以得到這些餅乾。阿丹解釋說：「威爾森太太不是因
為我們好，才給我們餅乾的。我們會有餅乾，是因為威爾森太太
好。」一切都出於神的良善，而不是我們的良善，這就是祝福的
基礎。明白這一點，使我們可以放心地相信並倚靠神自己，而非
被迫倚靠我們自己的義，或任何我們可以鼓起的信心。

禱告良辰

神啊！祢是一位美善的神！因著祢的良善，祢賜給我
豐盛的生命。我倚靠並相信祢的良善，我定意一生過
著忠於祢的生活。

我們無法脅迫神或大發脾氣，硬要神賜給我們心中所要的。

＿＿月＿＿日 第 *28* 天

「諸天述説神的榮耀；穹蒼傳揚祂的手段。這日到
那日發出言語；這夜到那夜傳出知識。無言無語，
也無聲音可聽。它的量帶通遍天下，它的言語傳到地
極。」

（詩篇十九篇1～4節）

看見神的心意和性情，會醫治我們的妥協和不穩定性，激發我們
光明的公義和聖潔的熱情。對耶穌的位格若有個人的經歷和認
識，會加添我們的順服和熱忱。這會使我們的漂泊不定和不滿足
感得以停止。與祂有一個新而深入的親密關係，會止息我們的枯
燥感，並抓住我們的心。只要瞥見祂一眼……

禱告良辰

神啊！我痛恨有時會溜進我生命中的妥協。我渴望被
神聖的熱情和公義所充滿。求祢赦免我悖逆的靈和草
率的心。讓我重新瞥見祢對我的愛。

教會極大的需要是看見、知道和發現，神那無以名狀之本
相的榮耀。

第29天 ___月___日

「我要歌唱耶和華的慈愛，直到永遠；我要用口將
祢的信實傳與萬代。因我曾說：祢的慈悲必建立到永
遠；祢的信實必堅立在天上。」

（詩篇八十九篇1～2節）

被耶穌暱稱為「雷子」（馬可福音三章17節）的約翰，就因著他
烈火般的性情，成為最引人注目的使徒之一。當他與耶穌同行
時，對耶穌的熱愛便取代了他烈火般自私的野心。約翰所寫的福
音書，清楚表明他是深切地被主所疼愛的。他是最親近耶穌的三
位使徒中的一位。

禱告良辰

天父啊！我要成為祢的朋友。我渴望配得稱為「神的
朋友」。求祢拿走我自私的野心，並賜我凡事渴望討
祢喜悅的心。

思想永活的聖經說，約翰是耶穌最親近的朋友

__月__日　　　　第*30*天

「我轉過身來，要看是誰發聲與我說話；既轉過來，
就看見……有一位好像人子，身穿長衣，直垂到腳，
胸間束著金帶。祂的頭與髮皆白，如白羊毛，如雪；
眼目如同火焰；腳好像在爐中鍛鍊光明的銅；聲音如
同眾水的聲音。祂右手拿著七星，從祂口中出來一把
兩刃的利劍；面貌如同烈日放光。我一看見，就仆倒
在祂腳前，像死了一樣。」（啟示錄一章12～17節）

當約翰忠心服事的那位主，帶著祂可畏的尊貴和榮耀向他顯現
時，約翰「就仆倒在祂腳前，像死了一樣」（啟示錄一章17
節）。試想，這樣的一瞥，讓約翰這般具屬靈身量和經歷的
人，當他見到他所深愛、六十多年來忠心服事的朋友時，那完全
降服的景象。我們若像約翰得見祂極大的榮耀，必會激勵我們去
過個脫離罪的生活、向自私死去，熱情地將自己獻給主。

禱告良辰

耶穌，求祢贏得世人，並將祢自己和祢的榮耀更多地
賜給我。用祢的愛來充滿我，使我安穩在祢的旨意中

當我們定睛在祂的美好時，就會樂意向那些不合於神的事
物死去。

第 *31* 天 　　　　　　　__月__日

> 「我們眾人既然敞著臉得以看見主的榮光，好像從鏡
> 子裡返照，就變成主的形狀，榮上加榮，如同從主的
> 靈變成的。」
>
> 　　　　　　　　　　　　　　（哥林多後書三章18節）

當耶穌在世上的時候，祂的榮耀被祂的肉體遮蔽。在聖經中，帕子被用來遮蔽神的榮耀。摩西臉上的帕子是用來遮蔽榮光，會幕中的幔子是用來遮蔽至聖的聖潔和神的榮光，而希伯來書的作者論及「這幔子就是祂的身體」（希伯來書十章20節）。保羅在寫給哥林多教會的書信上，論及另一種遮蔽神榮耀的帕子。這是遮蓋人心的帕子，使人無法見到基督的榮光。

禱告良辰

天父啊！我不要有任何事物，掩蓋了祢在我生命中的榮耀啟示。求祢除去蒙蔽我心，使我無法得見祢本相的帕子。

真正認識得榮耀之基督的啟示，會為你帶來轉變。

___月___日 　　　　　第 *32* 天

「主耶和華如此說：我必使火在你中間著起，燒滅你
中間的一切青樹和枯樹，猛烈的火焰必不熄滅。從南
到北，人的臉面都被燒焦。凡有血氣的都必知道是我
──耶和華使火著起，這火必不熄滅。」

(以西結書二十章47～48節)

仇敵已對神的子民發動攻擊。牠已削弱並毀壞認識神的根基。
牠處心積慮地想減弱我們對耶穌的熱情，使我們偏離神對我們
的旨意，藉此擊敗我們。撒但做得相當不錯。但認識神那燦爛
的明光及威榮的美麗，即將照耀那被贖的群體，地獄一切黑暗
權勢必無法勝過他。

禱告良辰

主啊！求祢的榮光照亮我心，驅逐撒但想放在我生命
中的一切黑暗。摧毀牠的企圖，因牠不想讓我遵行祢
對我生命的旨意。

神在祂的軍械庫中，已儲備了歷代以來的祕密武器──對耶穌
顯赫之位格的那份令人敬畏的認識。

第 *33* 天　　　　＿月＿日

「光照射黑暗，黑暗卻未曾勝過光。」

（約翰福音一章5節，當代聖經〔TLB〕直譯）

繼其他三位福音書作者完成著作的數年之後，約翰寫下了他的經歷。當他回顧時，論及他見識到耶穌基督那令人無法抗拒的本性。當主容許我們以更深的洞察力注視祂，看出祂位格的榮美並揭開祂的榮耀時，妥協和被動將會消除。基督的身體將重新發現基督的位格和威榮。一旦如此，我們將會帶著無比的愛和順服，將自己獻給祂。

禱告良辰

親愛的天父，祢的光是我生命的光，祢的榮耀照亮我生命最深的縫隙。求祢用祢的光更多地照進我的生命，使我得見祢的威嚴和榮耀。

耶穌基督的光輝和榮耀，將再次以新的方式贏得教會的愛。

＿月＿日　　第 *34* 天

「父啊，我在哪裡，願祢所賜給我的人也同我在那裡，叫他們看見祢所賜給我的榮耀；因為創立世界以前，祢已經愛我了。公義的父啊，世人未曾認識祢，我卻認識祢；這些人也知道祢差了我來。我已將祢的名指示他們，還要指示他們，使祢所愛我的愛在他們裡面，我也在他們裡面。」

（約翰福音十七章24～26節）

我對黛安（Diane）的愛，以及想與她同處的渴望，幫助我明白基督對祂新婦所懷的愛。記得當我注意到房間那頭、這個年輕貌美的金髮女孩時，我坐立不安！當我從房間這頭注視著黛安，我感受到從未有過的強烈情感，而她後來成為我的妻子。基督在約翰福音第十七章的禱告，特別地感動我。就在祂上髑髏地接受極刑之前的數個小時，我的主帶著對祂新婦──就是我──極強烈的渴望向天父呼求！

禱告良辰

天父啊，我渴慕與祢同在。我希望成為祢兒子聖潔無瑕疵的新婦，預備好要在祢奇妙的同在中，享受永恆。

祂一心愛著祂的新婦，渴望新婦與祂共度永恆。

第35天　　　＿月＿日

「我已將祢的名指示他們，還要指示他們，使祢所愛我的愛在他們裡面，我也在他們裡面。」

（約翰福音十七章26節）

在約翰福音第十七章基督先知性禱告的末了，耶穌讓我們一瞥祂要建立大有能力的熱情教會。祂的焦點從初代基督徒，轉到貫穿歷史的教會。祂為所有的信徒代求，他們將在祂死後認識祂。我們在這禱告中，找到給教會先知性的應許。

禱告良辰

主啊，我就是祢的教會，祢的聖所；我渴望祢的同在滿溢我的生命，好讓別人看見祢對我的大愛，而這愛也是賜給他們的。

何等威榮，看見神的兒子為教會──祂心愛的新婦禱告，是在祂仍披戴肉身時的最後一次禱告。

___月___日　　　第 *36* 天

「我不但為這些人祈求，也為那些因他們的話信我的人祈求，使他們都合而為一。正如祢父在我裡面，我在祢裡面，使他們也在我們裡面，叫世人可以信祢差了我來。祢所賜給我的榮耀，我已賜給他們，使他們合而為一，像我們合而為一。我在他們裡面，祢在我裡面，使他們完完全全地合而為一，叫世人知道祢差了我來，也知道祢愛他們如同愛我一樣。」

（約翰福音十七章20～23節）

這些經文啟示我們，基督的禱告不只會在天上蒙應允，也會在永恆的這一端實現，讓尚未得救者得以親眼看見。它已經開始在這個世代應驗了。耶穌禱告能有這樣愛祂的教會，就如同天父愛祂一樣，無疑地這禱告必蒙應允。這是由天父所主導，蒙聖靈激勵，且是按天父旨意所作的禱告。耶穌的禱告從不失誤。

禱告良辰

主啊，我鄙視自己屬靈生命中的不冷不熱和了無生氣。充滿我，使聖靈從我滿溢出來，使我的生命充滿活力，成為燈塔，引人來歸向祢。

耶穌禱告，世人得以看見大有能力且充滿熱情的教會。

第*37*天　　　＿＿月＿＿日

> 我在地上已經榮耀祢，祢所託付我的事，我已成全了。父啊，現在求祢使我同祢享榮耀，就是未有世界以先，我同祢所有的榮耀。祢從世上賜給我的人，我已將祢的名顯明與他們。」
>
> （約翰福音十七章4～6節）

我不認為耶穌基督所喜愛的事物中，有何事勝過向人顯明天父無限的光輝和可畏的榮美。祂服事的每個層面，都反映出天父那無以言喻的榮美。有時，我們論及耶穌服事的角度，只在於身體和情感上的醫治、或是饒恕的信息，但耶穌的服事並非局限於神蹟和饒恕。耶穌的服事最深層的意義在於：祂讓人認識祂天父的光芒。

禱告良辰

天父啊，祢光芒和榮美的奇妙，是我無法理解的。求祢使我的生命反映出祢的榮美，並指示我如何向我周遭的人顯明祢的榮耀。

當一切都結束時，耶穌向天父說：「我已將祢的名顯明與他們。」祂以此總結祂在世上的整個服事。

__月__日　　　　　第 *38* 天

「感謝神！常帥領我們在基督裡誇勝，並藉著我們在
各處顯揚那因認識基督而有的香氣。」

（哥林多後書二章14節）

當人們聽見耶穌的話，觀察祂的生活方式，看見祂完美平衡的
人格、一無瑕疵的性格，他們得以瞥見父神榮美的形像。顯明
祂的天父，是基督最大的喜樂。你我也有相同的特權和責任。
神的靈帶領我們進入凱旋和勝利中，使我們得以在所到之處，
顯揚那因認識神而有的馨香之氣。

禱告良辰

一切感謝歸給神！神啊，感謝祢，因為當我對祢心存
盼望和信靠時，祢總是帶領著我得勝。求祢使我向周
遭之人散發馨香之氣，因祢的愛已浸透我整個生命。

「我已將祢的名顯明與他們」，是耶穌在世三年半的服事中，祂
內心全神貫注的目標。

第 *39* 天　　　　__月__日

「我們卻是天上的國民，並且等候救主，就是主耶穌
基督從天上降臨。祂要按著那能叫萬有歸服自己的大
能，將我們這卑賤的身體改變形狀，和祂自己榮耀的
身體相似。」

（腓立比書三章20～21節）

神渴望我們經歷與聖靈相交的關係，使我們得以被改變——經
歷從裡到外的得勝——是觸動我們心思意念和情感的勝利。然
後，不論是在私下、公開，以及一切與人不經意的互動中，我
們都會顯出那因認識神而有的馨香之氣。這正是耶穌在完全中
所行的工作。

禱告良辰

聖靈啊，求祢容許我每日與祢相交。我渴望祢以能力
來改變我，使每個人都能看見祢在我生命中那轉化的
大能。

馨香之氣經常是神同在的彰顯。

＿月＿日　　　　第 *40* 天

「感謝神！常帥領我們在基督裡誇勝，並藉著我們在各處顯揚那因認識基督而有的香氣。因為我們在神面前，無論在得救的人身上或滅亡的人身上，都有基督馨香之氣。」

（哥林多後書二章14～15節）

當我們在另一個人身上看見神，不論是透過他們的言行舉止或是安靜的靈，一股純淨清新的感覺就會觸動我們的心。每當神的靈使我們得以斷開捆綁、或勝過某種成癮或軟弱的行為時，這樣的得勝就從我們裡面釋放，更多地散發出我們榮耀天父的香氣。

禱告良辰

主啊，從一些進入我生命中的美好基督徒身上，我看見祢的同在。親愛的主啊，我也希望這樣的生命顯明在我身上。我希望祢的愛從我的生命流露出來，流到經過或停留在我生命中的人身上。

服事最基本的定義是：透過我們的生命彰顯對神的認識。

第 *41* 天 　　　　　＿月＿日

「好叫你們行事為人對得起主，凡事蒙祂喜悅，在一
切善事上結果子，漸漸地多知道神；照祂榮耀的權
能，得以在各樣的力上加力，好叫你們凡事歡歡喜喜
地忍耐寬容；又感謝父，叫我們能與眾聖徒在光明中
同得基業。」

（歌羅西書一章10～12節）

使徒保羅所提及那因認識神而有的隱形香氣，是滿有能力的。
它提升我們生命的層次，我們的心因此變得更加地柔軟溫順。
我們變得更有愛心、憐憫、耐心、寬容。我們對神的靈更加地
敏銳。我們變得更像耶穌。我們要長大成熟，就必須更親密地
認識神。

禱告良辰

天父啊，求祢幫助我察覺在我生命中，有哪些是不討
祢喜悅的事。我要長大成熟，滿有祢的樣式。求祢指
教我哪裡需要更有愛心、憐憫、耐心、寬容。

我們最重要的服事是：將神性情的榮美顯明給他人看。

___月___日　　　第 *42* 天

「那在基督裡堅固我們和你們，並且膏我們的就是
神。祂又用印印了我們，並賜聖靈在我們心裡作憑據
（原文是質）。」

（哥林多後書一章21～22節）

在我變得與神更親密的初期，我努力地想感受到祂的同在。我
回想起那天在辦公室裡的禱告。我在祂腳前敬拜約十五分鐘，
這時我的秘書突然打電話進來。因著被打岔有點不悅的我，拿
起電話，但是當我聽見對方說的話時，我的不悅消失了；對方
說：「神說，你要將祂放在你心上如同印記，祂要你現在就知
道這事。」

禱告良辰

主啊，有時祢的同在對我是如此真實，如同可以觸摸
到祢一般。但有時這世上的憂慮和我的私慾，使我甚
至無法感受到祢的同在。求祢教導我進入與祢親密的
隱密處。

與主相遇時，聖靈向我啟示神對我的心意和熱情。

第 *43* 天　　　　　__月__日

「祂所賜的，有使徒，有先知，有傳福音的，有牧師
和教師，為要成全聖徒，各盡其職，建立基督的身
體，直等到我們眾人在真道上同歸於一，認識神的兒
子，得以長大成人，滿有基督長成的身量。」

（以弗所書四章11～13節）

耶穌知道在祂復活之後，當祂坐在天父的右邊，祂的首要之
務，就是繼續向祂的教會且透過祂的教會，啟示天父的名，或是
祂所熱愛、渴望、喜悅的事。在耶穌為了祂的教會再來之前，祂
會在啟示和能力中來到教會。祂再來之前，會在大復興中向祂的
百姓大大地彰顯祂那無以名狀的美麗。

禱告良辰

天父啊，求祢向我顯明，祢對我生命的旨意和計畫。
使我滿有基督完全的身量。

藉著聖靈的能力和啟示，教會將充滿對父神和祂兒子的親密認
識。

__月__日　　第 *44* 天

「一切所有的，都是我父交付我的；除了父，沒有
人知道子；除了子和子所願意指示的，沒有人知道
父。」

（馬太福音十一章27節）

耶穌的熱情是持續地顯明天父。那是祂如今在天父右邊所做的
屬天事奉，也是祂直到永遠都會做的事。凡對服事復活的基督
有深切經歷的人，都會深深地被天父的名和祂性格的榮美光輝
所吸引。

禱告良辰

天父啊，我想要的事情中，沒有一事更勝於我能有資
格用自己的生命來彰顯祢的性格。讓我將祢顯明給別
人看，使他們也能深深地被祢對他們的愛所吸引。

今日的教會必須認同於耶穌現今的事奉——
將天父顯明在人心之中。

第45天　　　　　＿月＿日

「我已將祢的名指示他們，還要指示他們，使祢所愛
我的愛在他們裡面，我也在他們裡面。」

（約翰福音十七章26節）

耶穌祈求基督的身體能像天父愛祂一般地來愛祂。這是一個可
畏的禱告。耶穌彰顯天父，而現在天父要為祂的兒子擄獲我們
的心。在此，我們看見三位一體的神之間，充滿動力的合作動
工。父神渴望有一群百姓像祂那樣地愛耶穌；當他們看見祂愛子
的時候，他們會看見神所看見的，感受到祂所感受的。

禱告良辰

神啊，求祢把我算進這一群百姓當中。我要成為充滿
熱情的信徒，我所見、所感受到的，就如同祢所見、
所感受到的一樣。求祢在我生命中，彰顯祢兒子的一
切榮耀。

神將得著一個熱情的教會，如同神那樣地愛著耶穌。

__月__日　　第 *46* 天

「祢所賜給我的榮耀，我已賜給他們，使他們合而為一，像我們合而為一。我在他們裡面，祢在我裡面，使他們完完全全地合而為一，叫世人知道祢差了我來，也知道祢愛他們如同愛我一樣。」

（約翰福音十七章22～23節）

認識神的豐富一旦彰顯出來，天父對祂兒子那份愛的質感將顯明於教會中。耶穌會住在祂百姓之中，亦即祂會在他們當中，並且透過他們彰顯祂超自然的生命。這種循環是生生不息的。當耶穌透過我們彰顯祂生命的事奉時，我們就是在宣揚神的名，讓人來認識祂。我們也會因著對耶穌的熱情而覺醒，活出有祂同在的生活方式。

禱告良辰

親愛的耶穌，求祢在我裡面且藉著我彰顯出祢超自然的生命。我要向他人顯明祢自己。求祢以熱情使我甦醒，讓別人得以認識祢，使我們活出滿有祢同在的生活方式。

我們的心將充滿著天父對耶穌的那份愛。

第47天　　　＿月＿日

「父啊，我在哪裡，願祢所賜給我的人也同我在那裡，叫他們看見祢所賜給我的榮耀；因為創立世界以前，祢已經愛我了。」

（約翰福音十七章24節）

要讓人的靈認識神，需要神的能力，這樣的認識使我們能夠愛神。我們需要有神在我們裡面，才能愛神和認識神。我們將重新認識神，而其結果是教會將充滿對耶穌聖潔的愛。神的百姓必認識主的心，教會也將愛耶穌，如同神愛祂的兒子耶穌。

禱告良辰

惟有當我更多地認識祢的榮耀，我的生命才能向人流露出祢的愛。我不要有任何事物攔阻我認識祢；求祢使我的心甦醒，充滿對祢的熱情。

從耶穌的禱告可以看見，神聖的熱情乃是聖靈的工作。

＿月＿日　　　　第 *48* 天

「公義的父啊，世人未曾認識祢，我卻認識祢；這些
人也知道祢差了我來。我已將祢的名指示他們，還要
指示他們，使祢所愛我的愛在他們裡面，我也在他們
裡面。」

（約翰福音十七章25～26節）

對耶穌的熱情，必定來自於對神的名或性格的看見，而這是因
著耶穌在十字架上的大工。耶穌所要的，正是一個愛祂所愛、
做祂所做的新婦。祂所渴望的新婦，是與祂心中的愛和目的有
分的。我們渴望成為這世代榮耀、無玷污之教會的一部分──
充滿對神的認識，反映出祂的榮光，為耶穌傾盡一切的熱情。

禱告良辰

天父啊，我渴望能夠告訴別人，祢在我生命中所行
的一切奇事。我希望別人認識祢，如同我認識祢一
樣，認識祢是救主、安慰者、教師、朋友、我靈魂
的愛人。

耶穌將擁有一個對祂充滿聖潔之愛的永恆伴侶。

第49天 　　　__月__日

> 「那殺身體、不能殺靈魂的，不要怕他們；惟有能把
> 身體和靈魂都滅在地獄裡的，正要怕祂。兩個麻雀不
> 是賣一分銀子嗎？若是你們的父不許，一個也不能掉
> 在地上；就是你們的頭髮也都被數過了。所以，不要
> 懼怕，你們比許多麻雀還貴重！」
>
> （馬太福音十章28～31節）

人的靈魂是情感的落腳之地，是愛與真實的敬拜湧流之處。天
父最關切的是，誰最終能擁有人的愛慕。我們是按祂自己的形
像所造的，是專為祂神聖目的所設計的。為了人無價、永恆的靈
魂，神只願差遣祂的愛子，為我們而死。

禱告良辰

天父啊，每天我看著失喪和無助的人們，他們生命中
並沒有祢的愛。求祢使我更深地關切他們的靈魂。求
祢使我燃起強烈的渴望，向他們表明祢的愛。

對神而言，在祂一切創造之中，無一事物比人的靈魂更為重要。

__月__日　　　　第 *50* 天

「耶穌對他説：『你要盡心、盡性、盡意愛主——你的神。這是誡命中的第一，且是最大的。其次也相倣，就是要愛人如己。』」

（馬太福音廿二章37～39節）

人的靈魂是神所設計的，原本就是熱情又委身的，這也是我們能臻至完全的惟一道路。我們的心若非降服於神，就會落入心神不寧、厭倦、挫折之中。我們的生命中必須有某些事物，是值得我們放棄一切的。神的心意是要我們的靈魂為耶穌著迷。我們能否有最極致的發展和最大的滿足，都在於是否能全心地敬拜和服事耶穌。

禱告良辰

主啊，這正是我想要成爲的——充滿熱情且委身於祢。求祢讓我體認到：我最極致的發展和最大的滿足，都在於我是否能全心地敬拜和服事耶穌。

我們若沒有可以爲之而死的事物，也就沒有可以爲之而活的事物。

第 *51* 天　　　　　　　＿月＿日

「為此我提醒你，使你將神藉我按手所給你的恩賜再
如火挑旺起來。因為神賜給我們，不是膽怯的心，乃
是剛強、仁愛、謹守的心。」

（提摩太後書一章6～7節）

天父不會侮辱祂的愛子，賜給他一個無聊、被動、妥協的新
婦。沒有熱情的基督教對魔鬼毫無威脅性。它專注於活動，而忽
略了對神的真誠愛慕與順服。真正的基督教，會在人的心中點燃
火燄，使人心燃起熱情。

禱告良辰

天父啊，求祢使我脫離自滿和被動，以進入祢的計
畫和旨意。求祢喚醒我，使我的心燃起對我救主的
熱情。

父神已應許要將教會賜給祂的兒子作為產業，其中充滿了情感
熾熱的百姓。

___月___日　　　第*52*天

「外邦為什麼爭鬧？萬民為什麼謀算虛妄的事？世上的君王一齊起來，臣宰一同商議，要敵擋耶和華並祂的受膏者，說：我們要掙開他們的捆綁，脫去他們的繩索。」

（詩篇二篇1～3節）

因為撒但知道天父的工作，就是讓教會充滿對祂兒子的熱情，因此牠也策劃出自己的工作事項。為了完成牠的計畫，撒但正在興起耽溺於罪中的邪惡領袖。他們熱切地敵擋神的聖潔作為。就在耶穌再來之前，這種攻擊耶穌的熱切會演變成駭人的狂熱。猛烈的衝突會在許多戰場上展開：宗教、社會、政治的意識形態；經濟；科學和醫學；道德與倫理；教育、音樂、藝術。

禱告良辰

天父啊，我要抵擋撒但邪惡的工作計畫，那計畫就是讓人們無法轉向祢。我堅定地抵擋牠的計畫，並且在祢的聖靈中，我要求牠釋放牠的俘虜，釋放被囚者得以自由，使他們能信靠並仰望祢。

這些邪惡的領袖會猛烈地反對神的旨意，不讓一群熱情的百姓充滿對耶穌的愛慕。

第 *53* 天　　　＿月＿日

「務要謹守，儆醒。因為你們的仇敵魔鬼，如同吼叫
的獅子，遍地遊行，尋找可吞吃的人。你們要用堅固
的信心抵擋牠，因為知道你們在世上的眾弟兄也是經
歷這樣的苦難。」

（彼得前書五章8～9節）

撒但為了牠的利益，總是致力於扭曲和曲解議題。在牠所指定
的時間，悖逆、熾熱的情慾就會圍繞那議題而發展開來。在那
時，牠可能會助長養成不敬虔生活方式的同性戀、墮胎、性教
育、色情，以及其他罪的議題。不過撒但潛藏的真正動機，更甚
於那些議題。牠的慾望是奪取人類的熱情，因為那正是神工作計
畫中最高的優先次序。

禱告良辰

主啊，求祢使我謹慎、儆醒、勤於分辨，並且加以
阻撓撒但和其邪靈要使祢百姓落入圈套的意圖。求
祢保守我的熱情，使我成為城牆上的守望者，使敵
人退去。

如果一個議題對人類是重要的，你就會發現撒但染指其中。

__月__日　　　　　第54天

「我們知道凡從神生的，必不犯罪，從神生的，必保守自己，那惡者也就無法害他。我們知道，我們是屬神的，全世界都臥在那惡者手下。我們也知道，神的兒子已經來到，且將智慧賜給我們，使我們認識那位真實的，我們也在那位真實的裡面，就是在祂兒子耶穌基督裡面。這是真神，也是永生。」　　　　（約翰一書五章18～20節）

撒但的基本動機，遠超過社會中的特定議題。牠的目標是要列國對神爆發猛烈的攻擊。牠所要的是：一場激進好鬥、有志一同的叛變，要反抗神的律法及耶穌統管地球的權利。倘若你注意國家和國際事件的屬靈溫度，就會看見那溫度計的度數爬升得愈來愈高。撒但和牠的同謀正在煽風點火，為要引爆猛烈且不顧後果的造反行動，以敵擋神的道。

禱告良辰

天父啊，我要向祢呼求，求祢憐憫這個國家。求祢興起聖潔和公義的運動，橫掃這個國家，也求祢赦免我們犯了不順服和不道德的罪。

一股憤怒和悖逆之情，已慢慢地在那些可以設立和左右道德標準的人心中燃起。

第55天　　　　__月__日

> 「所以眾人如羊流離，因無牧人就受苦。我的怒氣向牧
> 人發作；我必懲罰公山羊；因我——萬軍之耶和華眷顧
> 自己的羊群，就是猶大家，必使他們如駿馬在陣上。」
>
> （撒迦利亞書十章2～3節）

首先，撒但矇騙領袖們，之後便照著牠殘暴的目的將他們聯合起來。牠激動他們策劃巧妙的計謀，來擄獲公眾的意見，並且破壞公義。他們密謀抹去是非善惡的明智界限，那原本是神為了人靈魂的益處，在祂話語中所標示出來的界線。不聖潔的情慾正在形成一股勢力。充滿邪惡思想的領袖來自社會各個階層——立法者、教育家、公司團體的領袖、演藝人員、廣告業者、宗教領袖、媒體大人物……等等——都密謀攻擊神的神聖誡命。他們會先試圖削弱誡命的重要性，之後便從社會中加以廢除。

禱告良辰

求祢將這個國家領袖的名字放在我心中，就是祢渴望得著、為祢所用的那些人，讓我忠心地為他們代禱，並且指示我要如何與祢同工，讓祢的旨意行在這偉大的國家中。

牠煽動領袖們脫離神話語的約束。

＿月＿日　　　　第 **56** 天

「我要傳聖旨。耶和華曾對我說：祢是我的兒子，我
今日生祢。祢求我，我就將列國賜祢為基業，將地極
賜祢為田產。祢必用鐵杖打破他們；祢必將他們如同
窯匠的瓦器摔碎。」

（詩篇二篇7～9節）

從這聖旨中，我們看見聖經不只是關於神對人類的計畫和供
應，它也是關於神對祂兒子的計畫和供應。我們擁有一份產
業，我們在其中會得著最根本的喜悅和滿足；神也有一份產
業，祂在其中也會得著最根本的喜悅。我們必須致力於以此為
樂，也要將這份喜悅獻給神。我們這屬神百姓所得的產業，就是
經歷那位熱情之神的祝福和愛的能力。神的產業，就是一群熱情
的百姓。

禱告良辰

天父啊，這個國家是照祢的旨意和計畫所建立的。我
們的產業是有公義的遮蓋。求祢毀壞魔鬼要奪去那產
業的意圖，興起一支信徒的軍隊來恢復這個國家的聖
潔。

惟有當我們積極地委身於祂時，天父才能享受祂的產業。

第57天　　　　　＿月＿日

「求祂按著祂豐盛的榮耀，藉著祂的靈，叫你們心裡的力量剛強起來，使基督因你們的信，住在你們心裡。」

（以弗所書三章16～17節）

神所賜給人的，是何等豐盛的永恆財富。祂竟使我們能永遠活著，為要頌讚祂的榮耀，祂所賜予人類的，是何等的尊嚴和命定啊！我們何其有幸，竟能成為基督耶穌的熱愛和喜悅。除非我們對耶穌基督的主權說出一聲熱情、降服的「是」，否則我們永遠無法經歷到許多層面的喜悅和滿足。然而，只有極少數的信徒能真正地向神說「是」。

禱告良辰

是，主啊，是！不論祢要在我生命中成就何事——是！不論祢要如何改變我的心——是！無論祢要我在何處彰顯祢的榮耀——是！藉著信，求祢住在我生命中，使我在靈裡對祢的旨意永遠抱持「是」的態度。

莫怪不信的世人會看著無聊、妥協、爭吵的教會，譏笑說：「倘若基督徒就是這個樣子，那就算了吧！」

__月__日　　第 *58* 天

「所以弟兄們，我以神的慈悲勸你們，將身體獻上，
當作活祭，是聖潔的，是神所喜悅的；你們如此事奉
乃是理所當然的。不要效法這個世界，只要心意更新
而變化，叫你們察驗何為神的善良、純全、可喜悅的
旨意。」

(羅馬書十二章1～2節)

你我所能給罪人最有力的見證，就是光芒四射的生命，這生命
彰顯出神的旨意是良善、純全、可喜悅的。不信者正在尋找一
群甘心樂意、心滿意足的人，他們不會試圖脫離神的約束；這
群人是喜樂地放下自己，全然委身於祂的目標。他們需要看見
基督徒背起他們的十字架，背對世界，將自己完全交給基督，
因基督已將一切都賜給他們了。

禱告良辰

神啊，我要喜樂地放下自己，全然委身於祢的目標。
求祢將祢的道指教我，好叫我可以證明祢在我生命
中，那善良、純全、可喜悅的旨意。

不信者渴望有某事或某人，是值得他們付出熱情的——是值得
他們付出一切的。

第 59 天　　　　　__月__日

「現在，你們君王應當省悟！你們世上的審判官該受
管教！當存畏懼事奉耶和華，又當存戰兢而快樂。」

（詩篇二篇10～11節）

神的榮光可畏，祂的偉大令人敬畏。這位君王至高無上——沒
有可比擬的！只要一瞥祂永恆的大能和威嚴的榮美，我們就必充
滿敬畏。我們要因祂的偉大而戰兢。但我們在神面前若只有戰兢
的感覺，就無法經驗祂恩典的完全。所以大衛說，我們也要在祂
面前歡樂。

禱告良辰

主啊，祢誠然是榮耀可畏的，祢的偉大令人畏懼。祢
竟將公義的產業賜給我，祢如此愛我，是超乎我所能
體會的。我要因祢對我的仁慈而歡喜，在祢大能的同
在中，謙卑敬畏地屈膝在祢面前。

我們要因所得的美好產業而歡欣。

___月___日　第 *60* 天

「當以嘴親子，恐怕祂發怒，你們便在道中滅亡，因
為祂的怒氣快要發作。凡投靠祂的，都是有福的。」

(詩篇二篇12節)

在我們與耶穌的關係中，必須有親密、愛慕、熱情的層面。有
些教會強調敬畏和戰兢，這通常只為喜樂和愛慕的敬拜留下極
小的空間。有些教會則著重於喜樂和祝福。現今有些靈恩教會
注重信徒的權柄，以及我們在基督裡的特權，卻將祂可畏的威
嚴和審判排除在外。還有一些教會全心地與神建立愛慕的親密
關係，熱情地用愛來回應耶穌。然而，人的靈是神所創造的，
需要俱備這三個層面──戰兢、喜樂、親吻──才能與祂發展
關係。

禱告良辰

天父啊，當我站立在祢面前時，我感到戰兢，而我已
放下自己的生命，為要歡欣敬拜如此偉大的一位神。
現在，求祢教導我明白祢深情的心，認識與祢建立愛
和親密關係的美妙。

我們需要祈求聖靈，在我們心中恢復神恩典的這三個層面。

第 *61* 天　　　　　＿月＿日

「耶穌既進了耶路撒冷，合城都驚動了，說：『這
是誰？』眾人說：『這是加利利拿撒勒的先知耶
穌。』」

（馬太福音廿一章10～11節）

那你呢？或許你只看見一位審判悖逆的聖潔神，因此出於對神的
敬畏，你就努力地持守忠心。雖然你明白戰兢的意義，但你有因
為你在基督裡得著的益處感到喜樂嗎？或許你並未擁有太多與神
親密的經歷，以致親吻基督的想法令你覺得不舒服。但用不著這
樣，因大衛要我們親吻神的兒子，是一種象徵性的用語，並不是
指字面所解釋的親吻。它所指的是接受神的愛，然後以全心的愛
來回應祂。

禱告良辰

主啊，我承認「親吻基督」的想法，實在難以明瞭。
但求祢向我顯明那喜樂，就是爬到祢的膝上、抱著祢
的頸項、親吻祢聖潔的面容。

主要在你裡面將這三個層面交織起來。祂要藉著祂的聖靈，將
它們表明出來。

__月__日　　　第62天

> 「我要傳聖旨。耶和華曾對我說：祢是我的兒子，我今日生祢。祢求我，我就將列國賜祢為基業，將地極賜祢為田產。祢必用鐵杖打破他們；祢必將他們如同窯匠的瓦器摔碎。」　　（詩篇二篇7～9節）

請記住這首詩篇的作者，就是當掃羅王和以色列軍隊都因歌利亞而膽怯時，那個帶著神聖信心站在歌利亞面前的牧童（參考撒母耳記上第十七章）。大衛拒絕穿戴當時笨重的宗教性軍裝，就請命出去面對歌利亞。當他跑向戰場時，他所看見的，並非巨大的歌利亞和微小的大衛；他所看見的，並非大刀和小機弦。他只看見黑暗勢力在嘲笑和輕蔑永生神。大衛的機弦和小石子實在不足掛齒。他所擁有的是萬軍之耶和華的名，以及相信他的神必然得勝的堅定信心。

禱告良辰

耶和華啊，求祢讓我成為祢末世軍隊中的精兵。求祢讓我堅定相信祢必然得勝，求祢擊潰那些巨人。因他們要威嚇我，使我忘記祢可畏的能力和榮耀。

神會讓祂末世的大衛軍隊充滿對全能神的認識。
他們的元帥乃是萬主之主，而祂未曾輸過一場戰役！

第 *63* 天 ＿月＿日

「祂救了我們脫離黑暗的權勢，把我們遷到祂愛子的
國裡；我們在愛子裡得蒙救贖，罪過得以赦免。愛子
是那不能看見之神的像，是首生的，在一切被造的以
先。」

（歌羅西書一章13～15節）

我們已將神視為理所當然了。我們已容讓物質主義、世俗主
義、愛世界的心，澆熄我們靈裡屬神的火燄。我們已按自己的
形象來造神，而那形象是錯誤的，是荒腔走板的。在我們這個
世代中，有許多人為自己造了一位神，是他們可以利用和控制
的──一個「天上的領班」，把他們侍候得服服貼貼的，會迎
合他們的每個奇想。對某些信徒而言，神是熱情、和藹、寬容
的；對另一些人而言，他是冷酷、遙遠、審判的神。不論我們如
何看待祂，你我對神的想法，正是關乎我們最重要的事。

禱告良辰

天父啊，當我將祢視為理所當然的時候，求祢赦免
我。赦免我自私地一意孤行。求祢從我生命中除去愛
世界的心，讓我單單愛慕祢。

我們終究會被塑造成心中所存之神的形像。

＿月＿日　　　　第*64*天

「那撒在路旁的，就是人聽了道，撒但立刻來，把撒
在他心裡的道奪了去。」

（馬可福音四章15節）

撒但盡全力要扭曲我們對神的觀感。這樣的扭曲，可以使牠在我
們的生命中獲致「利益」。因此，撒但願意投注極多的時間和工
夫，為要利用我們心思的軟弱之處，來達到牠自己的目的。那些
不正確、不完全的想法將我們置於險境。到一個程度是，我們對
神的看法遠低於神的真理，屆時我們必然會因軟弱而潰敗的。撒
但在那種景況和被扭曲的真理基礎之上，便得以在我們生命中奪
取地土，設立牠的堅固營壘。

禱告良辰

天父啊，在我生命中若有關於祢不正確、被扭曲的形
像，求祢將它從我生命中除去，顯明祢聖潔的真理。
撒但將無法在我生命中擁有營壘。

對於那些已經深植我們內心、關於神性情的謊言和錯誤想法，
我們萬不敢輕忽，也不能縱容它們而與之共存。

第65天　　　＿月＿日

「不要彼此說謊；因你們已經脫去舊人和舊人的行
為，穿上了新人。這新人在知識上漸漸更新，正如造
他主的形像。」

（歌羅西書三章9～10節）

心思築成的屬靈營壘，是魔鬼勢力藏身的堅固居所。心思中的營
壘，是與撒但一致之想法的聚合處，而那些想法就是謊言，會敵
擋神所啟示祂自己的一切。在我們重生時，有關神的錯誤想法和
觀念，並不會自動消除。我們處於持續被更新的過程中，是因著
真正認識神的性格和樣式而被更新。在我們對神的認識能臻至最
豐滿而完全的境界之前，你我千萬不要誤以為改變的過程已經結
束了。

禱告良辰

天父啊，求祢指出我心思中的頑梗之處，就是撒但使
我看不見祢啟示真理之處。求祢拆毀這些營壘，摧毀
任何阻擋我單單像祢的事物。

你我千萬不要誤以為改變的過程已經結束了。

__月__日　　第*66*天

「此等不信之人被這世界的神弄瞎了心眼，不叫基督
榮耀福音的光照著他們。基督本是神的像。」

（哥林多後書四章4節）

耶穌沒有任何的罪、錯誤思想、不聖潔的動機，讓撒但有進入
祂生命的合法權。撒但在耶穌裡面找不到任何事物——連一丁
點都沒有——是牠可以要求進入耶穌心中的。仇敵繼續尋找可
乘之機，好讓牠可以取得進入我們生命的合法權。罪和屬靈的
無知開啓了門戶，形同邀請牠來支配我們。這樣的黑暗如同帕
子，在不信者的心思中，遮蔽了福音所釋放的光。

禱告良辰

求祢在我生命中，散發出祢的榮光，並照亮我內心的
幽暗處，因那是撒但試圖要聲請所有權之處。靠著祢
的靈，我抵擋牠的攻擊。我單單地渴望散發祢神聖生
命的光芒。

如同鯊魚被血吸引一般，魔鬼也被謊言和黑暗所吸引。

第67天　　　＿月＿日

「當保護貧寒和窮乏的人，救他們脫離惡人的手。你們仍不知道，也不明白，在黑暗中走來走去；地的根基都搖動了。」

（詩篇八十二篇4～5節）

撒但的目標是使我們一直在黑暗中。牠的策略是讓我們對神的認識受到扭曲或侷限，以致這樣的認識錯謬而不完整，使我們軟弱且被捆綁。舉凡我們裡面可找到的屬靈黑暗處，撒但都想要取得進入的合法權利，像是錯誤的想法和思想體系、對罪認同的想法，以及合理化的自我辯解。牠利用這些在我們裡面設立營壘，以維護牠在我們生命中的投資和利益。

禱告良辰

天父啊，當我感到軟弱、困惑、無力時，求祢幫助我明白，在我靈命的某個黑暗處或許隱藏著某種邪惡的習慣，抑或悖逆的層面，是需要顯明在神的光中並加以摧毀的。神啊，讓祢的光照進我生命中所有黑暗面，使我邁向屬靈的成熟。

撒但不希望認識神心意的光照進我們屬靈的黑暗中。

__月__日　　　第 *68* 天

「耶和華使你城上的堅固高臺傾倒，拆平，直到塵
埃。」

（以賽亞書廿五章12節）

仇敵如何在我們生命中建構屬靈的營壘呢？首先，牠是以謊言
和似是而非之真理的基礎作為開始。這些謊言通常是關於神的
性格，或關於神如何看待我們。接下來，磚頭一塊一塊地往上
疊，屬靈的牆垣愈來愈厚。這些牆的建造，是因著對神不正確
的想法，及曲解了神對我們的觀感，特別是在我們的靈命不成
熟和犯罪的時候。藉著錯誤理解的灰泥，我們將磚頭砌合，而
城牆就愈築愈高。沒多久，虛空幻想的巨大屬靈高塔，便在我
們裡面隱約成形了。

禱告良辰

天父啊，我拒絕因著任何撒但在我生命中建立的屬靈
營壘，使我無法愈來愈像祢。求祢摧毀在我生命中，
一切頑梗驕傲和虛無想像的城牆，讓我愈來愈有祢的
形像。

撒但盡力建立每個營壘，為要使我們無法真正認識神。

第69天　　　　　＿月＿日

「但你們得在基督耶穌裡是本乎神，神又使祂成為我
們的智慧、公義、聖潔、救贖。」

（哥林多前書一章30節）

我們若要衝破營壘，就必須採取攻勢。我們若要拒絕試探，將其
拋諸腦後，就必須渴慕神，渴望親密地認識祂。我們能意志堅定
地勝過軟弱和成癮行為，並不代表我們已經成聖。我們成聖只在
乎一個人：耶穌基督！當我們得以一瞥基督可畏的榮美和光輝的
真理時，將會帶著敬畏的心在祂面前屈膝，並且帶著喜樂和愛
慕，將自己全然地降服於祂。

禱告良辰

主啊，我真的渴慕祢的公義。主耶穌啊，我的盼望只
在乎祢，我要順服祢的旨意，以致我能戰勝心中一切
的軟弱。

惟有藉由認識真理，追求那一位（神），並且抵擋不聖潔的情慾
和試探，我們才能得勝。

＿月＿日　　　　第 *70* 天

「就如神從創立世界以前，在基督裡揀選了我們，使
我們在祂面前成為聖潔，無有瑕疵；又因愛我們，就
按著自己的意旨所喜悅的，預定我們藉著耶穌基督得
兒子的名分，使祂榮耀的恩典得著稱讚；這恩典是祂
在愛子裡所賜給我們的。」

（以弗所書一章4～6節）

還記得我開始思想神臉上帶著開懷的笑容時，我想像祂說：
「我喜悅你——認識你使我的心歡喜。」剛開始我和許多人一
樣，都因這樣的念頭感到掙扎：「誰？祢是說我嗎？祢沒有看
到我的罪嗎？我有這樣的軟弱，祢怎麼會喜悅我呢？」然而，
天父卻透過祂安慰的話語來回應我：「我看見你心中的真誠。
即使你經常跌倒，我仍看見你心中呼喊著要討我喜悅。我喜悅
你與我的關係！」

禱告良辰

寶貴的聖靈啊，明白父神真的喜悅我是何等地可畏！
真是難以置信，在神透過祂的話語創造世界之前，祂
已經選擇愛我、使我成為祂的兒女了。

我明白神要我在失敗時奔向祂，而非逃離祂。

第71天 ___月___日

「我要歌唱耶和華的慈愛，直到永遠；我要用口將
祢的信實傳與萬代。因我曾說：祢的慈悲必建立到永
遠；祢的信實必堅立在天上。」

（詩篇八十九篇1～2節）

我已服事三十年了。在那些年間，我和許多人一起悲傷，因他
們告訴我他們悲慘的困境——遭受一些殘忍可憎之人的折磨、
凌虐、錯待。但我知道即使他們從未體驗過真正的愛，藉著顯
明神對他們的心意，神的話語還是能提供他們各人破除捆綁的
真理和喜樂的盼望。認識神的純潔、信實、以及祂對我們熱烈
的愛，比任何我們從地上父親所能得著的，更具有能力且更能
改變生命。

禱告良辰

神啊，對祢愛的認識，改變了我的生命。我渴慕將這
份對愛的認識，傳給我所知需要祢的愛來轉變他們的
人，使他們的心和生命也得著根本上的改變。

是聖靈，而非人的見證，啟示神對我們的愛，並使我們的心真知
道祂，而這啟示是賜給每個人的。

___月___日　　　　第*72*天

「耶和華啊，願我的呼籲達到祢面前，照祢的話賜我
悟性。願我的懇求達到祢面前，照祢的話搭救我。」

（詩篇一一九篇169～170節）

有著受傷破碎心靈的人，或有表現慾性格的完美主義者，常常
難以從神有所領受。有時我們受困於自己的壓力、痛苦或憤
怒，根本就無法辨認祂的聲音。當我們堅持要領受神話語中有
關祂對我們心意的真理，我們的心就會逐漸地從那些來自地上
權柄人物的傷害得著醫治。

禱告良辰

天父啊，我認識許多心靈破碎、受傷，或一心追求成
就的人。願祢對他們的愛和熱烈的情感，透過我的生
命向他們顯明。

聖靈會將神的話啟示我們，賜給我們新鮮的悟性，使我們明白
神心中對我們的那份熱烈的情感。

第73天

__月__日

「住在愛裡面的，就是住在神裡面，神也住在他裡
面。這樣，愛在我們裡面得以完全，我們就可以在審
判的日子坦然無懼。因為祂如何，我們在這世上也如
何。愛裡沒有懼怕；愛既完全，就把懼怕除去。因為
懼怕裡含著刑罰，懼怕的人在愛裡未得完全。」

(約翰一書四章16～18節)

不論是從天父而來的美好經歷，甚至是我們對神的熱心，無一能在我
們裡面產生對耶穌的愛。過去我是個憤怒、受挫的基督徒，常常背負
著罪和失敗的重擔，總覺得自己無法達到標準。只有當我開始真正明
白神對我的感受時，我心思裡的屬靈營壘才開始瓦解。凡是畏懼神、
害怕祂會審判一切失敗的人，必然活在痛苦之中。當我知道神對我滿
懷溫柔的心——即使在我軟弱時——我就能放膽地愛神。

禱告良辰

天父啊，如同畢邁可一般，雖然我想要過美好的基督
徒生活，但我會想起一些仍然存留在我生命中的屬靈
問題。我感謝祢向我啟示祢如此愛我，因著認識祢對
我的愛，讓我可以活在祢所賦予的平安穩妥之中。

放膽與折磨剛好相反。

__月__日　　　第*74*天

「一切山窪都要填滿，大小山岡都要削平；高高低低
的要改為平坦，崎崎嶇嶇的必成為平原。耶和華的榮
耀必然顯現；凡有血氣的必一同看見；因為這是耶和
華親口說的。」

（以賽亞書四十章4～5節）

神未曾重複畫出同樣的日落，祂確實知道如何向你啓示祂自
己，祂會選擇在完美的時間和地點向你說話。祂知道如何精準
地開啓你的悟性，餵養你渴慕的心，或在你受傷的心靈傾倒醫
治的膏油。當你前來請求天父的幫助時，你絕不會被忽視或斥
責，你不會因著所犯的過錯而遭譏笑。祂對你是極其仁慈和有
耐心的，祂是帶著深情和儆醒的心在照顧你，祂對你的愛永遠
不會止息或結束。

禱告良辰

天父啊，我因著祢對我始終的信實感到欣喜萬分。祢
從未忽視我對祢的求助，而且總是將祢聖靈醫治的膏
油傾倒在我的生命中。

神、祂的話語，和聖靈在你生命中的工作，足以使你得著個人的
完全和屬靈的成熟。

第75天　　　　　　　__月__日

「王就羨慕你的美貌；因為祂是你的主，你當敬拜
祂。」

（詩篇四十五篇11節）

你認為神如何看你呢？你會因這想法而畏縮嗎？神並不是冷
酷、遙遠、恪守嚴格律法的神，而這些都是宗教塑造出來的。
祂並非苛求、無耐性的神，即便我們許多人都曾努力地要討祂
喜悅。主多麼渴望祂的教會領受祂歡喜之心的啟示啊──祂的
心充滿對我們的喜悅──即使我們並不喜歡或相信自己。祂的
心何等渴望我們認識祂對我們的愛慕之情（參考詩篇四十五篇
11節）。

禱告良辰

神啊，但願我永不忘記祢是如何渴望與我建立親密的
個人關係。我要花時間在祢面前。我希望我的生命被
祢的愛、旨意、榮美所吸引。

我們的神並非一件物品或不具人性。祂是充滿感情、慈愛、熱
情澎湃的存在。

___月___日　　　　第*76*天

「求祢使我明白祢的訓詞，我就思想祢的奇事。我的
心因愁苦而消化；求祢照祢的話使我堅立！」

（詩篇一一九篇27～28節）

救恩不只是一種合法的交換，會影響我們在神面前的地位；救
恩也包括深刻的情感、愛的交流。當神向我們傳達祂的喜樂和
愛情時，我們也要以同樣的方式回應祂。我們有必要用理智了
解救恩的合法層面，但那並非神完全的計畫。我們若不了解祂
對我們的愛，就永遠無法對祂更加地熱情；我們若不了解祂對
我們的委身，就永遠無法對祂更加地委身。

禱告良辰

主啊，我不要只是用頭腦去理解祢如此仁慈地賜給我
的救恩。願祢對我的熱情和愛的啟示緊抓住我的心。

聖靈必要恢復我們對神熱情之愛的認識，如同祂選擇將它放進
我們的心中。

第77天 　　　　__月__日

「願他用口與我親嘴；因你的愛情比酒更美。你的膏油
馨香；你的名如同倒出來的香膏，所以眾童女都愛你。」

（雅歌一章2〜3節）

今日的信徒開始明白，我們對親密關係的渴求若要得著滿
足，我們必須擁有祂；祂熱切的愛遠勝過「信奉教會」
（churchianity），或者屬世的經驗和財物。就如那童女所說
的：「你的愛情比酒更美。」信徒們漸漸明白，金錢和物質永
遠無法滿足我們靈裡的需求；在教會或世界的傑出表現也是如
此。與另一個人所擁有的肉體或浪漫關係，也無法滿足我們靈裡
深切的渴望。我們已經厭倦了沒有能力、無法將我們從罪或自
我中釋放出來的宗教；厭倦了充滿憤怒、鬥爭、不道德的領袖
們；厭倦了因冷淡而癱瘓的教會。

禱告良辰

神啊，求祢赦免我，因「信奉教會」經常不知不覺地
就進入我的生命。我已厭倦無能力的宗教、埋藏在我
心中那隱而未現的罪、「坐」禮拜的傾向，這些都使
我無法事奉祢，無法熱情地愛祢。

我們厭倦了試圖奉耶穌的名從乾涸的井汲出水來。

___月___日　　第 *78* 天

「你的膏油馨香；你的名如同倒出來的香膏，所以眾
童女都愛你。」

（雅歌一章3節）

甘願爲耶穌不顧一切地捨棄所有，這股清新的聖潔之心，正在今日神百姓的靈裡甦醒。在耶穌再來之前，神所興起的教會將充滿一群百姓，他們渴望的基督教是以神爲中心的，而拒絕回到以人爲中心的基督教。宗派的標籤將不再重要。倘若我們充滿權能地事奉神的兒子，揭示出祂個人的榮美，人們必然會蜂擁到祂面前。我們爲何想得著祂呢？我們已經發現神的愛和感情比世人所能給的更美好，也開始一窺基督耶穌之愛的偉大和無與倫比的榮美了。

禱告良辰

天父啊，我的內心重新感受到祢靈的甦醒。我要活在以人爲中心之基督教的框架之外。我要從我的自滿和冷淡中復活，以完成祢在我生命中的旨意。

神的靈正在呼喚我們領受時間和永恆的真理並運用出來，好讓我們從自滿中覺醒。

第 *79* 天　　　　　__月__日

「願你吸引我，我們就快跑跟隨你。王帶我進了內
室，我們必因你歡喜快樂。我們要稱讚你的愛情，勝
似稱讚美酒。他們愛你是理所當然的。」

（雅歌一章4節）

雅歌中的童女在她的熱情甦醒之後，作了這個具有雙重意義的禱
告：「願你吸引我，我們就快跑跟隨你。」 這個禱告的次序很重
要。首先，我們被吸引與祂親近；之後，我們就快跑與祂同工。信
徒很容易就禱告說「耶穌啊，求祢讓我快跑跟隨祢」，或是「求祢
擴張我服事和影響力的範圍」，卻沒有同時熱情地尋求要被祂所吸
引。神的次序是，我們先被吸引，與耶穌建立更親密的關係，因為
這就是服事更有果效的方法。這才是「快跑」或真正事奉的意義
——使人心得著釋放，好讓他們被吸引，親密地認識神、敬拜神。

禱告良辰

天父啊，求祢保守我的腳步，使我能快跑來親近祢。
求祢吸引我，並讓我與祢同工，使人得著釋放。求祢
讓我向他們顯明與祢親近之路。

我們若要與基督有效地同工，亦即快跑跟隨祂，首先必須專注
於被祂吸引，成為一個敬拜者，體會祂對我們的愛情。

__月__日　　　第 *80* 天

> 「耶穌對他說：『你要盡心、盡性、盡意愛主——你
> 的神。這是誡命中的第一，且是最大的。其次也相
> 倣，就是要愛人如己。這兩條誡命是律法和先知一切
> 道理的總綱。』」　　　（馬太福音廿二章37～40節）

有些信徒說：「吸引我。」卻抗拒與主同跑，成為祂在世上一起工作的夥伴。聖靈吸引我們，不是為了讓我們掛起「請勿打擾」的牌子，然後坐在自己的舒適區，光是唱著給耶穌的情歌來度過餘生。與基督同為後嗣的我們要先被吸引，進入與神親密的關係中，才能被賦予服事的能力，帶領人進入與主親密的關係。在吸引和快跑的張力之中，教會必然會成熟。在與耶穌維持親密關係的同時，我們將學會如何釋放破碎的人，在屬靈爭戰中得勝，並且彼此服事。

禱告良辰

天父啊，求祢吸引我進入與祢親密的關係中，好讓我
能夠帶領人歸向祢。我要將祢的釋放帶給破碎的人。
當人學習將他們的心和生命交託給祢時，我要在屬靈
爭戰中得勝。

被吸引而進入與耶穌的深刻親密關係中，以及快跑進行僕人的事奉，
實現了耶穌在馬太福音廿二章37～40節中的兩個最大的誡命。

第 *81* 天　　　　__月__日

「我們也在祂裡面得了基業；這原是那位隨己意行、
做萬事的，照著祂旨意所預定的，叫祂的榮耀從我們
這首先在基督裡有盼望的人可以得著稱讚。」

（以弗所書一章11～12節）

尋見耶穌是屬靈喜悅的根本來源，是我們成熟進程的重要部
分，而且主不希望這過程受到干擾。祂會讓我們留在原地一段
時節：為了愈來愈認識祂的美好和信實，愈來愈感覺到穩妥和
滿足。但是當我們不斷地在祂裡面發現祂的榮美，並且以祂為
樂時，主就在我們靈裡蓋上印記。忽視屬靈親密關係的妥協生
活，將永遠無法使我們滿足。我們在神裡面已得了基業，而神也
在我們裡面得了基業。多麼不可思議的想法：神擁有一切，卻仍
在等待某樣事物——祂在我們裡面的基業。

禱告良辰

天父啊，當我感覺自己似乎只是在「虛度光陰」，而非
踩著得勝的步伐時，求祢幫助我明白，祢正將我放在一
個屬靈成長的時節中，祢正在預備我前面的道路。

我們受裝備、長大成熟，為的是成為共同繼承人，得以同享基督
的心、祂的家和祂永遠的寶座。

__月__日 第82天

「聽啊！是我良人的聲音；看哪！他躥山越嶺而來。」

（雅歌二章8節）

因著主如此熱切且深刻地愛著我們，祂賜給我們一個關乎祂自己的全新啓示。這美好的情歌到了這個階段，童女就以完全不同的角度看著她的良人。她看著他朝向她而來，如同羚羊般地跳躍而來。那山嶺是指著必須克服的障礙，包括基督徒成長過程中的試煉和磨難，也指著我們要抵擋撒但的權勢。這些障礙可能是反對福音的世上國度。這都不重要。對我們的神而言，沒有一個障礙是無法超越的。

禱告良辰

主啊，我明白在基督徒成長過程中，會有帶來試煉和磨難的山嶺。但願我永遠不忽略這個事實，就是跨越山嶺的每一步，都會使我與祢更親近。

在這神聖熱情的進程中，我們逐漸開始明白，
熱情與完全成熟並不相同。

第*83*天　　　　__月__日

「我的良人好像羚羊，或像小鹿。他站在我們牆壁
後，從窗戶往裡觀看，從窗櫺往裡窺探。我良人對我
說：我的佳偶，我的美人，起來，與我同去！」

（雅歌二章9～10節）

在屬靈旅程的初期，我們就如同這個童女般，將耶穌視為能以祂
的同在滿足我們心靈的那一位。當我們在與祂同行的過程中，努
力地持續邁向成熟時，必然會看見祂是那位躍山越嶺而來的偉大
君王。祂會在這些時節呼召我們加入祂，一起對抗一切反對祂
在這世上國度的人，因祂要挑戰我們生命中的舒適區：「我的
佳偶，我的美人，起來，與我同去！你不能永遠坐在樹蔭下。來
與我一起躍山越嶺。你對我的愛，足以讓你與我一同把我的國
度，帶到那些甚至是反對我的地方嗎？」

禱告良辰

親愛的天父啊，求祢賜我勇氣，離開我那涼快的舒適
區，與祢一起躍山越嶺；那些山嶺是壓抑我屬靈成長
的威脅，也是對祢國度的反抗。

你可以想起主曾經挑戰你，要你起來離開舒適區的時候嗎？

___月___日　　第 *84* 天

「我的良人哪，求你等到天起涼風、日影飛去的時
候，你要轉回，好像羚羊，或像小鹿在比特山上。」

（雅歌二章17節）

當主要你為祂做某件事，你是否曾因著恐懼和軟弱而回答祂：
「不」呢？如同祂對那童女所說的，主呼召我們離開舒適區，
使我們作成熟的門徒，為祂的喜悅和旨意而活。

禱告良辰

天父啊，求祢赦免我，因為當祢要我為祢做事的時
候，我多次回絕。我希望自己成熟，以致我的心靈
能對祢要我去做的事和要我成為的樣式，不斷地說
「是」。

如同雅歌中的這個童女，我有時候也會拒絕主即時的挑戰，要
祂自己去躋山越嶺，而不是與我一同去征服黑暗的領域。

第 *85* 天 ＿月＿日

「我夜間躺臥在床上，尋找我心所愛的；我尋找他，
卻尋不見。我說：我要起來，遊行城中，在街市上，
在寬闊處，尋找我心所愛的。我尋找他，卻尋不見。
城中巡邏看守的人遇見我；我問他們：你們看見我心
所愛的沒有？」　　　　　　　　　　（雅歌三章1～3節）

有時候，主會藉著輕柔地收回祂的同在，讓我們注意到祂在一
個時節裡訓練我們作門徒，祂也是如此地使那童女因拒絕祂而
感到後悔。當主在糾正祂誠摯卻不成熟的門徒時，祂並沒有對我
們發怒。即使我們不成熟，祂仍然愛我們、喜悅我們；然而，就
因為祂太愛我們了，所以不能讓我們原地踏步。雖然我們不一定
明白，祂卻正在帶領我們邁向成熟。祂知道等著我們的是什麼
——成為祂新婦的榮耀和屬靈的寶藏；這寶藏來自於當個成熟
的共同繼承人，與神榮耀的兒子一同得分。

禱告良辰

親愛的神，在暗夜的時節裡，當祢的同在似乎從我生
命中抽離時，求祢教導我期待黎明，在祢愛的光輝驟
然出現時帶領我，使我與祢的關係進入全新的層次。

主並不會因為我們的恐懼和軟弱而動怒。

__月__日　　　　第 *86* 天

「我兒，你不可輕看主的管教，被祂責備的時候也不可
灰心；因為主所愛的，祂必管教，又鞭打凡所收納的
兒子。你們所忍受的，是神管教你們，待你們如同待兒
子。焉有兒子不被父親管教的呢？管教原是眾子所共受
的。你們若不受管教，就是私子，不是兒子了。」

（希伯來書十二章5～8節）

主扳開我們的手指，讓我們放掉死命抓緊的事物。祂堅定但溫柔地
勸導我們，放下任何讓我們無法得到祂對我們生命最美好計畫的事
物。祂會對我們說：「倘若你知道你將承接的榮耀，你一定不會拒
絕我。我曾帶領你到一個我無法滿足你、供應你的境地嗎？我絕不
會從你拿取任何東西，卻不十倍地償還你。我的管教是好的。管教
在當下看似悲傷，但經歷過後就結出公義的果子來。」

禱告良辰

主啊，我感到祢在輕拉我、扳開我的指頭，讓我放掉
一些事物，而祢知道那是必須從我生命中除去的。主
啊，我將這些交給祢。但願這些事物永遠不會攔阻我
在每天的生活中愈來愈像祢。

當主的同在從我們妥協之處離開時，我們必須帶著順服和信心
起來尋求祂。

第87天　　　　　__月__日

「我要往沒藥山和乳香岡去，直等到天起涼風、日影飛去的時候回來。我的佳偶，你全然美麗，毫無瑕疵！」

（雅歌四章6～7節）

我們看見自己的失敗和缺點，也許會自然想到神在指責和定我們的罪。魔鬼矇騙了我們，讓我們歸咎於神，以為祂就是如此。但那控告弟兄的是撒但，而非神。神是肯定我們的——祂是我們的鼓勵者。祂相信我們誠摯地渴望順服祂，而那是超過我們所能做到的；祂喚醒我們的方法是我們永遠想像不到的。祂說：「我愛你！我極其愛你！我要將一個熱切卻不成熟的童女，轉變成與我同作王的成熟新婦。」

禱告良辰

主啊，當我似乎快被我的失敗和缺點擊垮時，求祢賜我勇氣辨明那控告者的工作。主啊，祢不會控告我，你會肯定我想順服祢的渴望的，而且祢要呼喚我進入我在祢裡面的命定。

基督看見我們想要順服祂的渴望，即便那只是在我們心中的一顆種子而已。

__月__日　　　　　　第 *88* 天

「所以弟兄們，我以神的慈悲勸你們，將身體獻上，
當作活祭，是聖潔的，是神所喜悅的；你們如此事奉
乃是理所當然的。不要效法這個世界，只要心意更新
而變化，叫你們察驗何為神的善良、純全、可喜悅的
旨意。」　　　　　　　　　　（羅馬書十二章1～2節）

有些人以為神的旨意總是很難做到的，但這並不是真的。神的旨意
是善良、純全、可喜悅的。我們在實現神旨意的過程中，會找到極
大的成就感和喜樂；另一方面，我們有時必須對肉體的情慾說不，
亦即當我們肉體的熱情與神的旨意有所衝突時。在這樣的時刻，我
們必須捨己；的確，這並不容易。這正是耶穌說這話的意思，祂
說：「若有人要跟從我，就當捨己，天天背起他的十字架來跟從
我。」（路加福音九章23節）我們若要與耶穌同為後嗣，在這世上
完成祂的旨意，就必須踏出舒適區，進入信心的生活，在那裡我們
惟一的供應就是看不見的神，以及祂話語的純全。

禱告良辰

主啊，倘若安逸是指我拒絕捨己，天天背起十字架來跟隨
祢，我就不想再活在安逸之中了。我渴望實現的是祢的旨意，
藉著對祢的全然信靠，我願意委身過一個信心的生活。

基督說，我們若不背起自己的十字架來跟從祂，就不能成為祂的門徒。

第 89 天　　　　　__月__日

「我妹子，我新婦，你奪了我的心。你用眼一看，用
你項上的一條金鍊，奪了我的心！」

（雅歌四章9節）

「奪」（ravish）是什麼意思呢？根據字典的解釋，奪這個字意
指「用暴力拿走；以喜樂或愉快的心情來勝過；非比尋常地迷
人、愉悅、引人注目」。新婦已擄獲了祂的心，讓祂的心充滿著
狂喜和愉悅。當童女聽見主對她的求愛和肯定時，她的恐懼消
融了，也得著勇氣來跟隨祂。記住：此刻她所做的只是說好而
已。然而，因著她真心想順服祂的渴望，她已奪了神的心。

禱告良辰

親愛的神，只要我願意跟隨祢，就可以奪走祢的心
嗎？祢的愛是超乎我所能理解的，但我真心渴望跟隨
祢，不論祢要我往何處去。

你可知你對基督肯定的答覆——你不成熟卻真心的承諾——
奪了祂的心？

___月___日　　　第 *90* 天

「但我們既然屬乎白晝，就應當謹守，把信和愛當作
護心鏡遮胸，把得救的盼望當作頭盔戴上。因為神不
是預定我們受刑，乃是預定我們藉著我們主耶穌基督
得救。」

（帖撒羅尼迦前書五章8～9節）

我們竟奪去耶穌的心，這樣的啟示喚醒了我們對祂熱切的心。
它點燃我們裡面那股神聖的熱情。在受試探的時刻，是祂對我
們的愛情，以及我們對祂出於愛和委身的回應，成為愛的護心
鏡，是神聖的愛情護住了我們的心。

禱告良辰

親愛的天父，祢對我的愛若是如此地熱切，我就會充
滿強烈的渴望，要將我的心和生命都奉獻給祢，為的
是討祢喜悅。親愛的天父，求祢保守我的心，吸引我
更親近祢。

耶穌渴望得著你，祂期待與你建立更親密的關係。

第*91*天 　　　　__月__日

「祂不喜悅馬的力大，不喜愛人的腿快。耶和華喜愛
敬畏祂和盼望祂慈愛的人。」

（詩篇一四七篇10～11節）

也許你對仇敵不斷指責的攻擊、自我控告的思想、或別人的批評已習以為常，以致你難以明白內心沒有罪惡感、挫折感和被拒絕感受生活是什麼樣子。你或許覺得自己很失敗、一點都不可愛、毫無價值可言，但愛你的主並非如此看你。當你仰望耶穌，且不計代價地定意跟隨祂時，這種愛的眼神就能抓住並奪走祂的心。祂在大聲地說：「你用眼一看，就奪了我的心！」「我被你對我的愛征服了。你是如此可愛，你是我心喜樂和愉悅的來源！」

禱告良辰

親愛的主，有時我會有屬靈的挫折感。但是當我再一次定睛在祢身上，而非在自己身上時，祢那無以名狀的愛就再次地充滿我，讓我得以勝過軟弱，成為祢渴望我成為的一切樣式。

祂喚醒我們的方法，是我們永遠想像不到的，而我們卻如此慘烈地指控自己。

__月__日　　　　　第 *92* 天

「耶和華所親愛的必同耶和華安然居住；耶和華終日
遮蔽他，也住在他兩肩之中。」

(申命記卅三章12節)

每當撒但用牠的謊言來壓迫你的心時，就要用神的話來反駁
牠。下次當你的心伸出無情批判的指頭、指出你的失敗時，請
聽耶穌充滿愛的聲音，就如祂在祂的話語中所宣稱的：「我喜
悅你，你是美麗的。是的，你已經奪了我的心！」

禱告良辰

我的天父啊，我聽見祢愛的聲音，它已淹沒了仇敵那
令人沮喪的謊言。我不會聽牠的聲音；我不會相信牠
的謊言。祢是我的盼望、我的糧食、我的喜樂。

當你聽見你良人肯定的話語時，千萬不要開口加以反駁。接受
並相信這些話語；它們的確是真實的。

第 93 天　　　　　__月__日

「我妹子，我新婦，你的愛情何其美！你的愛情比酒
更美！你膏油的香氣勝過一切香品！我新婦，你的嘴
唇滴蜜，好像蜂房滴蜜；你的舌下有蜜，有奶。你衣
服的香氣如黎巴嫩的香氣。我妹子，我新婦，乃是關
鎖的園，禁閉的井，封閉的泉源。」

（雅歌四章10～12節）

這段經文啓示了一項極重要的屬靈原則，而這適用於身為信徒
的你我。認識神的愛情，可以預備我們來經歷祂的完全，使我
們在受逼迫和試探時仍然剛強、對祂忠心。耶穌宣稱我們對祂
的愛比酒更美──勝過世上所有的王國，以及祂手上一切榮耀
的工作。良人發覺祂美麗的新婦身上，有三個令祂傾心之處
──她的膏油、她唇上的蜜、她衣服的香氣。

禱告良辰

親愛的主啊，我知道在我生命中會有受逼迫和試探的
時刻，但祢的愛使我剛強。不論生命發生什麼事，我
一生一世都要全心跟隨祢。

誠然，耶穌的心完全被祂的教會所尊，而祂的教會對祂也有堅
定的心和捨己的愛。

＿月＿日　　第 *94* 天

「我幾次流離，祢都記數；求祢把我眼淚裝在祢的
皮袋裡。這不都記在祢冊子上嗎？我呼求的日子，
我的仇敵都要轉身退後。神幫助我，這是我所知道
的。……我倚靠神，必不懼怕。人能把我怎麼樣
呢？」　　　　　　　　　　　　（詩篇五十六篇8～9、11節）

新婦膏油的香氣可代表她內在的思想生活，這種生活向主散發
出美好的香氣。神聽見我們靈裡所發出的呼求，那是無人聽見
的隱密呼求，上升到祂面前成為美麗的香氣。當我們渴望討祂
喜悅時，神就看見我們內心隱密的意圖，即使我們所表達的並
不完全。聖徒向主的呼求，對祂而言就如同馨香之氣。在今天
的經文中，大衛為他自己的失敗而哭泣。我們悔改和悲傷的眼
淚，都是主看為寶貴的。

禱告良辰

但願我的生命帶著純淨和聖潔的香氣，達到祢面前。
我的心因力不能勝和失敗而破碎，但祢的愛提醒我，
我的眼淚在祢看來極為寶貴。

我們不要在跌倒時，定自己和其他基督徒的罪，而是要明白我
們的眼淚在神看為寶貴。

第 95 天　　　　　__月__日

「我新婦，你的嘴唇滴蜜，好像蜂房滴蜜；你的舌下
有蜜，有奶。你衣服的香氣如黎巴嫩的香氣。」

（雅歌四章11節）

良人所提及的奶、蜜、有香氣的衣服是什麼呢？如同奶和蜜能
滋養身體，滴下奶和蜜的嘴唇，就是新婦建造人心和帶來生命
的話語，能滋養著年輕人的信心，而非帶來控告、詆毀、批
評、吹毛求疵。她馨香的衣服是她為人公義的服事。我們為主
捨命、釘死自我中心的心志，就像可喜悅的香氣升到主面前。

禱告良辰

主啊，求祢讓我的嘴唇將祢的生命和救恩帶給我所遇
見的人。願我事奉的行動能將人帶到祢面前。我將生
命擺在祢腳前，祈求它能成為祢心所喜悅的香氣。

當我們定意成為一個僕人，我們的服事就在神面前散發出美好
的馨香之氣（參考哥林多後書二章15～16節）。

___月___日 第 *96* 天

「北風啊，興起！南風啊，吹來！吹在我的園內，使
其中的香氣發出來。願我的良人進入自己園裡，吃他
佳美的果子。」

(雅歌四章16節)

當主慷慨地賜下祂的愛給新婦時，她發出雅歌中最偉大的禱告
之一。北風所傳達的是冬天嚴寒刺骨的風，而南風是溫暖清新
的風，是在播種和夏季成長季節所吹起的風。新婦祈求有這兩
種風。她求嚴寒的北風吹在她身上，以顯明她心中的事物，但
她也求南風的祝福和更新。

禱告良辰

天父啊，求祢賜我勇氣，讓我祈求冬天的北風和收割
時溫暖清新的風，同時進入我生命中。求祢在我生命
的冬季播下祝福的種子，並容許我為收割而讚美祢。

我們永遠不會因著已長大成熟，而不需要南風的祝福。

第97天　　　　＿月＿日

「故此，你們要順服神。務要抵擋魔鬼，魔鬼就必離開你們逃跑了。你們親近神，神就必親近你們。」

（雅各書四章7～8節）

當我們可以祈求兩種風時——祂的管教和祂的祝福——我們是在說：「倘若祢如此愛我，我就知道屬於祢是安全的了。我深深信靠祢。我不害怕困境。祢所賜的一切，無一會奪走真實的生命。祢已保守我的每個步伐。」千萬別將北風與魔鬼的攻擊混淆了。我們一定要一直抵擋牠的猛烈攻擊。我們不要招惹牠的攻擊，那是極其愚昧的，因我們必須一直抵擋魔鬼和牠的作為。我們可以絕對信靠我們的良人。所以，我們不要害怕作這樣的禱告：「耶穌，我愛祢。我希望所有的不成熟都能消失。我希望我的心能與祢同負一軛。我裡面有祢的產業，是我生命中最重要的事物。因此，北風啊，興起！」

禱告良辰

主啊，在沮喪的冬天和從撒但而來的屬靈攻擊中，我要抵擋牠想毀壞我生命的計畫，我渴望得著蒙福和忠心生命的產業。

神能使用撒但的攻擊，來堅固我們的心。

___月___日　　　第 *98* 天

> 「我給我的良人開了門；我的良人卻已轉身走了。他
> 說話的時候，我神不守舍；我尋找他，竟尋不見；我
> 呼叫他，他卻不回答。城中巡邏看守的人遇見我，打
> 了我，傷了我；看守城牆的人奪去我的披肩。耶路撒
> 冷的眾女子啊，我囑咐你們：若遇見我的良人，要告
> 訴他，我因思愛成病。」　　　（雅歌五章6～8節）

這時，新婦遇見了終極的雙重考驗：主轉離袖的同在，連神的
百姓也拒絕她。第一個考驗是，最能滿足她心靈之神的同在竟
然不見了。這是個暫時的試驗。這種神同在的轉離並非因著不
順服，而是因著她的順服和她對完全成熟的渴望。這就好像主
在說：「我的新婦啊，我問你：我是你惟一的滿足，是你傾盡
一生的理由嗎？我是你達成目標的方法，抑或我是你生命的最
終目標呢？倘若沒有屬靈的感動，你還會服事我嗎？當我那可
辨識的同在消失時，你依然會說『我是愛慕袮的奴僕』嗎？」

禱告良辰

主啊，在我生命中的某些時節，感到袮似乎離我遠去，
有時我也感覺周遭人的拒絕。這時，求袮幫助我記住，
我是袮的產業，袮必使我在袮的愛中平安穩妥。

你我遲早都會面臨這種雙重的考驗。

第 *99* 天　　　　　__月__日

「城中巡邏看守的人遇見我，打了我，傷了我；看守城牆的人奪去我的披肩。」

（雅歌五章7節）

第二個考驗的發生，是守望者、或說是教會的領袖，打了她、傷了她，還將她的披肩奪去。是否曾經有基督徒同工——你極其信任的人——誤解你，並起來攻擊你呢？你感覺好像神自己已離棄了你，而你滿身是血，赤身露體地站在人面前？這看似新婦已失去她在神裡面所有的產業。她被奪去的是神同在的感覺，以及祂在教會中對她的恩寵。

禱告良辰

耶穌啊，當別人的誤解和拒絕進入我的生命時，求祢教導我想起祢的受苦，並且捨己來歸向祢。當冬天將要遠去，求祢教導我等候收割的時節。

當我們堅持真理，有時連主的僕人也會攻擊我們。我們必須忍受其他信徒的誤解和拒絕。

__月__日　　第*100*天

「耶路撒冷的眾女子啊，我囑咐你們：若遇見我的良
人，要告訴他，我因思愛成病。」

（雅歌五章8節）

如同約伯般，新婦並不知道她所經歷的考驗只是暫時的。她處在痛苦之中，卻在聖靈裡成熟起來。這就好比我們聽見她的宣告說：「我會這麼做不再是爲了自己，而是爲了祢，爲了我所愛的君王。祢是我熱情和產業的所在。」接著，我們發現她對耶路撒冷的眾女子說話，這是指靈性不成熟的信徒，她說：「你們若遇見我的良人，要告訴祂，我並不生氣。祂轉離又讓我碰到這樣的事情，我並不傷心。我愛祂，我是思愛成病，但我不生氣。」當主看見我們裡面作出愛的回應，即使我們仍處在如火般的試驗中，祂會呼叫：「是的！那是我真正新婦的心！」

禱告良辰

親愛的天父，我所渴望的是住在祢的同在中。無論生命遭遇何事，求祢幫助我找著能回到祢同在的路，甘願經歷那如火般的試煉，使我成爲得以站立在祢面前的純潔新婦。

她處在痛苦之中，卻在聖靈裡成熟起來。

第 *101* 天　　　＿月＿日

「你這女子中極美麗的，你的良人比別人的良人有何
強處？你的良人比別人的良人有何強處，你就這樣囑
咐我們？我的良人白而且紅，超乎萬人之上。」

（雅歌五章9～10節）

我認為雅歌五章10～16節，是神話語中最傑出之愛的陳述。被
打傷的新婦，站在她的控訴者面前，開始描述她所愛君王的一
些寶貴屬性；她所用的是象徵性文字，提及祂的頭、頭髮、
眼、兩腮、嘴唇、兩手、身體、腿、形狀、口。她讚美祂本
性的卓越，凡祂所做的都無限美好。她呼喊著：「祂極其耀
眼！……這是我的良人，也是我的朋友。」她對良人的認識使
她堅定。當她藉由這十項屬性，來宣告祂位格的榮美時，她內
心充滿著敬拜之情。她並沒有因祂轉身離去，還容許別人拒絕
她而表示不悅。她反而頌揚祂的偉大，因她思愛成病。

禱告良辰

主啊，祢位格的榮美和祢四圍的榮耀極其光彩，勝過
任何事物。祢將祢同在的光輝帶進我的生命中，驅散
了我四周的黑暗。

她聚焦於祂威嚴性情的真實。

_月_日　　第*102*天

「你這女子中極美麗的，你的良人往何處去了？你的
良人轉向何處去了，我們好與你同去尋找他。」

（雅歌六章1節）

當別人看見即使你在苦難、遭拒、逼迫之中，仍屹立不搖地委
身於耶穌，對祂懷著堅定不移的愛情，他們會作何反應呢？當
他們看見你不計代價，且不論發生何事都全然委身於耶穌，他
們的反應又是什麼呢？當聖靈向我們的心更多地啓示耶穌的性
情時，我們的委身會更深刻，也會更受激勵、熱切地跟隨耶
穌。神正在興起一群信徒，他們對祂熱切的委身將會激勵許多
人。

禱告良辰

我希望成為這群信徒中的一員，他們對祢的熱切委身
將激勵許多人。求祢讓我的生命成為失喪者的見證。
求祢讓聖靈內住在我裡面，使看見我的人都只看見
祢。

別人會呼求：「我們要得著你在祂裡面所擁有的。我們也
要得著祂！」

第 *103* 天　　　__月__日

「求你將我放在你心上如印記，帶在你臂上如戳記。
因為愛情如死之堅強，嫉恨如陰間之殘忍；所發的電
光是火焰的電光，是耶和華的烈焰。愛情，眾水不能
息滅，大水也不能淹沒。」

（雅歌八章6～7節）

讓我鼓勵你，將雅歌當作靈修默想的經文。當我們開始明白其
話語中所蘊含的先知性本質，就會發現這首神聖愛情的美妙詩
歌令人屏息。當我們明白我們的良人也透過它在對我們說話，
祂肯定我們生命中尚未完全長成的素質，並要將那些素質激發
出來時，這些話語就能改變生命。喔，當我們在許多方面仍在
成長中、仍然有失敗、軟弱時，願神賜給我們新的眼光，得見
祂對我們深情渴望的心。切勿讓神美麗情歌中的真理被遺忘，
在你心中逐漸消失。

禱告良辰

讓祢情歌的話語成為我心的印記；讓祢的愛火成為我
生命的力量。願祢聖靈恩膏的活水流過我的生命，讓
我永不忘記祢對我深切的愛。

珍惜神為你預備的愛的信息。

___月___日　　　第 *104* 天

「禍哉！我滅亡了！因為我是嘴唇不潔的人，又住在
嘴唇不潔的民中，又因我眼見大君王——萬軍之耶和
華。」

（以賽亞書六章5節）

當耶穌在祂的榮光中顯現，我們對聖潔的全新渴望就會油然而
生。以賽亞看見主高高地坐在寶座上，就為自己的潔淨而呼
求，之後他將自己獻上、任主差遣。他呼求說：「我在這裡，
請差遣我！」（以賽亞書六章8節）耶穌不是為哀哭切齒的教
會而來的，那樣的教會雖掙扎著要離開罪惡，卻暗自希望可以
稍微放縱情慾。不，耶穌是為了完全委身於祂的教會而來的
——那是裡面得著自由的教會。

禱告良辰

主啊，當祢——對我和世人——顯出關乎祢本相的啟
示，祢便激發了我，使我對祢的話語有最高層次的順
服。我希望成為祢的新婦，以毫無玷污、皺紋、完全
的聖潔站立在祢面前。

順服的最大動力，來自於我們更多地看見耶穌本相的啟示。

第 *105* 天 ＿＿月＿＿日

「就對他們說：『要收的莊稼多，做工的人少。所以，你們當求莊稼的主打發工人出去收祂的莊稼。你們去吧！我差你們出去，如同羊羔進入狼群。』」

（路加福音十章2～3節）

今日，許多基督徒都滿足於坐在教會彩繪玻璃窗的背後，躲在自己狹小的舒適區裡，不關心教會門外不信者的悲慘困境。今日有許多人專注於為自己尋求舒適的生活。他們把尋求耶穌當作使生命更快樂的方法。這是他們聚焦的範圍。身為基督徒的我們，為何在我們自己的舒適區裡消極地遊手好閒，消滅聖靈的感動，忽視禱告和神的話語呢？為何不顧神要我們去接觸失喪和貧窮之人的催促呢？我們為何妥協和墮落呢？我們到底在做什麼？無以言喻的光輝和榮耀之主，將要向祂的教會啟示祂自己。這樣的啟示會喚醒深刻的回應，使人有絕對的順服和愛慕。我們絕對不要回到妥協和消極的景況之中。

禱告良辰

求祢用迷失在罪中之人的破碎抓住我心。當他們與我在街上擦身而過時，讓我看見他們的絕望；讓他們求助的聲音充滿我的耳朵，使我將祢所要給他們的極大救恩帶給他們。

許多信徒不願意冒未曾經歷過的危險，不願意離開教會熟悉的舒適區，將神的愛帶給那些完全不認識它的人。

__月__日　　　第 *106* 天

「你們豈不說『到收割的時候還有四個月』嗎？我告訴你們，舉目向田觀看，莊稼已經熟了，可以收割了。」

（約翰福音四章35節）

我相信大復興和極大的靈魂收割即將來臨。神的百姓必須預備好，因我們是要照顧即將到來之群眾的人。歷史記載顯示，我們要複製與我們有相同本質的歸信者。有時，我會發現自己這樣禱告：「神啊，除非祢在教會中釋放值得傳授給大量歸信者的事物，否則求祢不要全然地釋放大收割。請別讓另一個動不動就被人冒犯的基督徒世代出現，他們是貪愛錢財、權力、地位、享樂的人。在祢將成千上萬的初信者帶來給我們訓練之前，求祢將祢兒子榮美的知識充滿我們。」記著，保羅曾預言，在我們達到全然合一、親密、成熟之前，對耶穌的認識將會持續下去。

禱告良辰

主啊，我不再滿足於周遭人活在罪惡和絕望之中、而我卻獨自擁有祢的景況。求將祢的道指教我，好讓我成爲祢極大軍隊的一份子，在合一、親密和成熟中，贏得失喪的靈魂。

我們要將所擁有的，分享給那些初信者。

第107天　　　＿月＿日

「我本來比眾聖徒中最小的還小，然而祂還賜我這恩
典，叫我把基督那測不透的豐富傳給外邦人，又使眾
人都明白，這歷代以來隱藏在創造萬物之神裡的奧祕
是如何安排的。」　　　　　　　（以弗所書三章8～9節）

神有興趣的不是讓人、事工、或教會出名。祂定意要在列國萬
邦傳揚祂兒子的名聲。祂正在尋找對祂兒子熱情如火的委身信
徒，而且這些信徒會說：「我在世上只是短暫的。我是天上的
國民，我要傳揚祢的名。我要為祢擄獲人們的心！」神最終的
渴望，就是賜給他的百姓更大的恩典和能力。但我相信，祂會
保留那更大的能力——更強大地釋放祂的聖靈——直到教會致
力於傳揚基督非凡性情的豐富。祂將恩膏這樣的信徒，並賜下
能力給這些致力於使人心歸向基督，而非歸向他們自己的人。

禱告良辰

我渴望成為如此世代的一份子，看見祢大有能力地釋
放聖靈進入我們的世界。求祢恩膏並賜我能力去尋找
失喪者，帶領他們進入與祢更新的個人關係中。

屬靈超級巨星的時代已經結束了。

＿月＿日　　　第*108*天

「正如基督愛教會，為教會捨己。要用水藉著道把
教會洗淨，成為聖潔，可以獻給自己，作個榮耀的
教會，毫無玷污、皺紋等類的病，乃是聖潔沒有瑕疵
的。」
（以弗所書五章25～27節）

聖靈要使人歸向耶穌，而非歸向國內最新興的事工，或是大型
教會的牧師。但奇怪的是，聖靈的確恩膏那些在個人生活中沒
有榮耀耶穌的男女。祂常常如此行。末世的教會將不屈不撓地
忠於對耶穌的位格。倘若今日某些事工具有如此的忠誠，就要
效法他們。但若是沒有，請勿只因有些人在傳道人為他們禱告
時會倒下，就受他們的影響。那是不夠的。我相信這些仍會發
生，但還有更多，在這地平線上還有更多好事要發生。在我們
個人因著認識基督之位格而體驗到滿足的過程中，我們即將發
現生命和事奉的真義。

禱告良辰

主啊，倘若全世界都離棄祢，我也不離棄祢。我不要
自己的生命徒具屬靈的外貌，我希望生命中完全充滿
祢偉大救恩的喜樂。

當我們禱告時，還有比讓人倒下更重要的事。

第 *109* 天 　　　　＿月＿日

「求我們主耶穌基督的神，榮耀的父，將那賜人智慧
和啓示的靈賞給你們，使你們真知道祂。」

（以弗所書一章17節）

「我已將祢的名指示他們，還要指示他們，使祢所愛
我的愛在他們裡面，我也在他們裡面。」

（約翰福音十七章26節）

你渴慕去影響人歸向耶穌嗎？你渴望在你個人生命中榮耀祂嗎？那麼
我要鼓勵你將今天這兩節經文，當作你生命中最重要的兩個禱告。一
再頌讀這兩節經文，並加以默想。當你作這禱告時，將你的想法記錄
下來。開始求神賜下啓示的靈，使你認識耶穌的榮美。求神使你愛祂
兒子，如同天父愛祂兒子般。我們必須堅定地持續禱告，直到我們
「藉著祂的靈……心裡的力量剛強起來」（以弗所書三章16節）。

禱告良辰

天父啊，賜給我智慧和啓示的靈，使我能更認識祢。
讓我每天以全新的方式認識祢。賜給我啓示的靈，讓
我認識祢的光輝和榮美。

在我們成為神的階下囚之前，我們將不會滿足。我們若為著祂神聖
目的而成為祂的俘虜，就必能帶領人熱愛耶穌，且被祂所擄獲。

__月__日　　　　第 *110* 天

> 「沒有愛心的，就不認識神，因為神就是愛。神差祂
> 獨生子到世間來，使我們藉著祂得生，神愛我們的心
> 在此就顯明了。不是我們愛神，乃是神愛我們，差祂
> 的兒子為我們的罪作了挽回祭，這就是愛了。」
>
> （約翰一書四章8～10節）

我有一對夫婦朋友，他們結婚廿三年都沒有生孩子，名字也不能列在可以收養孩子的名單裡，因為他們已經過了領養的年齡限制。但他們卻經歷一連串神聖的巧合及神的干預，蒙神賜下一個只有幾歲的漂亮小男孩。他們知道自己會全心地疼愛這小男孩，不論他是否會回報他們的愛，但藉著表達對他的疼愛和情感，他們開始贏得他的愛。後來，那個男孩開始回報他們的愛，那一天終於到來。作父親的心融化了，而他所感受到的，只能稍微表達我們的天父在祂兒女開始以愛回報祂時的感受。

禱告良辰

當我回報祢所賜給我之大愛的一部分時，讓我以喜樂和愛來滿足祢心。教導我更懂得讚美祢，更多地愛祢，且因祢為我所成就的一切，表達我對祢感謝的心。

神向我們所表達的那份深刻而完全的愛，是我們永遠訴說不盡的，因祂使我們成為祂家中的兒女。

第 *111* 天　　　＿月＿日

「你們所受的，不是奴僕的心，仍舊害怕；所受的，

乃是兒子的心，因此我們呼叫：『阿爸！父！』聖靈

與我們的心同證我們是神的兒女；既是兒女，便是後

嗣，就是神的後嗣，和基督同作後嗣。如果我們和祂

一同受苦，也必和祂一同得榮耀。」

(羅馬書八章15～17節)

什麼最能激發一個孩子希望像他的父母呢？是肯定和尊重，或
是遭拒的恐懼和罪惡感呢？在屬靈領域中，也是同樣的道理。
使用錯誤的動機——操縱、恐懼、罪惡感——來激勵信徒追求
與基督親密的關係，或許可得著快速的結果，但這些結果不會
長久。雖然屬靈的操練，例如：禱告、禁食、查經，這些都是
必要的，但若存著錯誤的動機來追求，常會導致律法主義、驕
傲、不安，或是病態的內省。當我們開始明白成為祂後嗣的涵
義時，我們的靈就會更多地渴慕祂。

禱告良辰

天父啊，祢的一切所是使我希望愈來愈像祢。求祢指

教我，如何在每天的生命中愈來愈像祢。

認識神深刻的愛情，以及祂全然接納我們成為祂所喜悅的兒
女，是屬靈不斷成長的最佳動力。

__月__日　　第*112*天

「求祂按著祂豐盛的榮耀，藉著祂的靈，叫你們心裡的力量剛強起來，使基督因你們的信，住在你們心裡，叫你們的愛心有根有基，能以和眾聖徒一同明白基督的愛是何等長闊高深，並知道這愛是過於人所能測度的，便叫神一切所充滿的，充滿了你們。」

（以弗所書三章16～19節）

扎根且建立在神強大穩妥的愛中，激發我們有更大的一致性、屬靈的熱情和成熟度。我們渴望對神有更完全、更親密的認識，並且與祂心靈相契。當你我追求與耶穌的親密關係時，很顯然地我們就是神尊貴的兒女。藉著效法基督，彰顯出我們是一家人；藉著愛我們的弟兄，我們致力於增進家人的福祉。我們會藉著避開天父所痛恨的事物、追尋祂所愛的、尋求祂的榮耀，來維護我們家族的榮譽。

禱告良辰

神啊，我所要的事物中，無一勝於扎根且建立在祢永遠的慈愛中。我希望彰顯祢的樣式。當我向人顯明祢的愛時，求祢讓我活在純淨和聖潔之中。

我們渴望成為有智慧的兒女，能帶給我們的天父喜樂。

第 *113* 天　　　__月__日

「正如基督愛教會，為教會捨己。要用水藉著道把教
會洗淨，成為聖潔，可以獻給自己，作個榮耀的教
會，毫無玷污、皺紋等類的病，乃是聖潔沒有瑕疵
的。」　　　　　　　　（以弗所書五章25～27節）

如同你我需要每天洗澡般，我們也需要有每天屬靈的潔淨，以去除
某些「污點」和污穢。若是容許污點累積，將會導致我們靈裡的遲
鈍和不敏銳。內在的敗壞像是：憤怒、毀謗、不耐煩、淫蕩等，會
使聖靈擔憂，且會讓我們的靈變得不靈敏，無法完全地回應神。聖
經資訊的累積，以及研經操練的時數，絕對無法徹底潔淨內在的自
我，而靈修和敬拜式地默想神的話語卻能做到。當我們默想祂潔淨
人心的話語，我們的讀經就會引導我們進入與耶穌個別的對話中，
我們也會經歷到屬靈的飢渴、敏銳、以及親近祂的成長。

禱告良辰

親愛的天父，求祢用祢的話洗滌我。潔淨我晦暗、不
敏銳的心靈。當我默想祢的話語和祢在我生命中的旨
意時，求祢從我的生命中拿走那隱藏、內在的罪。

當我們將心思專注於耶穌的位格、與祂對話時，神的話語就會
洗淨我們的心靈。

___月___日　　　　第 *114* 天

「神啊，我的心切慕祢，如鹿切慕溪水。我的心渴想
神，就是永生神；我幾時得朝見神呢？」

（詩篇四十二篇1～2節）

若是沒有熱愛耶穌的基礎，我們絕對無法擁有潔淨的行為。只
靠外在的操練和委身於聖潔的高標準，對耶穌卻沒有活潑的獻
身，這等人裡面不太會有真正的能力和生命。保守我們心靈
的，是一位名叫耶穌的人——而非規條和法則。當我們對耶穌
的情感在心中增長時，就會找到一種新的力量來抵擋試探。對
耶穌的熱情一旦成為你屬靈的根基時，它就會摒棄別人發送給
你的那種挑動情慾的訊息。它會回覆說：「不，恕不奉陪。」
你的靈裡將會發出這樣強烈、清楚的信息。

禱告良辰

親愛的主，我渴慕祢。無論代價如何，無論我必須放
下什麼，無論我必須長成什麼樣式，我所要的就是對
祢的渴慕。

我們充滿了對耶穌極大的渴慕，因此我們有更大的決心，去拒
絕屬肉體的事物，並抵擋錯誤的關係。

第 *115* 天 　　　＿月＿日

「我作孩子的時候，話語像孩子，心思像孩子，意念像孩子，既成了人，就把孩子的事丟棄了。我們如今彷彿對著鏡子觀看，模糊不清，到那時就要面對面了。我如今所知道的有限，到那時就全知道，如同主知道我一樣。如今常存的有信，有望，有愛這三樣，其中最大的是愛。」（哥林多前書十三章11～13節）

人心若不遺餘力地追求親近耶穌，就形同站穩了立場，得以勝過試探；另一方面，人心若游移在幻想之間，因著缺乏對神的感情而生活於屬靈空虛的被動之中，就極易落入可預見的試探。在追求親近耶穌的過程中，我們明白感覺是來去無蹤的，有時會從神聖熱情的高點，擺盪到屬靈荒蕪的低點。我們會有熱切渴慕和深愛耶穌的時節，這時我們會以極大的感覺和感動來禱告。但我們也會經歷這樣的時節，就是禱告時毫無神同在的感覺。然而，當我們堅持下去就會開始明白，即使在乾旱、荒蕪的時節，我們愛耶穌的心仍然在增長。

禱告良辰

親愛的主，祢的愛保護我的心不致向試探屈服。即使在我生命乾旱、荒蕪的時節裡，我的心單單要在祢裡面成長，並且成為祢所希望的樣式。

我們的焦點是在耶穌身上，而非來來去去的感覺。

__月__日　　第*116*天

「求你將我放在心上如印記，帶在你臂上如戳記。因
為愛情如死之堅強，嫉恨如陰間之殘忍；所發的電光
是火焰的電光，是耶和華的烈焰。」

（雅歌八章6節）

神的聖潔火燄是無情且強烈的，它最終會點燃那些對耶穌用情
專一的人。但是，我們若過分忙碌，以致沒有向祂祈求得著這
火燄，並且為此在祂面前等候，那麼這火燄將會減弱。雖然我
們漫不經心的生活會減弱聖靈的火，卻不代表神對我們的愛減
少了。我們這裡所指的火燄，並非代表神對我們的愛和情感；
更確切地說，火燄指的是神將對祂兒子的熱情和熱心，分賜在
我們裡面。就算我們失去了對耶穌的熱情，卻不會失去神對我
們的愛。

禱告良辰

天父啊，是的，祢的愛火使我裡面燃起火燄，為要更
多愛祢、更多認識祢。

我們必須拒絕相信仇敵狡猾的謊言，亦即神對我們的愛，會隨
著我們靈裡變化不定的感覺和成就而有所起伏。

第117天　　　＿月＿日

「但願人因耶和華的慈愛和祂向人所行的奇事都稱讚
祂；因祂使心裡渴慕的人得以知足，使心裡飢餓的人
得飽美物。」　　　　　　　　　（詩篇一〇七篇8～9節）

惟有與耶穌親密，我們內心想更多擁有祂的深切渴慕，才能逐漸得著滿足。重生的人並不會自動就有想親近神的感覺。有果效的事奉是來自於幫助別人，以及在神國裡成為有用的人，這會帶來一種滿足，但這與我們內在因著與神相遇而得的滿足是不同的。聖靈會賜給信徒屬靈的恩賜，透過我們釋放祂的能力，但這些最終並不會滿足我們渴慕神的心。當我們屬靈的飢渴未被滿足時，會在靈裡經歷到令人沮喪的枯燥不安。

禱告良辰

耶穌啊，惟有祢能滿足我渴慕的心。我所要的是更多的祢。求祢讓我活出與祢親密的生命。

除了與耶穌親密的關係，
無一事物能滿足出於聖靈的內在呼求。

___月___日　　　　　第 *118* 天

「我將耶和華常擺在我面前，因祂在我右邊，我便不
致搖動。因此，我的心歡喜，我的靈快樂；我的肉身
也要安然居住。」　　　　　　　　　（詩篇十六篇8～9節）

與耶穌的親密關係，帶來我們內在深切的安全感和安息。當我們
以這種深入的個人方式與他互動時，我們就更加地明白自己是為
神所接納和珍愛的。這種認識會使我們日益得著釋放，脫離不安
全感、脫離因別人反對我們的意見或行動而造成的威嚇，以及令
人癱瘓的恐懼感。專注於耶穌，最終會帶領我們愈發認識祂肯定
我們的心。這是絕對必要的。人的肯定很重要，同樣地，缺少神
對我們的肯定是種可悲的殘缺。當我們在神的愛中穩妥、有自
信，就能從別人如何接納和對待我們的恐懼中脫胎換骨。當我們
知道自己是蒙祂喜悅的，人的批評就不會像過去那樣地影響我們
了。向別人「證明」我們的價值，不再是主導我們情感結構的動
力。神的喜悅和祂認同的笑容，成了我們情感中最強大的動力。

禱告良辰

天父啊，當我學會更多地安息在祢的愛中，我就得以
逐漸成長而擺脫自己的恐懼，以及從他人而來的威
嚇。祢認同的笑容是我所需的一切。

知道我們是被神所愛、所接納和看重的，
給予我們更大的價值感和真正的自我價值。

第 *119* 天 ＿月＿日

> 「我的心哪，你要稱頌耶和華！不可忘記祂的一切恩
> 惠！祂赦免你的一切罪孽，醫治你的一切疾病。祂救
> 贖你的命脫離死亡，以仁愛和慈悲為你的冠冕。祂用
> 美物使你所願的得以知足，以致你如鷹返老還童。」
>
> （詩篇一〇三篇2～5節）

我們若要在受傷之處，經歷真正而持久的完整性和醫治，就必須
親自遇見那偉大的醫治者，並且受到激勵與祂建立親密的關係。
內在的創傷如何得著醫治呢？我們必須將一切都交還給神，包括
所有的苦毒、自憐、報復的心態。我們的悲傷、憤怒、羞恥、驕
傲——甚至個人的希望、野心、夢想——連同我們想管理自己生
命的個人權利和慾望，都必須放在神的祭壇上。我們心裡的焦點
必須是耶穌——而非我們的悲劇、我們的過去，或一切可能的結
果。惟有耶穌能將自憐變成勝利，或將眼淚化為歡欣。

禱告良辰

天父啊，求祢向我顯明，我仍然需要哪些內在的醫
治。求祢向我顯明我的傷處，好讓我能將其放在祭壇
上，讓耶穌將我的自憐化為勝利和歡欣。

內在的創傷要得著醫治，就必須把焦點放在與耶穌建立親密關
係之上。

__月__日　　　第 *120* 天

「太初有道，道與神同在，道就是神。這道太初與神同
在。萬物是藉著祂造的；凡被造的，沒有一樣不是藉著
祂造的。生命在祂裡頭，這生命就是人的光。光照在黑
暗裡，黑暗卻不接受光。」　　（約翰福音一章1～5節）

戰勝我們生命中屬靈黑暗的最佳方式，是接受更多屬靈的光！藉著
耶穌啟示之光的進入，黑暗就會從我們心中被驅走。試圖靠我們自
己將黑暗從心中驅除，是令人沮喪而無效的，但是當耶穌的位格揭
示在我們心中時，就是祂的光照進我們的心、黑暗逃走的時候了。
自然光照進房內也是如此。想用桶子將黑暗裝滿，再帶出黑暗的房
間是件可笑的事。我們只需將燈的開關打開，黑暗就會自動被制伏
了。這原則也可以應用在我們的靈命中。倘若我們一昧地抵擋黑
暗，想藉此把黑暗驅走，只會把自己耗盡；相反地，我們若專注於
接受更多的光，就形同直接迎擊生命中的黑暗。

禱告良辰

神啊，當祢愛的返照回來，住在我心中，我內心的黑
暗就能完全消失。因我心中的每個幽暗處，都被祢愛
的光輝所征服了。

真誠信徒的生命中或有黑暗，
它也無法勝過來自神的光和啟示的經歷。

第 *121* 天　　　＿月＿日

> 「我們爭戰的兵器本不是屬血氣的，乃是在神面前有
> 能力，可以攻破堅固的營壘，將各樣的計謀，各樣攔
> 阻人認識神的那些自高之事，一概攻破了，又將人所
> 有的心意奪回，使他都順服基督。」
>
> （哥林多後書十章4～5節）

信徒若與耶穌沒有親密的關係，他們的誇耀對撒但就不會構成威脅。牠知道，只要黑暗權勢在信徒生命中的許多層面未受質疑和未被攻取，他們在牠的國度中就不具真正的威脅性。耶穌才是撒但所懼怕的那一位。倘若信徒沒有充分地認識耶穌、明白祂的真實性，撒但知道他們遲早會淪為牠攻擊的目標，而非戰勝黑暗的人。讓撒但感到苦惱的，是對耶穌擁有純淨、真誠委身的堅定信徒。牠會在弟兄姊妹拿起聖靈的寶劍之前就逃之夭夭，因他們在神裡面有著親密、忠誠、順服的隱密經歷。

禱告良辰

天父啊，我帶著祢的力量和能力，永不再被仇敵所威脅。藉著祢的愛，我是個得勝者，而非撒但欺騙手段下的受害者。

凡專注於聖潔熱情的信徒，即使是最軟弱、最不成熟的人，也會成為撒但國度的威脅。

「此後，我觀看，見天上有門開了。我初次聽見好像吹號的聲音，對我說：『你上到這裡來，我要將以後必成的事指示你。』我立刻被聖靈感動，見有一個寶座安置在天上，又有一位坐在寶座上。看那坐著的，好像碧玉和紅寶石；又有虹圍著寶座，好像綠寶石。寶座的周圍又有廿四個座位；其上坐著廿四位長老，身穿白衣，頭上戴著金冠冕。有閃電、聲音、雷轟從寶座中發出；又有七盞火燈在寶座前點著；這七燈就是神的七靈。寶座前好像一個玻璃海，如同水晶。」

（啟示錄四章1～6節）

在我試圖建立堅定禱告生活的初期，我感到自己像是在對空氣禱告——是在和我根本無法捉摸的模糊對象禱告。我感到疏離，毫無對真人禱告的真實感。但經過一段時日，因著從數年前就開始的單純委身，我的禱告生活已經愈來愈豐富了，我稱它為「定睛於神的寶座」。約翰描述天上的景象，而我們的禱告就是升到天上。關於神的寶座、主耶穌、四活物、廿四位長老的描述，大大地改變了我的禱告生活。

禱告良辰

天父啊，願祢寶座的異象每日提醒我，每當我禱告時，我的禱告便升到祢寶座前蒙祢垂聽——蒙祢應允。

約翰以圖像式的語彙，將那場景描繪出來，
而那正是我們的祈求和代禱所到之處。

第 *123* 天　　　＿＿月＿＿日

「寶座中和寶座周圍有四個活物，……他們晝夜不住地
說：聖哉！聖哉！聖哉！主神是昔在、今在、以後永在
的全能者。每逢四活物將榮耀、尊貴、感謝歸給那坐在
寶座上、活到永永遠遠者的時候，那廿四位長老就俯伏
在坐寶座的面前敬拜那活到永永遠遠的，又把他們的冠
冕放在寶座前。」　　　　　　　（啟示錄四章6～10節）

這充滿神恩典的寶座，是一切實體中最令人敬畏之處。它是整
個創造次序的基礎；它是萬物的中心；它是萬物的目標，因創
造萬物的神就坐在寶座上，萬物是為了祂的喜悅而存在。當我
們站在祂的審判臺前，祂對我們的觀感將是惟一重要的事。當
我們不知道我們的父神坐在寶座上，耶穌就坐在祂的右邊，我
們的問題就會在思想中變得無法克服。那種絕望可能是令人難
以置信的。我們忘了萬物都將過去，除了在寶座上的那一位是
真實的，無一事物具有任何的意義和關連。

禱告良辰

耶穌啊，祢從父神右邊的寶座上看顧著我的生命，對
我而言，這真是難以置信。感謝祢為我代禱。我願用
一生來討祢喜悅。

除了蒙祂喜悅的事物，一切都是短暫的。

＿月＿日　　　第*124*天

「祂又叫我們與基督耶穌一同復活，一同坐在天上，要將祂極豐富的恩典，就是祂在基督耶穌裡向我們所施的恩慈，顯明給後來的世代看。」　（以弗所書二章6～7節）

你是否曾想像過，當你在敬拜和代禱時，你是站在天上的寶座前？想像在火燄中，有個宏偉的寶座豎立在天上。想像有著難以形容之榮耀的那一位，祂的頭髮和衣服潔白如雪，就坐在寶座上；想像有廿四個較小的寶座，圍繞在那偉大寶座的左右兩邊，而且這廿四位長老身穿白衣、頭戴金冠冕，就坐在那些寶座上。傾聽無數天使的讚美聲，從寶座的每個方向傳出。耶穌就在祂天父的右手邊。祂的榮美和光輝是難以形容的。祂正在歡迎你來到施恩的寶座前，用笑臉招呼你前來。當我們到了那裡，日復一日、年復一年，我們的靈命必然更加地豐盛。我們的心靈將被鼓舞，我們的意念將被更新。

禱告良辰

主啊，想到與祢站在天父寶座前，這實在是超乎我所能理解的。然而，祢卻歡迎我到施恩的寶座前，而當我站在那至聖所時，祢就更新我的生命。

隨著時光的推移，我們被改變、被轉化、榮上加榮。

第 *125* 天　　　＿月＿日

「我們眾人既然敞著臉得以看見主的榮光，好像從鏡
子裡返照，就變成主的形狀，榮上加榮，如同從主的
靈變成的。」

（哥林多後書三章18節）

在舊約時代，用帕子蒙臉是一種表達的方式，意指那人與神之
間有鴻溝，需要一位仲裁者。藉著基督，神已邀請我們坦然
無懼地來到祂施恩的寶座前（參考希伯來書四章16節）。我們
不再帶著被定罪或被指控的感覺，因基督承擔了我們的刑罰，
將公義賜給我們。我們可以向主敞開心，坦承我們的失敗、傷
痛、失望、恐懼、挫折。

禱告良辰

耶穌啊，因著祢所賜的公義，我得以坦然地來到祢施
恩的寶座前。祈求祢繼續改變我，使我擁有祢的樣式
和形象。

我們是敞著臉注視耶穌的榮耀。

__月__日　　　第*126*天

「我們眾人既然敞著臉得以看見主的榮光，好像從鏡
子裡返照，就變成主的形狀，榮上加榮，如同從主的
靈變成的。」　　　　　　　　（哥林多後書三章18節）

許多基督徒當中有一個錯誤的觀念，就是以為每天花十個小時
獨自在房間讀經，才會產生功效。但神的話主要是寫給那些百
分之九十九、永遠不會成為「全職」的人類，而全職是指領薪
水的服事職分。神的應許並非只是給受薪的傳道人，也是給街
上的一般人、給帶著難纏的兩歲孩子而神經緊繃的母親、卡車
司機、大賣場的店員、秘書、商人、教師、法庭的律師。神的
話是給陷入罪中的信徒；他們除了一顆向神呼求的心，已失去
一切。每個基督徒——任何基督徒——都能逐漸轉化，榮上加
榮。

禱告良辰

主啊，我就是那平凡人，承受著祢所賜的極大應許。
求祢照祢的話，指教我祢的道，使我得以轉化，榮上
加榮。

得以轉化、榮上加榮，是我們裡面聖靈的工作——祂就在我們
的心思、意志、情感之中。

第 127 天　　　　__月__日

「我每逢想念你們，就感謝我的神；每逢為你們眾人
祈求的時候，常是歡歡喜喜地祈求。因為從頭一天直
到如今，你們是同心合意地興旺福音。我深信那在你
們心裡動了善工的，必成全這工，直到耶穌基督的日
子。」
　　　　　　　　　　　　　　　（腓立比書一章3～6節）

神的榮耀不只侷限於在荊棘火燄中與神相遇。許多人錯誤地認
為，若不是完全的榮耀，就是根本沒有榮耀。得以轉化而榮上加
榮，是神賜給每個信徒的應許。我們可以在細小、微妙、常被忽
略的層面中，經歷不斷加增的榮耀。千萬別低估神的恩典，或輕
忽由種種微小的開始所構成的一天。我們不應該說：「我永遠不
會改變。我會一直受情慾、憤怒、貪戀所捆綁。我永遠不會得自
由。」神的榮耀已經在你的生命中動工了。要感謝他，畢竟你是
真誠地渴望從這些罪惡的習慣得釋放，得以行在聖靈中。這些微
小的開始，就是朝著完全成熟邁進的堅定步伐。

禱告良辰

聖靈求祢幫助我，使我將所踏出的每個小步伐，都看
作是我的成長，我因此愈來愈像基督。

教導我看出每個小步伐，都使我愈來愈接近神的形像，以致我
的靈命得以成熟。要有信心，即使是現在「那在你們心裡動了善
工的，必成全這工」。

127

___月___日　　　第 *128* 天

「然而，我今日成了何等人，是蒙神的恩才成的，並
且祂所賜我的恩不是徒然的。我比眾使徒格外勞苦；
這原不是我，乃是神的恩與我同在。」

（哥林多前書十五章10節）

改變是個困難的過程。現在好消息來了。成聖和轉化來自於注
視——而非努力！基督教界有些人已一頭栽進一個永無止境的
循環之中——栽進關於恢復、自助，如何做的講道、書籍、錄
音帶之中。但轉化來自注視耶穌的榮耀和光輝，祂是真實存在
的位格。除非神以祂的同在改變我們的心，否則我們將永遠不
會改變。我們可能強迫自己要固定地進入禱告室，但只有神能
改變我們的心。當神的恩典在我們裡面動工，改變才會發生。

禱告良辰

親愛主，無論代價如何，讓我注視祢本質的奇妙，使
我改變成為祢的形像。主啊，求祢改變我；用祢的恩
典使我得以成為祢起初造我的樣式。

轉變並非來自努力或是來自心理學的技巧而已。

第129天 　　　　__月__日

> 「聖靈向眾教會所説的話，凡有耳的，就應當聽！得
> 勝的，我必將那隱藏的嗎哪賜給他，並賜他一塊白
> 石，石上寫著新名；除了那領受的以外，沒有人能認
> 識。」
> 　　　　　　　　　　　　　　　　（啓示錄二章17節）

耶穌基督愛世人，祂也愛教會，但祂以一種特殊的糧食餵養那些私下愛祂的人。祂保留了神聖的嗎哪，賜給那些將生命大大耗費於祂同在之中的人。你如何將生命耗費於耶穌呢？很容易；這已非祕密。只要下定決心，你的心就會趕上。進入祂的同在之中。拒絕罪。在禱告中向祂呼求；在敬拜中向祂揚起你的心靈。頌讀並默想祂的話，直到你的心充滿神心中所充滿的。將自己完全交託給祂，因爲與神建立親密關係需耗費時日，而在祂面前的等候，是無一事物可取代的。容許你自己被破碎且流出血來，因極寶貴的那一位，祂的身體也是爲了你而被破碎，流出寶貴的生命之血來。

禱告良辰

主啊，我渴慕祢所保留的神聖嗎哪，它是爲那些配得住在祢同在中的人所存留的。指示我如何「爲祢傾盡我的生命」。讓我將自己交託給祢，如同祢爲了使我得救，捨了祢的生命一樣。

我們可以將生命耗費於服事魔鬼，結局就是落在地獄那燃燒的垃圾堆中；或者，我們可以將自己的生命和資源耗費在耶穌身上。

__月__日　　第 *130* 天

「若因一人的過犯，死就因這一人作了王，何況那些受洪恩又蒙所賜之義的，豈不更要因耶穌基督一人在生命中作王嗎？」

（羅馬書五章17節）

你在尋求屬靈的更新嗎？你渴望超乎你想像的神聖滿足嗎？那麼請專注於兩件事上：第一，專注於深入認識神的榮美，或祂的本相（也就是認識祂的性情）；第二，專注於認識按祂形像受造的意義；換言之，就是認識我們在基督裡與神相似之處。這兩個層面的真理，能使你的心前所未有地受到鼓舞。榮美的神將美好的特質賜給我們，這個真理是使我們的心永遠著迷且振奮的主題。試想，耶穌將公義賜給我們，也一併地將祂所擁有的榮美賜予祂的新婦。

禱告良辰

親愛的天父，我渴望在祢裡面得著更新；我渴望在祢的形像中重新受造。求祢預備我成為祢的新婦，以祢的公義為裝飾。

深感滿足的心靈、個人的意義感與價值感，以及神聖喜悅的豐富寶藏，只能來自於對神自己的親密認識。

第 *131* 天　　　__月__日

「穿上了新人。這新人在知識上漸漸更新，正如造他
主的形像。」

（歌羅西書三章10節）

藉由這節經文，我們可以制定出一項關乎個人更新極為重要的
原則。這對於你個人的更新，以及領人進入對神全心的委身
將是個關鍵。對神屬性的真正了解，很可能是教會最缺乏的
層面。當我們認識神是怎樣的一位神時，我們裡面就會有所醒
悟。祂對我們的設計是，當我們缺乏對神榮美的認識，我們的
心靈就會遲鈍。我們若沒有規律地接觸神新鮮的話語，讓聖靈
向我們啟示神的本相，心靈就會日益遲鈍和麻木。

禱告良辰

神啊，求祢讓我裡面生發對祢性情真正的認識。我希
望認識祢、祢的本相、祢所愛慕的，以及祢對我的生
命和這世界的看法。

關乎神性情的認識——關乎神本相的認識——將會贏得你的
朋友和所愛的人來歸主。

__月__日　　　　第*132*天

「耶穌説：『我實實在在地告訴你，人若不是從水和
聖靈生的，就不能進神的國。從肉身生的就是肉身；
從靈生的就是靈。我説：你們必須重生，你不要以為
希奇。風隨著意思吹，你聽見風的響聲，卻不曉得從
哪裡來，往哪裡去；凡從聖靈生的，也是如此。』」

（約翰福音三章5～8節）

神國的男女若蒙神恩膏，成為領袖並建立事工，而他們對自己
肉體的軟弱卻沒有一種健康的看見，這是很危險的。因著他們
屬靈的驕傲，他們會在神國裡造成破壞。自義、屬靈的傷害、
誤用屬靈權柄，都可能源自這個問題。許多瘋狂的事發生，皆
因偏離了這雙重的啓示——倘若我們不知道自己有軟弱的肉
體，就會驕傲而魯莽行事；倘若我們不知道自己有願意的
心，那麼當我們看到自己的軟弱時，就會開始絕望。神既不要
魯莽的驕傲，也不要絕望的定罪。祂所要的是，我們在愛裡有
安全感，因著祂在愛裡喜悦我們而有安全感，因著神仍看我們
軟弱的愛為眞實而有安全感。

禱告良辰

主啊，祢怎麼看我，我也要怎麼看自己。求祢指出我
肉體的軟弱，再向我啟示祢改變人心的愛。求祢讓我
在祢的愛裡有安全感。

最濫用職權的情況，莫過於一個受膏來服事的領袖，竟沒有謙
卑地看出自己肉體的軟弱。

＿月＿日　　　第*133*天

「他們吃完了早飯，耶穌對西門彼得說：『約翰的兒子西門，你愛我比這些更深嗎？』彼得說：『主啊，是的，祢知道我愛祢。』耶穌對他說：『你餵養我的小羊。』耶穌第二次又對他說：『約翰的兒子西門，你愛我嗎？』彼得說：『主啊，是的，祢知道我愛祢。』耶穌說：『你牧養我的羊。』第三次對他說：『約翰的兒子西門，你愛我嗎？』彼得因為耶穌第三次對他說『你愛我嗎』，就憂愁，對耶穌說：『主啊，祢是無所不知的；祢知道我愛祢。』耶穌說：『你餵養我的羊。』」

（約翰福音廿一章15～17節）

當我們跌倒且遇見困境時，往往就會想將神的恩典關在門外。我們的心因羞恥而緊閉。我們永遠不敢想像，那位知道一切的神會認為我們是真正愛耶穌的人。不僅如此，我們過分專注於自己所犯的錯誤，以致我們被絕望沖走，看不見這個事實——我們是神的愛人並且為神所愛。當我們的景況是如此，就是將信心置於某個事物上，而非置於耶穌燃燒的愛，以及祂在十字架成就的大工之上。我們若定睛專注於祂的死所成就的大工，主就會臨到我們，使我們在祂面前，承認關乎自己身分的真理。

禱告良辰

耶穌啊，我希望成為真正愛祢的人。幫助我定睛專注
於祢在各各他所成就的大工。讓我明白祢對我的那份
偉大犧牲的愛。

主帶著復活的大能再臨，祂看著彼得的臉，並賦予他一個大膽
的新定義：「你是蒙愛的，你是愛我的。」

__月__日　　第*134*天

「耶和華啊，祢的慈愛上及諸天；祢的信實達到穹
蒼。祢的公義好像高山；祢的判斷如同深淵。耶和華
啊，人民、牲畜，祢都救護。」

（詩篇卅六篇5～6節）

有時我的服事有美好的循環，一切都很順利；但有時並不理
想，我感受不到神同在的恩膏，而且信徒似乎很厭煩。有時我
的環境有蒙福的循環，但有時我的生命會處在幾乎看不見任何
祝福的循環中。有時我的健康狀況極佳，有時它遭到攻擊。有
時我最重要的人際關係是健康的，有時卻是被暗中破壞了。但
這一切景況都無法改變這個事實、這個根本的真理，亦即我
是蒙愛且是愛神的。當壓力進入生命所有的層面時，帶給我安
慰並領我走出絕望的信念就是：我是蒙愛的；我是愛神的。因
此，我是成功的。

禱告良辰

天父啊，生命中無一事物能比擬這個事實，亦即祢完
全且無條件地愛我！只要我記住祢的愛，我知道我在
祢面前必會成功。

就最絕對的意義而言，我在神面前是成功的。

第 *135* 天　　　＿月＿日

> 「我的心哪，你為何憂悶？為何在我裡面煩躁？應當
> 仰望神，因我還要稱讚祂。祂是我臉上的光榮（原文
> 是幫助），是我的神。」　　　　（詩篇四十三篇5節）

你不必聽控告者的聲音，那可能藉由你的配偶、兒女、父母、摯友而發出。事實上，他們可能會在任何事上控訴你。他們甚至可能藉著你的弱點、缺陷、失敗來定義你，但要謹記，你所掙扎的部分並不能說明你的為人。你被定義為愛神且為神所愛的人。那是你生命極重要的定義。這強有力的定義會帶出終身的悔改，而這悔改會在你裡面愈來愈強烈而有力道。你可以失去健康和事工，人際關係破裂，被屬靈攻擊擊垮和征服，但倘若你真知道你是被愛的，倘若你努力成為神的愛人，你在神眼中就是得勝的。

禱告良辰

天父，我知道我周遭的人通常是以我的弱點來定義我，但祢是按著祢賜我的力量和愛來定義我的。

認識祂的身分，並認識我們在祂裡面的身分，會帶來我們靈裡持續的更新，也會影響我們所遇見的每個人。

__月__日　　第 *136* 天

「祂必殺我；我雖無指望，然而我在祂面前還要辯明
我所行的。這要成為我的拯救，因為不虔誠的人不得
到祂面前。」　　　　　　　　　（約伯記十三章15～16節）

當我面對痛苦和壓力時，我就向神作出這樣的宣告：「我是被
愛的，我是愛祢的；因此我是得勝的。即使當我對祢的愛有如
種子般尚未成熟，我仍然愛祢；即使我的愛是軟弱的，但我心
靈的景況就是要成為祢的愛人。」壓力的痛苦驅使我們的心靈
進入密室。當處境艱難時，許多人依舊堅持地宣告景況必會好
轉。但更高層次的宣告是：我是蒙愛的，我是愛神的；因此我
是成功的。痛苦會將你推向惟一可受安慰之處——那個宣告
——那是使我們的心從絕望中得釋放的宣告。

禱告良辰

天父啊，幫助我和畢邁可一樣，每日向祢宣告：「我
是被愛的，而且我愛祢。即使我的愛是軟弱的，但我
的心態和渴望就是要成為愛祢的人。因此，我的生命
是得勝的。」

神容許壓力臨到的理由是，它能將我們的心靈重新對焦於
現實。

第137天　　　＿月＿日

「求祢保護我，如同保護眼中的瞳人；將我隱藏在祢
翅膀的蔭下，使我脫離那欺壓我的惡人，就是圍困我
要害我命的仇敵。」　　　　　（詩篇十七篇8～9節）

當壓力進入我生命時，我就藏在隱密處——以心靈重新對焦的姿
態。在那裡我找到生命的靈，我裡面就得著復甦。這如同肌肉一再
被鍛鍊般；因這絕對的真理，我的心不斷被擴張，而那真理就是：
我是蒙愛的，而且我愛神；因此，我是得勝的。因為神的兒子、那
永恆的天上新郎，已揀選我們成為祂心所喜悅的；因此，倘若我們
微不足道，那就令人難以想像了。祂已揀選我們在廣大、永恆、不
斷增長的帝國裡，亦即神的國，來統治與掌權。我們是祂的心為之
跳動的目標；我們是祂所渴慕的。我們是祂等候要成為祂產業的。
明白這一切之後，很難想像我們還會因自己的微渺而備感挫折和絕
望。但願我們能因著祂，看見我們真正的身分為何！

禱告良辰

神啊，求祢將我藏在隱密處，並且在那裡以祢的靈使
我復甦。因著祢，我可以在這個事實中找到真實的意
義——我是神所愛的。

我絕不可能是微不足道的——你也一樣！

＿月＿日　　　　第*138*天

「耶穌說了這話，心裡憂愁，就明說：『我實實在在地告訴你們，你們中間有一個人要賣我了。』門徒彼此對看，猜不透所說的是誰。有一個門徒，是耶穌所愛的，側身挨近耶穌的懷裡。西門彼得點頭對他說：『你告訴我們，主是指著誰說的。』那門徒便就勢靠著耶穌的胸膛，問祂說：『主啊，是誰呢？』」（約翰福音十三章21～25節）

因著生命與神有深入親密關係而受影響的人當中，大衛王只是其中一例。然而，得著新郎和新婦之最大啟示的，是使徒約翰。想一想約翰的生命。他指責那些趕出邪靈的人，因為他們不屬於他的群體。他要耶穌讓他永遠坐在祂的右邊。想想看，他要凌駕於他人之上，成為永恆中永遠坐在耶穌右邊的主要人物。有時，這位使徒指責人，但他也是靠著主胸膛的那個人。成為一個將頭靠在主胸膛的人，接受祂的擁抱，必會使你的心燃燒起來。

禱告良辰

主啊，教導我愛祢，如同大衛愛祢般；幫助我尋求祢的擁抱，如同約翰般。向我啟示祢的榮耀，讓我的心在祢的愛中燃燒。

主耶穌將新婦的啟示託付給使徒約翰。

第 *139* 天　　　＿月＿日

「耶和華必然等候，要施恩給你們；必然興起，好憐憫你們。因為耶和華是公平的神；凡等候祂的都是有福的！」 (以賽亞書三十章18節)

我們大部分的人相信，當我們到天堂時，神會喜悅我們在那裡。有些人則想像，神是一位在他們經歷重大的屬靈轉化之後，才會喜悅他們的神。但我有一件令人震驚而又基本、必要的事必須告訴你：即使你現在是軟弱的，神仍然喜悅你。不論你是在得勝的高處，或在挫敗的低處，祂都喜悅你；這是因祂喜悅你，並非基於你的成就，而是在於祂自己的心，以及你對祂的誠摯回應。事實上，時時感受到神的喜悅，將直接帶出更大的靈命成長和成熟的結果。這並非你要努力去達成的事，而是一個令人敬畏的關鍵，可以開啟你生命中令人驚嘆的能力源頭。

禱告良辰

主啊，即使在我挫敗和沮喪時，祢仍然愛我。祢喜悅我並非基於我所做的事，而是基於祢是何等地愛我。

不論你正在困境中掙扎或者一切順遂，你都是全能神所喜悅的。

__月__日   第 *140* 天

「古時耶和華向以色列顯現，說：我以永遠的愛愛你，因此我以慈愛吸引你。」

（耶利米書卅一章3節）

許多信徒對神有扭曲的看法。倘若你追問一般的信徒，他會說：「我知道神有完全的主權，也知道他的意思是好的，但我不知道他的感受如何。他在情感上似乎離我有點遠。」神常被視為一個嚴厲的教練，呼召我們去做一些艱難的事，或是讓困難的事發生在我們身上，藉以訓練我們。有些人則視他為嚴厲的法官，總是想要在我們犯罪時逮捕我們，而且從來不會有什麼情緒——直到我們的失敗惹他發怒。許多人將神視為一個部隊的軍官，會為了目標而犧牲我們。他們所認為的神會說：「喔，只要對達成目標有幫助，過程中損失一些人也沒有關係。」親愛的，這種扭曲的形像，和聖經中的神極為不同。

禱告良辰

天父啊，就像許多人一樣，我常會扭曲祢的本相。親愛的主，求祢除去我扭曲的想法，並且讓我看見祢，就如同祢話語中所啓示的一般。

我們以為他呼召我們成為他的門徒，只是為了促進他的目標，卻從未明白他的心燃燒著對我們的渴望。

第 141 天 ＿月＿日

「愛情，眾水不能息滅，大水也不能淹沒。若有人拿家中所有的財寶要換愛情，就全被藐視。」 （雅歌八章7節）

想像一對年輕夫婦，在銀行裡有五百萬美元，且擁有一棟價值五百萬美元的房子。有一天，這對夫婦發現他們五歲的女兒得了末期的疾病。醫生告訴他們，他們將會耗盡一切，才能成功地醫治他們的孩子，也就是耗盡他們所有的銀行存款、房子、股票等等。因此，他們將房子和財產都換成現金，然後用盡這一千萬美元，結果他們的女兒獲救了。使徒保羅說，比起經歷耶穌超凡的榮美，他將自己為基督所作的犧牲視為糞土（參考腓立比書三章8節）。為什麼呢？因為這是一種愛的犧牲。當弟兄姊妹極其專注於耶穌的愛和榮美時，他們所期待的惟一報償，就是以全心的愛回應神的能力。殉道者會歡喜地捨棄生命，並將他們最高的委身行動，視為神所賜的恩典禮物，而這使他們能夠在壓力之下，在超自然的愛中行事。那愛的能力是我們極大的報償。

禱告良辰

聖靈啊，教導我極其專注於耶穌的愛和榮美，好讓我有能力以全心的委身來回應祂的愛。

一個真正愛神之人的報償，就是愛的能力。

__月__日　　　第*142*天

「我們要歡喜快樂，將榮耀歸給祂。因為，羔羊婚娶
的時候到了；新婦也自己預備好了，就蒙恩得穿光明
潔白的細麻衣。」　　　　　　　（啓示錄十九章7～8節）

當神呼召我開始藉著基督新婦的啓示來看自己時，我提出了抗
議。一個拳擊手硬漢的兒子，如何能向基督的身體宣揚有關成
爲新婦的信息呢？困惑的我說：「主啊，這沒有道理啊！」如今
我明白，我永遠無法採取比新婦戰士更激進的戰士姿態，那是一
個抵擋黑暗國度的浪漫戰士。在爭戰中，我們必會有撐過去的能
力。其他的戰士會耗竭、會受傷，他們心中的熱情會失去。在激
烈爭戰中，你的心是很容易受傷的。但浪漫戰士的心被賦予更多
的保護和能力，這是因他們的心中帶著主要的報償，就是在愛中
歡欣的能力，以及爲主的榮美而著迷。他們雖然甚至可能會殉
道，他們死去的時候，心卻是燃燒著對基督之愛的熱情。

禱告良辰

親愛的救主，我要成爲祢的新婦戰士，在祢的大能和
力量中，打那美好信心的仗。讓我的心在祢的愛火中
剛強。

在新婦戰士的姿態中，我們是穩妥的，我們的心是被保護的。

第143天　　　__月__日

「我為你們起的憤恨，原是神那樣的憤恨。因為我曾
把你們許配一個丈夫，要把你們如同貞潔的童女，獻
給基督。」　　　　　　　　（哥林多後書十一章2節）

新郎的啟示是藉由使徒保羅傳揚的。保羅認為他的服事，是藉由帶
領不信者歸信，將他們許配給神這位新郎，並把他們如同貞潔的新
娘般獻給基督。在這稱為新郎之友（friends of the Bridegroom）的
事工身分中，我們做事與沒有這份啟示者的事奉是極為不同的。我
們是藉由與神自己建立關係所產生的能力，來取得這個身分的。當
我思想神是新郎時，我首先想到的是祂對我們的渴望。要因神的愛
而歡欣啊！這位神充滿喜悅；這位神對人類有著強烈的渴望；這位
神心靈愉悅地追求著我們，無一事物比這啟示更激勵人心。

禱告良辰

神啊，求祢賜我新的啟示，讓我知道祢就是新郎，等
候著我這個新婦。求祢吸引我的心來歸向祢，並容許
我為別人預備道路，當他們接受祢兒子的獻祭時，他
們就可以成為祢的新婦。

新郎的朋友是無懼的，因我們是連結於遠比我們更偉大的
那一位。

＿月＿日　　　第 *144* 天

「我因耶和華大大歡喜；我的心靠神快樂。因祂以拯救為
衣給我穿上，以公義為袍給我披上，好像新郎戴上華冠，
又像新婦佩戴妝飾。」　　　（以賽亞書六十一章10節）

這位新郎上帝，是對人類有著無以言喻之渴望和喜悅的神。祂是一位神，在祂裡面我們感到自己被疼愛、被享受、被需要、被追求、被喜悅。天父和新郎都渴望擁有我們。另一方面，聖靈傳達這個啟示，且將愛分賜在我們心中，好讓我們得以像孩子般地全心回應天父，又如同新婦般地全心回應神的兒子。不論我們的心是專注於父神，或是那位當新郎的神，我們都會經歷燃燒的渴望。在我們裡面有深刻的事物在發生，即使是當我們軟弱和破碎時，我們仍感受到自己被需要、被渴求，使祂歡欣。我們的回應是將心全然地交託給神。當我們視祂為新郎時，我們蒙神喜悅的需求就被滿足了。藉著明白神不只在天上喜愛和享受我們，當我們還在地上時，祂就很享受和喜悅我們了，我們的生命和性情便因此徹底地改變。

禱告良辰

何等難以理解，祢的愛竟能使我感到被喜愛、被喜歡、被需要、被追求、被喜悅。祢的愛使我將心歸還給你，一生只為討祢喜悅而活。

當我們感受到神心中那股燃燒的渴望，我們裡面就產生了某種回響。

第 *145* 天 ＿月＿日

> 「得勝的，我要賜他在我寶座上與我同坐，就如我得
> 了勝，在我父的寶座上與祂同坐一般。」
>
> （啟示錄三章21節）

從耶穌口中所發出的這大能的陳述，描述了我們所要承繼的是什麼。主在此告訴我們，祂渴望我們與祂同坐在寶座上。親愛的，你已經藉由結婚，承接了難以形容的財富和能力，也成為永恆城市的貴族。很快地，有一天你會帶著完全的能力即刻地置身其中。將你的心交給祂，成為心甘情願的愛人，是神對我們的惟一目標。因此，這應當是我們的所是和所為的總和與總結。當我們在末日接受自己的冠冕，那時我們會說：「我們已經愛祢了，因為愛祢是如此地享受。我們並非被迫愛祢，因這就是我們所渴望活出的生命。我們的服事並非出於某種順服的強制命令。我們是神心甘情願的愛人。因著神的榮美，我們要成為愛神的人。」

禱告良辰

天父啊，我毫無保留地將心歸給祢。我所要的，就是一生一世愛祢，並要以永恆的光陰，成為祢的新婦。

發展與新郎上帝的關係，是我們認識祂對我們完全計畫的最佳方法。

__月__日　　　　第 *146* 天

「趁著白日，我們必須做那差我來者的工；黑夜將到，就沒有人能做工了。我在世上的時候，是世上的光。」

（約翰福音九章4～5節）

神要你成為做工的愛人。你的身分是神的愛人，而你所做的就是神的工作。你不要只當個掙扎著要愛神的工人；相反地，你是神的愛人。成為神的愛人正是我們的身分。這就是我們的所是。我們是愛神的人，必然會做工，而非倒過來。在這個墮落的世界中，我們希望做大事，成為重要的人物。對神而言，反過來才是正確的。神要我們成為祂的愛人，以致我們可以做工。極其重要的是，我們的所為源於我們的所是。還有很重要的是，我們活下去，並非因自我中心的動機，亦即努力要成為名人、汲汲營營於更大的成就。倘若帶著尚未更新的思想，我們做工的目的就是要感覺自己很重要，在別人眼中要成為重要人物。神所期待的正好相反。我們並非要先成為戰士，而是要先成為新婦；我們要先作神的愛人，才能採取爭戰的行動。

禱告良辰

主啊，認識祢的大愛，激勵我為失喪的靈魂與仇敵爭戰。我的愛催逼我領人歸向祢。

在神要我們做大事之前，祂要我們成為祂所要的人。

第147天　　＿月＿日

「所以，我親愛的弟兄們，你們務要堅固，不可搖動，常常竭力多做主工；因為知道，你們的勞苦在主裡面不是徒然的。」　　（哥林多前書十五章58節）

神要我們先注重關係，其次才是成就。是的，我們是要完成大使命，但我們在祂裡面的身分，遠比我們爲祂所做的更爲重要。基督的國度是以這種方式來建立的。祂確實要我們播下屬靈的種子，栽培屬靈的園子。知道我們是被愛的，眞正感受到神的愛情，對我們成爲全心愛神的人是極其重要的。這是我們生命的源頭；這是眞正成功的本質。當我先注重關係時，就不會因成就感的需求而服事。因著我們與耶穌的關係，我們已經感到成功了。因此，我們是以成功爲基礎，來著手進行大使命的工作。即使當我們面對逆境，這樣的成就感仍賦予我們持續工作的能力。但我們若爲了想要成功而服事，就會受到額外的試探和衝突，我們很快就會耗竭了。

禱告良辰

天父，我希望持續增進與祢的關係。我與祢的關係是我生命的焦點。知道祢愛我並且渴望與我在一起，這賦予了我完成祢大使命的能力。

一旦我們在屬靈的意義上感到成功時，我們就能帶著更深的順服和毅力來服事祂。

__月__日　　　　第 *148* 天

「他們走路的時候，耶穌進了一個村莊。有一個女人，名叫馬大，接祂到自己家裡。她有一個妹子，名叫馬利亞，在耶穌腳前坐著聽祂的道。馬大伺候的事多，心裡忙亂，就進前來，說：『主啊，我的妹子留下我一個人伺候，祢不在意嗎？請吩咐她來幫助我。』耶穌回答說：『馬大！馬大！你為許多的事思慮煩擾，但是不可少的只有一件；馬利亞已經選擇那上好的福分，是不能奪去的。』」

（路加福音十章38～42節）

欣然接受基督的任命，去接觸人群和萬邦，這對我們而言當然是絕對重要的。但這服事的心必須是次要的，而非首要的。顛倒這優先次序是馬大的問題。當馬大和馬利亞面臨這小衝突時，馬大並沒有錯，因為她想要當個僕人。然而，她的優先次序顛倒了，因為她天然的自我、天生的才能和興趣，催逼著她在成為愛慕神的人之前，就先成為工人。事實上，她的工作使她分心，以致無法成為專心愛神的人（參考第40節）。當我看見神的工人時，我會對自己說：「他才在半路上而已。」但我也明白這樣的人若能先成為愛神的人，將會成為更有果效的工人。

禱告良辰

天父，在我對祢的屬靈服事中，我往往會有像馬大的
反應，專注於我事工的服事。求祢幫助我永遠不要忘
記，我要先成爲「愛神的人」，再成爲「工人」。

許多人都非常專注於豐富他們世上的環境，追求個人的安逸，以
致他們從未認真地要成爲一個工人，更遑論要成爲愛神的人。

__月__日　　第*149*天

> 「我何等愛慕祢的律法，終日不住地思想。祢的命令
> 常存在我心裡，使我比仇敵有智慧。我比我的師傅更
> 通達，因我思想祢的法度。我比年老的更明白，因我
> 守了祢的訓詞。」　　　　（詩篇一一九篇97～100節）

你是研讀聖經的人嗎？很重要的是我們要謹記，雖然研讀神的
話語很好，但我們蒙召並不是要先成為一個學生。我喜歡研究
聖經，但我蒙召並不是要先成為學生；我蒙召首先要成為愛神
的人。成為愛神的人是何等榮耀啊！我樂意愛祂！因此，我研
讀的方法是要能讓我的心中產生愛，也要能讓我所影響的人
心中產生愛。這端賴個人的心，一個學生可以幫助或阻礙人完
成這第一優先的次序。在這相同的前提下，我們蒙召主要不是
成為真理的辯護者或鬥士。有些人以為他們的使命就是維護真
理，他們不明白，我們蒙召首先是要成為愛神的人。

禱告良辰

愛祢應該是我生命的焦點。讓我永遠不要忘記，我蒙召
首先是要成為愛神的人。教導我先去愛，再去服事。

神要我們為真理而戰，但在此之前，我們勢必要先與成為愛神
之人的觀念進行一番角力。

第150天　　　＿月＿日

「所以，我親愛的弟兄們，你們務要堅固，不可搖動，常常竭力多做主工；因為知道，你們的勞苦在主裡面不是徒然的。」　（哥林多前書十五章58節）

我們蒙召也不是為了要篤信宗教。我們蒙召，主要也不是為了越過宗教系統和政治結構的框架，或是嚴謹地遵行特定的教義或政策。大使命是出自我們的父神內心要對新婦說的話，而這新婦是被命定要成為神兒子伴侶的。這是對教會說的話，要她成為愛的伴侶，懷著因神聖之愛而被激勵的心，湧流出能力來為主做工。大使命常被視為工人的典範，是極大犧牲的命令。但在末日之前，愛人要以滿溢的愛，與新郎上帝同工來完成福音的廣傳。我們不再將其視為一種犧牲，而是一種特權。我們會以對收割的主全然思愛成病的渴慕之心，在收割的工場服事。

禱告良辰

天父啊，當宗教的系統或政策佔據我生命的首位時，
求祢提醒我，我蒙召是要以新郎上帝之愛人的身分，
與祢建立關係。

　　　神呼召我們首先要成為愛神的人。

__月__日　　　　第 *151* 天

「耶和華，我的力量啊，我愛祢！耶和華是我的巖
石，我的山寨，我的救主，我的神，我的磐石，我
所投靠的。祂是我的盾牌，是拯救我的角，是我的高
臺。我要求告當讚美的耶和華；這樣我必從仇敵手中
被救出來。」　　　　　　　　　（詩篇十八篇1～3節）

許多基督徒在服事他人時，很快就耗竭了，因爲他們在建立愛神
的根基之前，就開始投入服事。倘若不知道我們蒙召首先是要成
爲愛神的人，那麼沮喪、絕望、厭倦、挫折等，無可避免地必會
發生。我們劬勞的報償，是得以享受成爲愛人，而這是我們生命
首要關注的事。那是一種無可比擬的喜樂。要先成爲愛人，因此
當我經歷別人的攻擊、被中傷、事情不順利時，以及當我爲福音
勞苦、卻有失望臨到時，我就會跑回隱密處。我仍然有喜樂的隱
密處，在那裡我浸潤在神愛我的認識中。在這裡，神會分賜給我
一點點天父對祂兒子的愛。這是眞正屬靈的愉悅！

禱告良辰

主啊，祢賜我特權來分享作爲祢新婦的親密。就是這種愛
的關係，使我能完成祢對我生命的旨意。我是祢的愛人。

神把我們塑造成可以承受愛的器皿，也是能將祂的愛回傳給祂
的器皿。

第152天　　　__月__日

「但我要歌頌祢的力量，早晨要高唱祢的慈愛；因
為祢作過我的高臺，在我急難的日子作過我的避難
所。」　　　　　　　　　　　　（詩篇五十九篇16節）

神命定要賜給信徒許多的樂趣。但最強烈的喜樂，莫過於神自己和
人類的靈溝通了。這種與神同在的溫柔時刻，會使生命和屬靈的活
力在內心深處產生共鳴。當神將祂的愛傾倒給我，同樣的愛也會從
我回傳給祂。當我以愛回報祂時，有關祂的愛情和榮美的更大啟示
就臨到我，而那循環就愈來愈豐富。感到被愛———一點點———且
感受到對神的愛———一點點———在人的靈裡產生極為強大的影響
力。我沒有疾呼這個信息，是因我希望成為神尊貴的精兵。但我定
意要分享這信息，就是大聲疾呼要將第一條誡命當作首要的，因我
已體驗一個事實，亦即這誡命是基督的身體伸手可及的。但我們必
須重新對準我們的心靈；我們必須將首要的事擺在首位，要了解與
基督建立一個愛的關係，會帶來令人敬畏的屬靈喜樂。

禱告良辰

主啊，我愛祢——幫助我愛祢更深。讓我對祢的愛日
日增長；讓它成為我一切所是和所為的焦點。

當我們未經歷基督徒生命的喜樂，而那喜樂惟有在與神愛的關
係中才能找到，耗竭就會產生了。

__月__日　　　　第*153*天

「我們若果顛狂，是為神；若果謹守，是為你們。原
來基督的愛激勵（constraineth）我們；因我們想，一
人既替眾人死，眾人就都死了；並且祂替眾人死，是
叫那些活著的人不再為自己活，乃為替他們死而復活
的主活。」　　　　　　　　（哥林多後書五章13～15節）

「激勵」（constrain）這個詞意指「緊握」。保羅被基督的愛所激
動，那愛在他裡面也藉著他運行。在他所行的一切事上，神的愛成
為一種驅動力。這是敬虔生活的原動力。我鼓勵信徒要專注於更多
地享受神，而非更努力地要去戰勝罪。許多人是被恐懼而非愛神
的心所驅動。事實上，我常在許多朋友身上看見恐懼。有時我也在
自己心中看見它的存在。當恐懼來臨時，我們必須回應的方式是：
投身於第一條誡命中。當第一條誡命在我生命居首位時，第二條誡
命和大使命就會更加地穩固。藉此所產生的奇妙、自由、能力、喜
樂，是每個基督徒伸手可及的，因為這是聖靈在人靈裡的工作。

禱告良辰

聖靈啊，求祢在愛中激勵我的心，使我經歷祢渴望放
在我生命裡的奇妙、自由、能力、喜樂。

當我們定意將第一條誡命放在首位時，我們就能在成為工人之
前，先成為愛神的人。。

第154天　　　　　__月__日

> 「你們從主所受的恩膏常存在你們心裡，並不用人教
> 訓你們，自有主的恩膏在凡事上教訓你們。這恩膏是
> 真的，不是假的；你們要按這恩膏的教訓住在主裡
> 面。」　　　　　　　　　　　　（約翰一書二章27節）

世上次要的報償極為重要。這包括被恩膏的事工、經濟上的突破、幾位摯友、健康、力量。這些都是極為重要的報償，但它們都是次要的。我喜愛次要的報償。我們需要它們，而且這是神的旨意。當第一條誡命被視為勞苦的工作——是一種犧牲——對我們而言，次要的報償往往就變成首要的了。換言之，我們主要關切的事變成是：事工有多少恩膏，擁有多少錢財，健康狀況如何，擁有多少深切和忠誠的人際關係。當我們將自己看作是為神犧牲的人，這些次要的報償就成為我們主要的焦點。然而，當耶穌是我們最著迷的對象時，因著我們最高層的目的被滿足了，這樣的報償就變成是次要了。

禱告良辰

天父啊，願愛祢永遠不要變成我辛苦的任務，或成為難熬的犧牲。因祢的兒子，耶穌，已成為我最著迷的對象了。

當受造的主要目的——愛，開始被滿足時，我們就能在神的恩典中變得有能力和坦然無懼。

__月__日　　　第*155*天

「你們要稱謝耶和華，因祂本為善；祂的慈愛永遠長
存！願以色列說：祂的慈愛永遠長存！願亞倫的家
說：祂的慈愛永遠長存！願敬畏耶和華的說：祂的慈
愛永遠長存！」　　　　　　　（詩篇一一八篇1～4節）

我們被祂所愛，因此，我們是祂的愛人。那是我們主要的身分。
從這角度來看，生命完全改觀了，因為無論發生何事，一首歌充
滿我們的心，靈裡就被激動，內在的人向神就會變得溫柔。我已
經開始從事主呼召我去做的冒險性事工，而且已出其不意地撞了
許多牆了。在這樣的時刻，主就會明白地告訴我，祂不要我們將
事工或財務上的成功，當作我們主要的報償。祂要的是祂的兒子
成為我們最大的著迷對象，而非我們可以實際地向著坐滿體育館
的十萬人傳福音，並且帶領一萬人信主。好消息是，當你得著了
主要的報償，即使你坐牢，你仍然是成功的。你可能一生的事奉
都是令人失望的，所在教會的信徒誤解你且將你除名，但你的內
心仍是成功的，因為愛祂和為祂所愛是你主要的報償。

禱告良辰

愛祢並為祢所愛，是我所需的一切報償。求祢保守
我，不容任何成就或成功超越祢愛的分量。

雖然我知道我是行在神的旨意中，
但汲汲營營的服事仍讓我覺得自己似乎失去了方向。

第 *156* 天 ＿＿月＿＿日

「聖靈和新婦都說：『來！』聽見的人也該說：『來！』口渴的人也當來；願意的，都可以白白取生命的水喝。」　（啟示錄廿二章17節）

在這節經文中，神的百姓看見神的兒子，就是人子——完全的神和完全的人。他們所看見的祂，是他們未曾認識的。他們視祂為天上的新郎。從這啟示所滿溢出來的是，他們以一種全新的亮光看見自己，如同一位被珍愛、思愛成病的新婦。這新的屬靈身分，改變了我們情感的化學性質。它改變了關於我們的一切。當聖靈和教會在新婦的身分上合一時，這二者會同聲呼喊：「來！」當聖靈向神的百姓啟示新郎的屬性和特質時，愛神的人會起來全心奉獻給神。在眼前的困境中，這有關新郎上帝的啟示，會賜能力、支持、捍衛、保護著新婦。

禱告良辰

天父啊，既然新郎上帝已在我生命中有極大的啟示，我就更多渴望祂再來的日子，祂要來迎接我成為祂永恆的新婦。

聖靈今日在動工，要向我們啟示新郎上帝。

__月__日　　　第*157*天

「求你將我放在心上如印記，帶在你臂上如戳記。因
為愛情如死之堅強，嫉恨如陰間之殘忍；所發的電光
是火焰的電光，是耶和華的烈焰。」

（雅歌八章6節）

最蕩氣迴腸、引人入勝的事，莫過於超乎尋常的渴望。好萊塢賺
進上億美元，因人心渴望經歷深刻、不變的愛。歷代以來的愛情
故事，都極為相似。故事情節都是男主角為贏得芳心，就變賣一
切所有的。人們群集在戲院，為要看一再重複的戲碼。為什麼？
因為我們裡面渴慕得著的愛是無止境的，是為了追求所愛甘願犧
牲一切的。莎士比亞歷久不衰的經典劇作「羅密歐與茱莉葉」
（Romeo and Juliet）深觸人心。它所發出的呼聲是，生命的價值
在於心中燃燒著愛。當心中燃起火燄，任何犧牲都顯得輕微了。

禱告良辰

天父，世上有太多人在錯誤的地方尋找愛。求祢幫助
我向人顯明父神的愛，好讓顯明祢的愛成為我最大的
目標。

當你明白神愛火的啟示，體會到祂對祂兒子和人類那股燃燒的
渴望，你的生命將徹底地改變。

第 *158* 天　　　　＿月＿日

> 「如經上所記：神為愛祂的人所預備的是眼睛未曾看
> 見，耳朵未曾聽見，人心也未曾想到的。」
>
> （哥林多前書二章9節）

有件事已經出現在地球的地平線上了，教會卻絲毫沒有作好迎接的準備。未預備好的教會是不可能讓未預備好的世人作好準備的。現在最有智慧、最卓越、最需要的，就是全然交託給神。那位即將來到的並非彗星，而是用祂的手掌測量宇宙的。新婦啊，祂要以威猛的姿態前來，使列邦都驚恐（參考啟示錄第十九章）。無論是進化論、人的科技、訓練或教育，都無法阻止祂的審判。我的朋友，世界完全沒有預備好要承接未來。主的日子是火燄的日子（參考彼得後書三章7節）。這位新郎是烈火，祂所熱烈燃燒的是愛情和審判。

禱告良辰

天父啊，祢出現的日子愈來愈近了，而許多世人對於
祢的再來是完全沒有預備的。求祢讓我的生命燃燒著
熱情，為要讓我的世界都認識神的愛。

一個預備好的教會，一個預備好的新婦顯出神對地球的憐憫。

＿月＿日　　　　第*159*天

「耶穌在伯大尼長大痲瘋的西門家裡，有一個女人拿
著一玉瓶極貴的香膏來，趁耶穌坐席的時候，澆在祂
的頭上。門徒看見就很不喜悅，說：『何用這樣的枉
費呢！這香膏可以賣許多錢，賙濟窮人。』」

（馬太福音廿六章6～9節）

我真的很喜歡伯大尼馬利亞的心。她並非使徒。她從未成名，
從未寫過一本書，從未辦過特會，也從不多話。她的熱愛是暗
自的──她就是暗自熱切地愛著主。她奉獻全所有，即她世上
的珍寶──一只裝滿真哪噠香膏的玉瓶，值三萬美元──她大
方、奢侈地澆灌在她所愛的那位身上。所有的門徒都很生氣，
並不只有猶大。事實上，大家都對此很不喜悅。但耶穌不顧他
們的反應，祂尊榮這位愛慕祂的敬拜者，藉此平息他們的指
控。耶穌知道她永遠不會寫書，或在特會中擔任講員，或做任
何屬世的重要事務，但儘管她是卑微的，卻沒有人會忘記她是
如何用她的愛感動基督的心。當人類看得出這愛情之喜樂的珍
貴，並且選擇它，而非世上的木屑，某件重要的事就發生了。

禱告良辰

主耶穌，馬利亞所能獻給祢的是如此微小，她獻上的
卻是她所有的一切。她把香膏獻上爲祭，在祢身上傾
盡她的愛情。幫助我獻上我的全所有，全所是，全所
知，只爲得著祢的愛。

當我們愛上耶穌，並將自己的珍寶放進塵土之中，上好的事就會
發生了。

___月___日　　　　第*160*天

「你若歸向全能者，從你帳棚中遠除不義，就必得建

立。要將你的珍寶丟在塵土裡，將俄斐的黃金丟在溪

河石頭之間；全能者就必為你的珍寶，作你的寶銀。

你就要以全能者為喜樂，向神仰起臉來。」

（約伯記廿二章23～26節）

因著神的憐憫，祂會永遠獎賞凡以祂為至寶的人——就是被寶
貴救主深不可測的價值所征服的人。神就是要找方法賜福與我
們。祂如此地尊重我們，是遠超乎我們對祂簡單的回應所配得
的。祂對我們的尊重是不成比例的，是無法衡量的，只因我們
選擇祂勝過選擇罪，而罪所帶來的是刑罰。難以置信的是，祂
如此回應我們，只因我們看見祂是誰。

禱告良辰

天父啊，這令我詫異，祢竟然設法要賜福與我的生

命。我將我所有的一切都放在祢寶座前的祭壇上，我

要抓住祢賜福與我的應許。

　　我個人就是要緊抓住這聖潔的邀請。

第161天 ＿月＿日

「但耶和華的慈愛歸於敬畏祂的人，從亙古到永遠；
祂的公義也歸於子子孫孫——就是那些遵守祂的約、
記念祂的訓詞而遵行的人。」

（詩篇一○三篇17～18節）

當我們靈命還不成熟時，人心的第一個渴望，就是要得著神喜
悅我們的確據。被神喜悅是活得正確的必要部分。你無法擺脫
這種渴望或為此後悔，因為是神親自將它放在你裡面的。對一
些人而言，被神喜悅的想法是難以接受的。有些人說：「也許
神會喜愛在天上的我，但絕不是還在地上的我。」另一些人則
承認，神可能會喜歡在地上的他們，不過他們得像使徒保羅般
靈性成熟。但事實是，只要我們朝成熟邁進，神就必定會喜愛
我們。認識這一點，是從真誠的渴望，邁向屬靈成熟的重要關
鍵。

禱告良辰

親愛的神，祢真的會喜歡我的本相嗎？祢喜歡我嘗試
要更像祢的微小努力，祢對我的愛已經到無以復加的
地步了嗎？

神喜愛我們，即使我們在不成熟和軟弱之中。

__月__日　　　第*162*天

「耶和華啊，求祢記念我在祢面前怎樣存完全的心，
按誠實行事，又做祢眼中所看為善的。」

（以賽亞書卅八章3節）

與新婦典範有關連的第二個渴望是，渴慕變得全心和熱情。我
們的心被造，是要成為極大渴慕和熱情的所在；因此，就屬靈
的健康來說，經歷這種渴慕也極為重要。知道神要我們是不夠
的。我們也需要知道，我們正全心地將自己獻給祂。倘若沒有
任何事能讓我們為之而死，就沒有任何事能讓我們為之而活！
我們樂意全心愛耶穌。活在屬靈的被動和厭倦的狀態中，使我
們易於受撒但的攻擊。全心愛主、服事主，會討主喜悅，但不
僅是如此。許多信徒嘗試活在神的恩典中，卻不肯為神捨棄所
有的。我們需要經歷恩典，恩典會引領我們經歷全心生活、全
心去愛的喜樂。

禱告良辰

親愛的天父，使我從全心服事祢，進到熱切地渴慕捨
己，為要完成祢對我生命的旨意和目的。

一位全心全意的神，定意使我有這份需要，渴慕自己也能全心全
意！

第163天　　　＿月＿日

「有一件事，我曾求耶和華，我仍要尋求：就是一生
一世住在耶和華的殿中，瞻仰祂的榮美，在祂的殿裡
求問。」　　　　　　　　　　　　（詩篇廿七篇4節）

這是大衛王一生的頭號主題。他渴望自己能被吸引、充滿驚
喜、心生敬畏、感到驚奇。令我們著迷的神創造我們，讓我們
有著迷的需要。神的話應許，全地都會看見耶和華發生的苗
──就是形容彌賽亞人性的用詞──所擁有的榮美。天父會在
末日用耶穌的榮美，來使末世的教會為耶穌著迷。聖靈在尋求
神榮美的奧祕，天父也容許祂將這啟示的一些層面賜給你我。
十億年之後，我們仍會在天上發現神如浩瀚汪洋之榮美的新層
面。

禱告良辰

如同大衛一般，我渴慕為祢的榮耀所著迷。祢的榮美
使我充滿驚喜和驚奇。我將永遠不會停止被祢的愛所
激動，我要愈來愈像祢。

即使是帶著些微的敬畏活在神面前，也能完全改變我們對罪的
看法。

「當那日，耶和華——他們的神必看他的民如群羊，
拯救他們；因為他們必像冠冕上的寶石，高舉在祂的
地以上。祂的恩慈何等大！祂的榮美何其盛！」

（撒迦利亞書九章16～17節）

我提出的展現新婦典範的第四個嚮往，是渴慕擁有榮美。身為基督新婦的成員，會渴慕有新郎的榮美在我們的生命中。當我們在神面前，因著祂同在的榮美而感到美麗，在我們的內心深處，會有某種具有能力的事物被釋放出來。耶穌基督復活的身體，是可想像最榮美的身體！腓立比書三章21節宣稱，同樣復活的身體會賜給眾聖徒。當我們想要美麗的渴望在神裡面被滿足，我們的心就因能力而寬廣。雖然在這世代，只能散發出一定程度的屬靈榮美，但一點點就很有果效了。在神面前感受到自己有屬靈的榮美是極有能力的——即便只有一點點。我深知自己的罪、掙扎、軟弱，但我也明白我新婦的身分。因此我來到主前，知道祂喜愛我們，祂的榮美令我著迷。我在祂面前感受到真正的美麗。

禱告良辰

主啊，祢復活身體的榮美充滿我，使我滿有渴慕，要在一切所行的事上討祢的喜悅。祢讓我在祢裡面感到美麗，而且我所要的就是為祢而活。

福音的愛情故事使我們不再淪為低俗歡愉的奴隸，
而邪惡之樂的掌控也開始被打破。

第 *165* 天 ___月___日

「看哪，我站在門外叩門，若有聽見我聲音就開門的，我
要進到他那裡去，我與他，他與我一同坐席。得勝的，我
要賜他在我寶座上與我同坐，就如我得了勝，在我父的寶
座上與祂同坐一般。」 （啟示錄三章20～21節）

基督的新婦渴望卓越、尊貴、成功。上帝以擢升我們成為祂的
新婦伴侶直到永遠，回應了人類這深切的渴望。身為基督的新
婦，我們在永恆裡有極大的尊貴和權柄的地位，甚至遠超過一
切天使。在神所創造的一切事物中，最尊貴的位置已保留給
新婦，如啟示錄三章20節所記，她要在婚禮的宴席上與祂同坐
席。與基督同坐席的新婦，也要與祂一同管理、掌權。基督的
新婦就是天上的皇后，因她已嫁給了萬王之王。信徒就是祭司
和君王。身為祭司，我們是全心愛神的人，但身為君王，我們
的確要治理神的城。

禱告良辰

主啊，祢渴望我成為祢的新婦，而這渴望滿足了我心極
度的渴慕，就是要卓越、尊貴、成功。在祢裡面我是卓
越的，而且要永遠在榮耀中，與祢一同統治掌權。

在神裡面的卓越，並非就世上的景況來定義——在神裡面的卓
越焦點在於祂的卓越。

__月__日　　　　第*166*天

「所以法利賽人第二次叫了那從前瞎眼的人來，對
他說：『你該將榮耀歸給神，我們知道這人是個罪
人。』他說：『祂是個罪人不是，我不知道；有一件
事我知道，從前我是眼瞎的，如今能看見了。』」

（約翰福音九章24～25節）

身為基督的新婦，我們渴慕影響別人、覺得自己重要，以及用
福音的好消息使人振奮。例如，當那瞎眼的人在耶穌的聚會中
得醫治，而他隔日跟他瞎眼的朋友談及這聚會時，請想像一下
他有多麼地喜樂。將這消息帶給他們，是何等地令人振奮！當
他告訴他的朋友，次日晚間仍有一場醫治特會，想像那份喜
樂。神已經賜給我們影響別人的能力了。

禱告良辰

天父啊，讓我的生命影響別人，因祢已帶給我奇妙的
轉化。但願我永不失去將祢奇妙恩典告訴別人的喜樂
或熱心。

當我們對任何人都沒有影響力時，我們屬靈的生命就會失去喜
樂和新鮮感。

第167天 　　　＿月＿日

「我要在祢的命令中自樂；這命令素來是我所愛的。
我又要遵行祢的命令，這命令素來是我所愛的；我也
要思想祢的律例。」　　　（詩篇一一九篇47～48節）

想像你走向一個無家可歸的小男孩，給他一張到海邊的度假
券。那一身骯髒的小孩從你手上接過來，就將它放在大紙箱的角
落，跟他所撿拾回來的東西放在一起，而那紙箱是他晚上的棲身
之所，是他避雨擋風之處。他沒有在海邊吃著漢堡和薯條、蘋果
派和冰淇淋，反而是蜷曲在門前的台階上，吃著他從垃圾中撿拾
回來的腐肉。他在泥堆裡玩耍，做好泥派，當作甜點吃下去。這
是我們每次要作的選擇：面對這個世界，決定說不或說好。神喜
悅的事就像一桌擺在我們面前的筵席，上面都是屬靈的珍饈，只
要嚐過其中的滋味，就會讓我們從尋找屬世樂子的空虛中得著釋
放。讓心從罪惡的控制中得著釋放的方法，就是以神為樂。

禱告良辰

天父啊，我選擇祢。在每個景況，每個決定中，我選
擇向祢對生命的計畫和目的說：「是。」無一事物能
與祢接納我的奇妙相比擬。

聖潔是一種頂級的喜樂，超越罪所能給我們的一切。

__月__日　　　第 *168* 天

「就要脫去你們從前行為上的舊人，這舊人是因私慾的迷惑漸漸變壞的。」　　　（以弗所書四章22節）

「免得你們中間有人被罪迷惑，心裡就剛硬了。」
　　　　　　　　　　　　　（希伯來書三章13節）

你是否曾想過我們為何會犯罪呢？罪製造即時的愉悅。它所給的是身體、靈裡、情感上的一種衝動。我們並非因著義務而犯罪。我們犯罪是因為我們相信它所給我們的愉悅，是優於順服神所帶來的喜樂。試探的權勢在於一種迷惑人的承諾，就是罪所帶來的滿足更勝於為神而活。神的話稱這承諾為迷惑人的罪，或是迷惑人的私慾。當我們喜愛神，才能在試探的爭戰中得勝。聖靈在耶穌基督裡散發神的榮美，好使我們被神聖的愛情吸引，而這愛情的能力足以和罪的權勢匹敵。

禱告良辰

天父啊，求祢挪去我想立即得著滿足的慾望。使我遠離降服於享受當下愉悅的試探。我惟一的喜樂是完成我父神的旨意。

戰勝罪惡的祕訣是在神裡面得著滿足。

第169天　　　＿月＿日

「摩西因著信，長大了就不肯稱為法老女兒之子。他
寧可和神的百姓同受苦害，也不願暫時享受罪中之
樂。他看為基督受的凌辱比埃及的財物更寶貴，因他
想望所要得的賞賜。」（希伯來書十一章24～26節）

摩西曾享受過罪中之樂，而那是伴隨他在埃及王宮的財富和權勢而來
的，但他選擇了更大的財富。他經歷了比埃及更令人喜悅，更美好的
事物，那是具屬靈吸引力，全然令人滿足的事物。神呼召我們成為聖
潔，並非要使我們過著沒有樂趣的生活。聖潔並非單調沉悶的。相反
地，神呼召我們要聖潔，為的是永遠而完全地釋出純全無盡的喜樂給
我們。當我們傲慢地以為，我們可以給神一些祂所沒有的，就不是在
榮耀祂了。當我們體認到祂為我們所成就的一切，是為了要增進我們
在祂裡面的滿足，並且以此心態來到神面前，神就得著最大的尊崇。

禱告良辰

天父啊，不論祢選擇賜給我痛苦或喜樂，我都選擇以
順服和愛的生命來尊崇祢。呼召我進入聖潔和純淨，
使我得以活出全然聖潔的生活。

當你竭力進入聖潔的喜樂中，就如同摩西，你會發現無一事物
像耶穌那般能滿足你的心靈。

__月__日　　　第 *170* 天

「新郎和陪伴之人同在的時候，陪伴之人豈能哀慟呢？但日子將到，新郎要離開他們，那時候他們就要禁食。」

（馬太福音九章15節）

你是否曾感到，沒有耶穌基督更多地在你生命中，你就無法忍受繼續活著呢？我曾有過。就在這屬靈飢渴的季節中，神賜給我們新郎的禁食。這樣的禁食能擴大我們的容量，好自由地領受神的靈所賜的。這種禁食爲的是改變我們的內在，而非改變外在，例如：避免某個危機。倘若你沒有在神裡面的事物、沒有在愛中與祂深深相交的一處角落，就無法活下去，那麼神的旨意就是要你以新的決心與熱忱爲此呼求；倘若與神的親密關係沒有新的深度，你就絕對無法活下去，那麼在接下來的歲月中，主就會增加你所需的那一份。

禱告良辰

主啊，有時我的心充滿了強烈的渴望要更多得著祢。有時我覺得，若沒有祢新鮮的愛的啓示，我感覺似乎無法繼續前行。吸引我與祢的親密關係進入更新、更高的層次。

當我們禁食，便能更快速、更深刻地領受屬靈的溫柔，以及領受親近神的新發現。

第 171 天　　　＿＿月＿＿日

「二人在各教會中選立了長老，又禁食禱告，就把他們交託所信的主。」

（使徒行傳十四章23節）

當耶穌注視眾門徒的眼睛，每天將祂的愛情、榮美、令人震驚的智慧傳達給他們時，耶穌深知他們的心已習慣於祂肉體的同在。祂知道當祂死了、升天時，禁食能幫助他們找回一些祂的肉身仍與他們同在時所經歷的美好事實。基督知道一旦祂離去，門徒們對祂的渴望、嚮往、相思，會讓他們感到傷痛，想念從前祂與他們同行時的親近。那種重新找回與祂親近感覺的渴望，將會是他們得著聖靈的親近、能力、恩膏、團契的關鍵。惟有耶穌能想到這獨特的方式，來回應屬靈的相思病。耶穌融合了兩個看似相異的概念。

禱告良辰

耶穌啊，當祢離開祢的門徒回到天上時，我無法想像他們的空虛感。但那股空虛感會吸引他們進入與祢寶貴聖靈相交的全新經驗。主啊，讓這經歷成為我的經歷，並藉著祢的靈向我渴慕的心啟示你自己。

世上沒有任何一種宗教會將禁食和思愛成病連結在一起。

__月__日　　第 *172* 天

> 「他們事奉主、禁食的時候，聖靈說：『要為我分派
> 巴拿巴和掃羅，去做我召他們所做的工。』於是禁食
> 禱告，按手在他們頭上，就打發他們去了。」
>
> （使徒行傳十三章2～3節）

當耶穌仍生活在世上時，門徒感受到主對他們的愛，經歷祂的擁
抱，也感到祂對他們深刻的渴望。他們一生屬於主。當新郎升到天
上時，渴望和對親密的想念刺痛他們的心，那是渴望愛所帶來的折
磨。耶穌知道門徒們會渴望有機會注視耶穌的眼睛，感受祂靠近的
溫暖，正如從前他們走在加利利山坡上一般。然而，神有滿足他們
渴望的新計畫。藉著聖靈，主會滿足他們心中的渴慕。當他們尋求
祂的安慰時，將再次經歷當年耶穌與他們親近時曾有過的那份愛。
藉著聖靈用神的話啓示基督時，這就會發生。這時，他們的心中
會想要禁食，他們的靈也會在愛中變得溫柔。這是在神恩典中的禁
食。想培養更深刻委身於神的經歷，禁食是絕對必要的。

禱告良辰

主啊，祢的聖靈能滿足我心的渴慕。教導我藉著新郎
的禁食，經歷對祢更深的委身。

新郎的禁食使我們的靈溫柔，幫助我們更自由、更深刻地領受。

第*173*天 　　　＿＿月＿＿日

「他們說：『約翰的門徒屢次禁食祈禱，法利賽人的
門徒也是這樣；惟獨祢的門徒又吃又喝。』耶穌對他
們說：『新郎和陪伴之人同在的時候，豈能叫陪伴之
人禁食呢？但日子將到，新郎要離開他們，那日他們
就要禁食了。』」　　　　　　（路加福音五章33～35節）

聖靈會使用新郎的禁食，來開啓我們內心深處的屬靈親密關係。
禁食使我們得以看見平常所看不見的屬靈的事物。這樣的進展不
會一夕就發生。事實上，在開始的數月中，它可能不會大量地發
生，但我們與主親密的等級會隨著歲月和季節而增長。我們今年
會比去年看到更多，而明年又比今年多。藉著除去我們靈裡的停
滯和了無生氣，禁食會增進我們靈裡的柔軟，好讓我們以一種更
可辨識的方式，來感受神的同在和祂的愛。當你擁有這禁食的生
活方式，你會比現在更多地感受到祂。這是我可以向你保證的。

禱告良辰

天父啊，當我在祢面前禁食，開啓我的內心深處，好
讓我經歷與祢更親密的關係。軟化我的心，好讓我更
多地感受祢的愛。

禁食之後，你屬靈的委身和強度會增長。

「神卻揀選了世上愚拙的，叫有智慧的羞愧；又揀選
了世上軟弱的，叫那強壯的羞愧。神也揀選了世上卑
賤的，被人厭惡的，以及那無有的，為要廢掉那有
的，使一切有血氣的，在神面前一個也不能自誇。但
你們得在基督耶穌裡是本乎神，神又使祂成為我們的
智慧、公義、聖潔、救贖。如經上所記：『誇口的，
當指著主誇口。』」　　　（哥林多前書一章27～31節）

與聖靈相交中的禁食，可以幫助我們免於不滿足、貪戀、肉體的
慾望。禁食會帶來你情感特質的改變。你多半不會再渴望你曾經
想要的事物。這是因為禁食會使你更脫離屬世的牽掛。禁食的奇
妙之處在於，它不是要你去做一些事，而是要你什麼都不做，因
為當你禁食，你是不吃、不工作、不說話。這是世上愚拙和軟弱
之事混淆世上所謂智慧之事的極致。禁食其實會開始開啟和釋放
那些負面的感覺，而它們老是在掌控我們和我們的心。禁食釋放
出神的同在，有助於我們斷開今世極其普遍的自我迷戀的捆綁。

禱告良辰

天父啊，除去我肉體的慾望和牽掛，好讓我能禁食，
而不被今世的掛慮所阻礙。堅固我在祢裡面的屬靈身
分，使我不再渴望今世的事。

禁食是強而有力的屬靈工具，
會堅固你在神裡面的屬靈身分，鬆動你屬肉體的身分。

第 175 天　　　　___月___日

> 「又有女先知，名叫亞拿，是亞設支派法內力的女
> 兒，年紀已經老邁，從作童女出嫁的時候，同丈夫住
> 了七年就寡居了，現在已經八十四歲（或譯：就寡居
> 了八十四年），並不離開聖殿，禁食祈求，晝夜事奉
> 神。」　　　　　　　　　（路加福音二章36～37節）

亞拿和伯大尼的馬利亞，是兩位在耶路撒冷城牆上的全時間守
望者。亞拿所表達的是屬靈爭戰、代求、禁食。這些人的主要
焦點在於開啟祝福之窗，拆毀抗拒的屬靈之牆。她們是全心禁
食、火力全開的代禱者和屬靈勇士。伯大尼的馬利亞享受禱告
和敬拜的極大恩典，並且改變城市和教會的屬靈空氣。她們都
是因思愛成病的熱切敬拜者。神將她們擺在信徒當中，使她們
成為主榮美的柔和馨香之氣。

禱告良辰

求祢使我成為祢榮耀城牆的守望者，如同亞拿和伯大
尼的馬利亞般。我要委身於代禱的服事，藉此得以影
響我城市和教會的屬靈空氣，使他們在祢裡面更上一
層樓。

即使亞拿和那些馬利亞們從未講過道，她們的出現所帶來的恩
典卻使教會得以保存下來。

___月___日　　　第 176 天

「現在已經八十四歲（或譯：就寡居了八十四年），
並不離開聖殿，禁食祈求，晝夜事奉神。」

（路加福音二章37節）

亞拿——何等有意思的女子！她以晝夜的禁食禱告來服事主
（事奉神）。事奉（ministered）這個詞常與服事（serve）這
個詞互換。婦女以晝夜禁食禱告來事奉神，這是很不尋常的觀
念。亞拿可能是在十七、八歲時結婚的，而結婚七年之後，她
就守寡了。因此從二十幾歲，她就開始晝夜禁食禱告事奉神。
六十年之後，到了她八十四歲時，亞拿仍舊忠心地如此服事！
她經常在聖殿中禱告。了不起的女子啊！這呼召不只是天主
教修士專用的。新教的教會必須呼喚亞拿，為她們找到服事之
所，尊重她們，並且找到使她們能進入呼召的方法。

禱告良辰

天父啊，我也許不會因六十年的忠心代禱而被記念，
但我祈求能以一個忠心代禱者的身分蒙記念——不論
我尚有幾年可以為祢而活。

親愛的，就在此刻，主正在吸引末世教會的亞拿，而祂要親自將
她們擺在該有的位置。

第177天　　　＿月＿日

「他們必在那將要審判活人死人的主面前交帳。為此，就
是死人也曾有福音傳給他們，要叫他們的肉體按著人受審
判，他們的靈性卻靠神活著。」（彼得前書四章5～6節）

耶穌基督的三個面向——新郎、君王、審判者——將在聖靈空前
的末世運行中被啟示和強調出來。神會使用新郎的啟示恢復第一
條誡命的首要地位。看見那位熱切的情人耶穌，會使我們成為熱切
愛神的人；君王的啟示會使我們在迎接大收割時，能靠著神的能力
來服事；審判者的啟示會使我們在祂發出審判時，與祂一起同工。
當你的心接觸到祂，你必受到鼓舞，因祂同在的一種強大的新層面
正等著展開；這是永世的奧祕，關乎天上的新郎和你——祂的佳
偶。這啟示的爆炸性能力會改變你，使你預備好迎接在你所生活的
榮耀世代中，等著你的聖潔、憐憫、榮美的挑戰。

禱告良辰

耶穌啊，祢已在我裡面喚醒我對祢熱切的愛。我祈求
祢用祢的能力充滿我，使我為祢贏得失喪的人。我要
在這世上發出祢的審判，祈求祢使我有能力，帶著得
救靈魂的莊稼進入祢的國度。

即便你還在邁向成熟的過程之中，也要向那熱情的情人敞開你
的心，祂因你感到歡欣和興奮。

＿月＿日　　　　　第178天

「此後給他們設立士師，約有四百五十年，直到先知
撒母耳的時候。後來他們求一個王，神就將便雅憫支
派中基士的兒子掃羅，給他們作王四十年。既廢了掃
羅，就選立大衛作他們的王，又為他作見證說：『我
尋得耶西的兒子大衛，他是合我心意的人，凡事要遵
行我的旨意。』」　　　　　（使徒行傳十三章20～22節）

大衛王數千年來一直是個謎、奧祕、神聖的難題。他的一生讓
學習聖經的人感到困惑、激動、謙卑。對許多人而言，這是毫
無道理的，這個有缺陷、又得以多次倖免於難的人，神竟還以
厚恩待他。他具有多重身分：牧人、詩篇作者、君王、說謊
者、兇手、姦夫。但最重要的是，在整本聖經中，他是惟一被
稱為合神心意的人。在一切創造之中，你還能想到更令人震驚
的用詞嗎？一個人如此卑微，且常充滿疑惑和罪惡，就像我們
所有人一般——然而神揀選他，且稱他是合祂心意的人。何等
令人敬畏、幾近難以想像的稱讚啊！但神說這些話，是向地上
每個人開啟門戶，大家都能像大衛，不論男女都可以成為合神
心意的人。

禱告良辰

天父啊，如同大衛一般，許多人都在疑惑，祢怎麼可
能這般愛我。我也是充滿疑惑和罪惡，然而祢卻容許
我成為合神心意的人。

我們都有相同的機會，以我們的個性，照我們的方式，具體地反
映神的心、情感、性情。

___月___日　　　　第*179*天

> 「此後給他們設立士師，約有四百五十年，直到先知
> 撒母耳的時候。後來他們求一個王，神就將便雅憫支
> 派中基士的兒子掃羅，給他們作王四十年。既廢了掃
> 羅，就選立大衛作他們的王，又為他作見證說：『我
> 尋得耶西的兒子大衛，他是合我心意的人，凡事要遵
> 行我的旨意。』」　　　　　　（使徒行傳十三章20～22節）

在整個基督教歷史中，最困難的問題之一是，「大衛為何從神得
著這殊榮呢？是什麼讓他從那麼多屬神的男女中脫穎而出呢？」
這問題的答案具有能力，會徹底改變你對神的看法、你與祂的關
係，以及你如何在祂裡面看待你自己和你的命定。大衛之所以蒙
揀選成為合神心意的人，是因他以堅定的熱情，為要尋求並明白
神的情感。我相信這是使任何人的生命與眾不同的因素，不論對
象是你我或任何開始要成為合神心意的人。事實上，有一天普世
教會將在這一點上與大衛一樣。我們會成為大群，帶著對祂的情
感、熱愛和不斷增長的知識，來敬拜、服事和愛神。如同大衛一
般，我們會以人間罕見的方式，明白並反映神的心。

禱告良辰

我想成為合神心意的人，勝過任何事物。我要不斷地
認識祢對我的大愛，來敬拜、服事祢、愛祢。

　　　　你可以如同大衛一般，成為合神心意的人。

第 *180* 天　　　　__月__日

「耶穌回答說：『人若愛我，就必遵守我的道；我父也
必愛他，並且我們要到他那裡去，與他同住。不愛我的
人就不遵守我的道。你們所聽見的道不是我的，乃是差
我來之父的道。』」　　　　（約翰福音十四章23～24節）

對耶穌而言，順服等同於愛。我們不要自欺：順服神極其重要。大衛
堅持、定意、誠心努力地遵行神的命令。數年來，這股渴望雕鑿並塑
造著他的心。但他還不足以成為信心的楷模。在他真誠的決心和行動
之間，一直有一道鴻溝。換言之，他不時地把事情搞砸，有時這很明
顯。然而，他仍是合神心意的人。這多少能振奮你的心！這到底在告
訴我們什麼呢？要成為合神心意的人不僅是順服與否。你在神面前的
心態也很重要。即使當大衛的最大軟弱使他作出錯誤的決定，神仍看
重大衛誠懇的心意。神也是如此看待我們。我們誠懇順服的心意，對
神極其重要。祂注意我們的渴望，而非只是我們外在的行為。

禱告良辰

天父啊，鑒察我的心並指示我，看我在哪裡沒有順服
祢的旨意而行。保守我的心在祢面前是純淨的，幫助
我愈發順服祢的計畫和目的而行。

即使在軟弱中仍以誠懇的決心來愛耶穌，這是合神心意之人極
大的特質。

__月__日　　　第*181*天

「耶和華啊，求祢將祢的道指教我；我要照祢的真理行；求祢使我專心敬畏祢的名！」

（詩篇八十六篇11節）

大衛極其堅定地要真誠順服；他成為神情感的學習者。他想知道神心中所充滿的奇妙、愉悅、令人敬畏的事。身為戰士和君王的他，有許多職責和挑戰，但他竭力認識深藏於神性情中的情感。他具有非凡的渴望，要明白神的情感和心意，結果他對神心中的情感、意圖、熱愛，有了獨特的領會。這是大衛得著能力的關鍵，也是惟一的動力。若我們要跟隨他的腳蹤，明白神的心，我們必須要有相同的動力。我們必須渴慕認識神的感受如何，祂心中的熱情如何運作。當我們對神的心有相同的認識，我們會發現自己照著大衛的生活方式而活，完成了神對我們這世代的呼召。

禱告良辰

天父啊，激發我想認識祢情感、意念、熱情的渴慕。我要知道祢的感受，是什麼讓祢的心在愛中向我回應。

藉著神的恩膏和恩典，我們必須成為神心意的學習者。

第 *182* 天 ____月____日

「耶和華啊，求祢將你的道指示我，將祢的路教訓
我！求祢以祢的真理引導我，教訓我，因為祢是救我
的神。我終日等候祢。」 （詩篇廿五篇4～5節）

聖靈正在全球將此銘刻在人心之上。祂以大衛所看見的神的心
意，加上耶穌在新約中對天父的心意所發出的啟示，來促成一
種爆炸性的啟示，顯明出神要向基督的身體流露祂心中的情
感。信徒正在聆聽這信息，正在培養堅如磐石的決心，要成為
神情感的學習者，如同大衛一般。這說明了世界各地的人們深
深地渴望經歷神，而且是渴望用超乎許多教會所習以為常的方
式來經歷神。我們必須謹記，大衛是合神心意的人，這主要是
因為他尋求明白神的情感，而我們也必須如此做。

禱告良辰

天父啊，我承認我應該明白祢和祢遠大的目的，我卻
仍不明白。求祢讓我每天更認識祢，教導我祢的道，
指示我祢公義的道路。

經過數月、數年、數十年，我們必會得著成熟的愛。當我們結果
子的時候，就能看到成果了。

__月__日　　　　第*183*天

「我沒有偏離祢的典章，因為祢教訓了我。祢的言語
在我上膛何等甘美，在我口中比蜜更甜！我藉著祢的
訓詞得以明白，所以我恨一切的假道。祢的話是我腳
前的燈，是我路上的光。」

（詩篇一一九篇102～105節）

大衛拒絕苟且度日，不肯偏離至高神在他有生之年所要賜給他
的。他從不因著自己的軟弱，而讓自己有不配的感覺；他反倒
是強力地爭取，要讓神的能力釋放到他所處的世代。他瞥見神
對祂子民的熱心，因此就深信主會為了整個以色列國的益處，
而發出祂的能力。在大衛的世代中，神的能力常見於戰爭中的
英勇事蹟。因此，神所要賜給祂子民的一切，都以戰勝仇敵來
表達。今日這個原則亦然，雖然並非以軍事方式來表達。但如
同大衛，我們必須拒絕退縮，直到我們經歷神對我們這世代全
然的能力為止。當我們如同大衛般，被神心中燃燒的榮耀情感
所深深吸引，我們就開始看見極大而空前的祝福和能力，那是
神在歷史中為這時刻所計畫的。當我們滿足於千篇一律的老故
事，我們就會失去能力。我們要像火把一樣地燃燒，用強大的
異象當作燃料。

禱告良辰

神啊，祢對我的世代有什麼計畫？祢在我現今的世界
中正在做什麼事？請向我啓示參與祢偉大計畫所需要
走的道路。

我們若成為爭取神大能的子民，就能使我們的世代得著神的能
力。

___月___日　　第 *184* 天

> 「耶和華啊，祢的慈愛上及諸天；祢的信實達到穹蒼。
> 祢的公義好像高山；祢的判斷如同深淵。耶和華啊，人
> 民、牲畜，祢都救護。」　　　　　　（詩篇卅六篇5～6節）

我不認爲人會長大成熟到一個地步，不再需要因著被愛和被喜歡，而帶來的興奮、奇妙和強大的篤定感。這是全人類在與人和與神的關係中，所探索和緊握不放的惟一經歷。無論你心門之外發生何事，知道你被另一個人所愛著，都會讓你的生活充滿無盡的讚嘆。你所經歷的問題，在你看來有如棉花糖一般。你的車拋錨了，你會想：「沒什麼大不了的。」因爲有人愛著你。你在同一天，皮夾丟了、陷入車陣、把牛奶忘在後車箱裡，但你一點都不在乎，因在你心中有盞燈是用強大的愛所點燃的。你知道即使一切都令你失望，你仍擁有這最重要的東西。神創造我們就是如此。祂將被愛的深切渴望放在我們裡面。我們的基因是經過設計的，爲要活在屬靈的喜樂中，這不只是因被其他人喜歡，也是因被祂所喜愛。

禱告良辰

愛祢並知道祢多麼愛我，使我的生命轉變爲取悅祢的奇妙旅程。我出生的目的是要讚美祢，是要愛祢，是要完成祢對我生命的目的。

置身於瘋狂的世界中，單單認識愛，只會使生活變得容易忍受；但感受到愛，卻會使生活轉變爲一種全然令人喜悅的旅程。

「耶和華啊，祢的慈愛遍滿大地；求祢將祢的律例教
訓我！耶和華啊，祢向來是照祢的話善待僕人。求祢
將精明和知識賜給我，因我信了祢的命令。」

（詩篇一一九篇64～66節）

大部分信徒都與神對我們那驚人、極其豐富的愛隔絕，以致他們
錯失了百分之九十九每天與基督同行的經歷。他們把神看作是一
個雇主、生意合夥人、審判官、交通警察——就是看不見祂也
是個情人。他們鮮少感受到神的熱情、愛情，或是喜悅。也許
他們告訴自己，感覺並非那麼重要，只要他們遵守祂的命令、讀
經、遵循屬靈紀律就好了。但這種枯乾的結果是，他們幾乎感受
不到任何的愛或愉悅。大部分信徒將禱告歸類為「我為神所作的
犧牲」，而這只會發生在對神的本相有錯誤想法之人的身上。當
我們深入探討祂的心，祂會向我們啟示祂的情感，以及我們與祂
相像之處。其結果會翻轉我們的心智。你將無法自拔！這就像你
的初戀般。祂對你的愛意絕對是熾熱的！

禱告良辰

天父啊，祢為我所作的一切計畫，我連其中百分之一
的一絲一毫也不想錯過。神啊，無論祢要我做什麼，
或要我成為什麼，我都預備好了。

你必須了解：神並非一個古板無趣的人，只會穿著拖鞋在天堂閒
逛，成天煩亂不安。

___月___日 　　　第 *186* 天

「耶和華啊，求祢察看我，試驗我，熬煉我的肺腑
心腸。因為祢的慈愛常在我眼前，我也按祢的真理而
行。」
　　　　　　　　　　　　　　　　　（詩篇廿六篇2～3節）

想像這大悲劇：一位姊妹與神同行了四十年，全然得救、被
贖，並且跟隨基督。在復活時她來到寶座前，才初次明白她在世
上錯失了什麼。她感受到如波濤般的喜樂，從神的兒子那裡湧流
而來，因此她對自己說：「我原本在世上就可以每天飲於這屬靈
的樂河。原來我只需要與祢的心和祢的榮美相遇，生命必定會更
美好，每件事必然有所改變，而我也會有更大的成就。」親愛
的，我們不必等著經歷這極大的喜樂！神所設定的人心，即使在
今世也可經歷這喜樂。神心意的啟示有轉化的能力，我們絕不要
像歷世歷代的人沒有這份啟示竟還能走下去。我們迫切需要有來
自另一世界的大愛，來堅固、支撐我們的心。

禱告良辰

天父啊，我不希望走到人生盡頭時，後悔未將自己所
有的交託給祢。讓我的心穩固在祢裡面，移除所有的
休息站，讓我與祢遨翔。

親愛的，你我無法想出一個說詞，是好到足以改變神對我們的
感情的。

第 *187* 天　　＿＿月＿＿日

「我也必將合我心的牧者賜給你們。他們必以知識和
智慧牧養你們。」

（耶利米書三章15節）

神因為已經與我們成婚，所以呼喚我們回到祂身邊，邀請我們
帶著勇敢的愛和真誠來親近祂。之後，事實上祂就會說：「我
要興起一些男女，他們要經歷神作為新郎神的心意這個屬靈事
實。這啟示會像河流一般，在那些牧者裡面湧流，而他們會帶
著這啟示的大能而活。之後他們會以此餵養教會。」主現在正
興起合祂心意的男女，如同大衛一般，祂會將他們如同禮物地
賜給墮落的教會，使她再次恢復對主的真誠。他們用深刻、無
可否認的啟示來傳講，並且以認識神的心來餵養祂的百姓。他
們所受的指令是要裝備神的子民，使他們明白與神成婚的意義
為何。

禱告良辰

親愛的神啊，讓我成為能抓住祢心的人。興起我成為
祢的精兵來贏回祢的教會，使他們全心歸祢。

聖靈正在興起眾牧者，要教導神的子民為祂的心意而活。

___月___日　　　第*188*天

「我要將我羊群中所餘剩的，從我趕他們到的各國內
招聚出來，領他們歸回本圈；他們也必生養眾多。我
必設立照管他們的牧人，牧養他們。他們不再懼怕，
不再驚惶，也不缺少一個；這是耶和華說的。」

(耶利米書廿三章3～4節)

聖靈正在興起牧者，要教導神的子民為祂的心意而活。他們親
身以堅毅地追求經歷神的事實，餵養其他人。他們之所以能牧
養其他人，是因為他們將自己全心歸給大牧者了。這些牧者有
些會用講道來帶領羊群，有些是透過寫作、歌唱，或其他的技
能和才幹。有些會藉著一對一的門徒訓練，以及花時間在屬靈
的關係中，培育年輕信徒的信仰。有些會在他們生意或職場的
環境中進行牧養。我鼓勵你特別為此禱告。在這末世時，你絕
對不可錯失你的命定職分。

禱告良辰

天父啊，求祢容許我成為祢的牧人。讓我帶領祢的小
羊與神有個別的相遇，因神無條件地愛著他們。

也許你蒙召成為牧者，要在你一生中滿有衝勁地追求認識神的
性情，使你能用你所發現的真理來餵養其他人。

第 *189* 天　　　　＿月＿日

> 「看門的就給他開門；羊也聽他的聲音。他按著名叫自己
> 的羊，把羊領出來。既放出自己的羊來，就在前頭走，羊
> 也跟著他，因為認得他的聲音。羊不跟著生人；因為不認
> 得他的聲音，必要逃跑。」　　　（約翰福音十章3～5節）

關於神對我們的邀請，身為個別信徒的我們，是站在兩種位置
上。首先，我們必須用新郎上帝的心和性情這真理來餵養自己
的心靈，之後我們會在基督的身體中，以牧人的身分來餵養他
人。因此，我們必須成為有清楚焦點的人，就是要親自在耶穌的
新郎情懷的所有層面上，專心尋求祂的本相。在這過程中，到某
個階段時，我們會受裝備來帶領其他習於妥協的信徒。我們會牽
著他們的手，指引他們自由且有能力地遇見我們神的本相。只告
訴信徒，神是個新郎，而我們是祂的新婦，是不夠的。這必須
發自我們的內心。這是藉著個別的啟示而有的轉化。牧者訓練
信徒，明確地以神的情感和性情這部分，來餵養他們，之後漸漸
地，就像春天的花朵，聆聽者的心靈會被開啟和被轉化的。

禱告良辰

天父啊，求祢餵養我的心靈，使我配得餵養祢的羊群。
幫助我將祢更新轉化的信息帶給我周遭失喪的人。

我們若不先餵養自己，就無法餵養別人。

___月___日　　　第 *190* 天

「耶和華說：背道的兒女啊，回來吧！因為我作你們
的丈夫，並且我必將你們從一城取一人，從一族取兩
人，帶到錫安。我也必將合我心的牧者賜給你們。他
們必以知識和智慧牧養你們。」

（耶利米書三章14～15節）

神極其認識祂所塑造的人心。祂完全知道如何激發祂的子民趨
向聖潔。這個啓示是最重要且最有效的動力，呼召信徒爲祂而
捨棄所有。神對人極大的渴望，是神軍械庫中的祕密武器。當
我們緊抓著它時，這啓示的能力是全宇宙任何啓示都無法匹敵
的。這並非建基於羞恥或恐懼，而是強烈的渴望。事實上祂
說：「轉向我，因我已與你成婚，又因我渴望你。」祂並不是
在否定其他合乎聖經的動力，祂是在釐清何爲更好的動力。當
自然界的歷史到了尾聲，耶和華要興起合神心意的新婦時，這
會成爲趨向聖潔、惟一重要的推動力。

禱告良辰

主啊，祢是我的新郎、我的丈夫、我永遠的主和主
人。讓祢的聖潔漫過我的心靈，使我預備好成爲祢永
遠聖潔、神聖的新婦。

激發人心追求公義最重要且最好的方法，就是爲愛著迷和歡欣。

「耶和華說：背道的以色列啊，回來吧！我必不怒目
看你們；因為我是慈愛的，我必不永遠存怒。……只
要承認你的罪孽，就是你違背耶和華——你的神，在
各青翠樹下向別神東奔西跑，沒有聽從我的話。這是
耶和華說的。」　　　　　　　（耶利米書三章12～13節）

地獄是真實的。在復興的時刻，我們若未全然回應聖靈，那麼在我們
屬靈的生命中，以及世上完全的服事上，就會經歷真實的失落感。當
罪顯露時，羞恥和難堪會導致真正的痛苦。這些主張都有其立論點。
有的時機是該警告信徒關於地獄的事，或他們可能在世上的使命和服
事上失敗且被取消資格；有的時機是該告誡信徒離棄惡道，因為他們
若不離棄，將嚐到公開和私下的羞辱。然而最主要和最有效的方法，
是主親自藉著先知耶利米所傳遞的方式。對於在別處找樂子的墮落兒
女們，主正在呼喊著：「回來吧！回來吧！」祂正在呼召蒙救贖的
人，因他們已迷了路，他們的心也轉為冷淡。祂已預備好要向他們呼
喊，顯明祂的心，使真正的聖潔如同噴泉般地湧自他們的內心。

禱告良辰

天父啊，我渴望這破碎的世界重新恢復祢的聖潔和能
力。我希望能警告世人地獄的真實，並且告訴他們，
祢天堂的奇妙和威嚴。

主召喚我們要停止妥協，離棄我們的墮落，因祂要我們，祂渴
慕我們。

__月__日　　　第 *192* 天

「祢從世上賜給我的人，我已將祢的名顯明與他們。
他們本是祢的，祢將他們賜給我，他們也遵守了祢的
道。如今他們知道，凡祢所賜給我的，都是從祢那裡
來的；因為祢所賜給我的道，我已經賜給他們，他們
也領受了，又確實知道，我是從祢出來的，並且信祢
差了我來。我為他們祈求，不為世人祈求，卻為祢所
賜給我的人祈求，因他們本是祢的。」

（約翰福音十七章6～9節）

現代且「流行」的心理學，在世界、甚至在教會都極為普遍；他
們所強調的是自我發現，或是「發現我究竟是誰」。這是一件很
重要的事，但這麼做是捨本逐末。答案並不在你的內心，或你的
環境，或你的過去。你是誰這祕密，就在獨一的那一位心中。祂
就是那新郎上帝。惟有注視祂的眼睛，並認識祂是誰，你才能知
道自己是誰。其他的尋找都是枉然。當人們注視著自己的心，得
到的卻是虛空，這已虛擲了多少小時、年日、甚至一生的歲月了
呢？有多少好人陷於標榜自我發現的理論和哲學，卻對自己究竟
是誰仍毫無頭緒呢？答案是在另一個方向。

禱告良辰

親愛的天父，惟有祢能指示我是誰。請幫助我發現祢
是誰，而祢必定會在這過程中教導我，讓我知道我在
祢裡面是誰。

你永遠無法透過檢視你的環境、工作、家族史，或你所認識的
人，來發現「你是誰」。

__月__日　　第*193*天

「使他們完完全全地合而為一，叫世人知道祢差了我
來，也知道祢愛他們如同愛我一樣。父啊，我在哪
裡，願祢所賜給我的人也同我在那裡，叫他們看見祢
所賜給我的榮耀；因為創立世界以前，祢已經愛我
了。」

（約翰福音十七章23～24節）

在追尋你是誰的旅程開端，你不應該關注自己，因為答案會適
時出現的。神會用一種極有意義、轉化生命的方式，向你啟示
你是誰。但就像施洗約翰，你需要先發現耶穌的新郎身分，並
以祂的性情來餵養你的心靈。當那知識在你的心思和靈裡活過
來，你必會在你的軟弱中發現祂以愛情、渴慕、溫柔來對待
你。你會發現你實在是個被珍惜的新婦。祂是誰的啟示，會讓
真正的你浮現且如花盛開。

禱告良辰

主耶穌啊，求祢向我啟示祢自己。幫助我以祢的眼光
來看自己——祢所珍愛的新婦。容我照祢的形像浮現
且如花盛開，讓我可以預備好成為祢的新婦。

你是誰這祕密，就在獨一的那一位心中。祂就是那新郎上帝。

第 *194* 天　　　　＿月＿日

「智慧人不要因他的智慧誇口，勇士不要因他的勇力
誇口，財主不要因他的財物誇口。誇口的卻因他有聰
明，認識我是耶和華，又知道我喜悅在世上施行慈
愛、公平，和公義，以此誇口。這是耶和華說的。」

（耶利米書九章23～24節）

當我們以祂所珍愛之新婦的身分，來到這熱情的新郎面前，耶
穌漸漸地向我們顯明祂心中的某些層面。基本上，祂會以溫柔
和憐憫為起點，就是我們在救恩中所遇見的那份溫柔和憐憫，
那時我們會感到完全沒有重擔、自由、歡欣──我們理當如
此。耶利米告訴我們，神喜悅指示我們祂的慈愛。神知道我們
無法呈上任何東西到談判桌上，好激發祂以恩慈待我們。祂是
全然發自內心地要憐憫我們。但這是信徒極難以接受的信息。
當誠心愛基督的人，因著軟弱或不成熟而跌倒，他們常會自責
數月，甚至數年。其實，當我們求赦免，主會即刻地赦免我
們。祂對我們的溫柔遠超過我們自己的溫柔。新郎的心待我們
是何等溫柔啊！

禱告良辰

主啊，因祢的溫柔和憐憫，祢賜給我祢榮耀的救恩；
因祢的慈愛，祢已將產業的福分賜給了我；因祢的赦
免，使我從罪中得釋放；因祢的溫和，祢預備我在天
堂與祢同享永恆。

我們常對自己太過嚴厲，心想自責多少會讓一切好過些，或許也
會讓神來愛我們。

第195天　　　＿月＿日

「那時，耶穌對他們說：『今夜，你們為我的緣故都
要跌倒。因為經上記著說：我要擊打牧人，羊就分散
了。但我復活以後，要在你們以先往加利利去。』
彼得說：『眾人雖然為祢的緣故跌倒，我卻永不跌
倒。』耶穌說：『我實在告訴你，今夜雞叫以先，你
要三次不認我。』」　　　（馬太福音廿六章31～34節）

在跌倒時，我們會震驚的惟一原因，是因我們自己的宗教驕傲。
神永不會因我們的失敗而感到驚訝、幻滅或困惑。在最後晚餐，
耶穌說：「今晚你們都會跌倒。」但彼得卻拍桌子說：「等一
下！我總不會跌倒的。」彼得就像我們一樣，對自己向主的專心
一意，比主對他的專心一意更有信心。他與耶穌的關係錯誤地奠
基於，他把信心放在自己的獻身之上。因著這個原因，當雞鳴
叫，而他第三次的否認仍迴盪耳際時，彼得極可能是惟一感到震
驚的人。雖然每個信徒對神的個別獻身絕對是重要的，我們卻必
須明白我們對主的委身，只是祂對我們用心的結果而已。

禱告良辰

主啊，我定意在祢面前過無罪的生活。但靠著我自己的力
量，這是不可能的。惟有靠著祢公義大能的賜予，我才能站
立在祢面前，披戴祢的公義，而這一切都不是出於我自己。

我們委身和順服的力量，是出自耶穌溫柔引導的能力。　　　203

___月___日　　　第*196*天

> 「他們的君王必是屬乎他們的；掌權的必從他們中間而出。我要使他就近我，他也要親近我；不然，誰有膽量親近我呢？這是耶和華說的。你們要作我的子民，我要作你們的神。」
>
> （耶利米書三十章21～22節）

是主使我們親近他的。神知道我們會搞砸。祂老早就看見了，而且打從一開始，祂就凡事都有預備了。祂知道我們身體上和情感上的弱點。祂認識我們心中有限的容量。祂看見祂子民心中的「我願意」，並說：「我了解你的軟弱，然而我也知道你願意全然地屬我。」祂看著我們願意的心，並且使我們正在萌芽的德行全然成熟。你看，我們所接觸的是一位深情的新郎，那位基督耶穌。祂是完全的神，也是完全的人。祂有著充滿溫柔的強烈愛情。即使當我們在成熟的過程中步履蹣跚，祂還是喜悅我們，而且祂的心滿溢著極豐富的憐憫。除了祂之外，世人永遠無法找到這般豐富的憐憫。

禱告良辰

主啊，知道祢容許我在祢面前呈現出有罪和軟弱的自己，因著你愛我，祢以愛提升我進入屬靈的成熟，這是何等令人敬畏。

祂不會拿著一支大鐵鏈，伺機找到好理由將我們打扁。

第 *197* 天 　　　　__月__日

「你們當樂意事奉耶和華，當來向祂歌唱！你們當曉
得耶和華是神！我們是祂造的，也是屬祂的；我們是
祂的民，也是祂草場的羊。」

（詩篇一○○篇2～3節）

神是喜樂的神。祂不只有深不可測的憐憫，祂所擁有的大喜
樂，也是超乎我們所能理解的。祂喜樂的情感，在分量上是無
限的，在持久性上是永恆的。經歷神就如同坐雲霄飛車，永
不會停止，卻會在每個轉彎處漸入佳境。當祂注視著我們每個
人，祂是帶著喜樂和歡喜而微笑的。這讓許多人覺得奇怪。他
們所習於接觸的神，是當他們到祂面前時，祂大部分是憤怒或
悲傷的。他們想像祂不是憤怒，就是一直在悲傷和悲痛之中；
祂是因他們的悖逆而憤怒，因祂的子民不夠委身而悲傷。

禱告良辰

天父啊，將祢的喜樂指示我。當祢注視著我時，讓我
看見祢喜樂的微笑。讓我因活出祢的生命而經歷祢的
歡欣喜樂。

當天父發現我們在自己的軟弱中掙扎時，在某些罪和自我憎惡
的骯髒處，祂會以極大的喜樂，將我們救拔出來。

__月__日　　　　第 *198* 天

> 「只有贖民在那裡行走。並且耶和華救贖的民必歸回，歌
> 唱來到錫安；永樂必歸到他們的頭上；他們必得著歡喜快
> 樂，憂愁歎息盡都逃避。」　（以賽亞書卅五章9～10節）

神是喜樂的神，一位有著無限喜樂的神。在我們將會與祂共處的數十億年中，祂的怒氣只會維持少時，而我們與祂的經歷和關係中的其他百分之99.99999999，都會建基於祂對我們喜樂的心。祂是一位有著聖潔喜樂的神，而這兩個用詞並無矛盾之處。祂的聖潔湧自無法想像的豐富喜樂。這並非否定祂對悖逆的憤怒，畢竟祂會激烈地除去你與祂之間愛的攔阻。但在真誠信徒的生命中，悖逆與不成熟之間有極大的區別。兩者完全不同。神恨惡悖逆，但祂並沒有將不成熟視為全然的罪。祂的全智足以區分個人和罪。即使祂不贊同我們的行為或信念，卻仍能喜悅我們，如同父母可以在管教和喜愛孩子之間隨時轉換無礙一樣。

禱告良辰

天父啊，我要經歷快樂，經歷那穿透永恆的豐富喜樂。求你向祢的孩子顯明祢那極其豐富的天父心懷。提升我，使我分享祢永恆的喜樂。

充滿愛情的神——那是你經歷與耶穌親密關係的基要真理。

第199天　　　＿月＿日

> 「耶和華必然等候，要施恩給你們；必然興起，好憐
> 憫你們。因為耶和華是公平的神；凡等候祂的都是有
> 福的！」
> （以賽亞書三十章18節）

我們的新郎上帝燃燒著強烈的愛情。這與他的溫柔和大大的歡喜是有明顯區隔的。大部分信徒都難以想像神會渴慕或想要任何事物。畢竟，他擁有一切。他的倉房總是盈滿的。他可以創造萬物、世界、銀河，來帶給他喜樂。他可以無窮盡地自得其樂。但這事實深植於聖經之中：他對我們每個人都充滿強烈的渴慕和燃燒的愛。這位充滿愛情的神，是許多人渴望遇見的，即使他們或許不知道這樣的經歷將徹底地改變他們的心。因著這種經歷，你才顯得卓越，在全宇宙中顯得特殊和獨特，也為我們每個人的生命下了重大的定義。

禱告良辰

天父啊，祢擁有這宇宙，以及這世上許多我所不知道的事物。祢將星辰高掛太空，使海洋留在原處。祢話語一出，地球就成形了。然而祢認識我，渴慕與我有個別的關係。這是超乎我所能明白的。

祂渴望個別地親近我們每個人，就如同朋友和情人所想望的相處方式。

___月___日　　　　第 *200* 天

「神啊，有何神像祢，赦免罪孽，饒恕祢產業之餘民
的罪過，不永遠懷怒，喜愛施恩？必再憐憫我們，
將我們的罪孽踏在腳下，又將我們的一切罪投於深
海。」

（彌迦書七章18～19節）

我們的成功和價值並非根據我們生產力的層次、經濟效益、在運
動、音樂或學術上的天分；或任何其他的事物。這些皆是餘興節
目。在這浩繁的世界中，是那位永恆者，那位不是人手所造、以熱
切的渴望追尋我們的神，給予我們真正的意義，使我們找到自我。
這是賦與我們生命意義和能力的事物。這是使我們偉大的事物。我
們出生是不費吹灰之力的，從此卻在很多方面跌倒和墮落。然而，
耶穌，我們的新郎上帝說：「我要你！」這賦予了我們永恆的意
義。雖然時局不穩定，雖然我們也以無數的方式搞砸事情，但因著
恩典，我們得以帶著全然的成功和滿足，行在這惟一的觀眾面前，
因祂渴慕我們，並且稱祂自己為我們心靈的良人。

禱告良辰

天父啊，祢並不在意，在我所生活的這浩繁世界中，
我是個不顯眼的無名小卒。祢仍然愛我……要我……
並呼召我進到祢的同在中。

我們是神所渴慕的人。

第*201*天 　　　__月__日

「祂的判斷是真實公義的；因祂判斷了那用淫行敗壞世
界的大淫婦，並且向淫婦討流僕人血的罪，給他們伸
冤。……我聽見好像群眾的聲音，……說：哈利路亞！
因為主——我們的神、全能者作王了。我們要歡喜快
樂，將榮耀歸給祂。因為，羔羊婚娶的時候到了；新婦
也自己預備好了。」　　　　　（啟示錄十九章2、6～7節）

神審判的本質，是祂定意要除去在我們生命中一切攔阻愛的事
物。這段經文描述著天上的一個場景，是關於耶穌和祂教會的
婚禮，這是緊接著耶穌再來，在這世界體系中施行驚人審判之
後發生的。當新郎上帝預備祂的子民迎接那盛大的成婚之日，
神動了忌邪的怒氣，祂的焦點在於審判兩種人：第一，凡將自
己交給邪惡的人；第二，凡逼迫祂子民的人。這兩種人都傷害
了祂的新婦。祂忌邪之怒的基本原則如下：凡傷害祂的新婦、
攔阻她預備自己成為祂永遠伴侶的，都會受審判。

禱告良辰

主啊，我渴慕那盛大喜宴的來到，我能夠成為祢的新
婦，祢作我的新郎，與祢共度永恆。感謝祢保護我免
於傷害，並預備我迎接天上的大喜之日。

神不會容許在我們生命中，有繼續阻礙我們愛的發展的任何事物。

___月___日　　　　　第*202*天

「日頭不再作你白晝的光；月亮也不再發光照耀你。
耶和華卻要作你永遠的光；你神要為你的榮耀。你的
日頭不再下落；你的月亮也不退縮；因為耶和華必作
你永遠的光。你悲哀的日子也完畢了。」

（以賽亞書六十章19～20節）

有一天我們會注視著我們的新郎上帝，直到億萬年之久。即使諸如
此類試圖傳達神真實性的描述看似可笑，我們卻還是要盡其所能地
去明白，我們的新郎所擁有的榮美，是超越任何受造事物的。祂遠
超過一切動人和令人愉悅的事物。祂無盡的光輝，發自祂對我們的
溫柔、喜樂、渴望（的確，若不先了解祂的溫柔、喜樂、渴望，就
不可能明白祂的榮美，因祂的榮美是從這些性情散發出來）。當我
們藉著聖經，以及祂在我們靈裡的啟示看見祂的榮美，我們的心就
被祂的榮美吸引、擄獲。祂以威榮不斷地追求我們，使我們驚嘆。

禱告良辰

天父啊，當我站在祢面前，注視著祢那無盡的光輝
時，億萬年似乎也算不得什麼了。求祢教導我，關於
祢的溫柔、喜樂、渴望，好讓我完全認識祢的榮美。

相信神愛你，是看見神榮美的必要之事。

第203天　　　＿月＿日

「祢必將生命的道路指示我。在祢面前有滿足的喜
樂；在祢右手中有永遠的福樂。」

（詩篇十六篇11節）

被神的榮美所吸引，幾乎是天地間喜樂的最大來源。使人心喜
樂的一切事物中，最無與倫比的就是神親自向每個人啟示祂自
己。就某個程度而言，大衛是在說：「當我更多地發現祢的榮
美，我的心靈就全然歡欣！」他所經歷的是人心所能知道的最
大喜樂。這是他生命中惟一最偉大的特點。他飲於神的榮美所
展現的無盡泉源。大衛王述說他心著迷的洞見，他如此表明：
「有一件事，我曾求耶和華，我仍要尋求：就是一生一世住在
耶和華的殿中，瞻仰祂的榮美，在祂的殿裡求問。」（詩篇廿
七篇4節）若我們要成為合神心意的人，完成我們在這世代中
的命定，這也必須成為我們所著迷的目標。

禱告良辰

主啊，與詩篇作者一般，我只祈求有這榮幸，能一生
一世住在耶和華的殿中。當萬古長存的時間在我們面
前無盡地流動，求祢讓我時時瞻仰祢的榮美。

大衛一生懷著著迷的心，持續地發現神偉大的新層面。

__月__日　　　　第204天

「我以永遠的愛愛你，因此我以慈愛吸引你。」

（耶利米書卅一章3節）

親愛的，我們永遠會有神聖的滿足，在無盡的世代中，繼續發覺祂更多的榮美。而我們現在就可以開始！誠然，爲了神創造我們的本意，我們必須現在就開始。祂要我們一直在著迷之中，並且在祂面前因愛而坦然無懼；如此，也惟有如此，祂才能向我們更多地啓示祂崇高的榮美。踏入這領域一步，你就會發現要用盡祂豐富的驚奇是不可能的；當你對祂的心有更多的理解，當祂愈來愈多地向你大量啓示祂自己，這些驚奇就顯明出來。這就有如行經無止境的花園，每一個品種都比之前的更加燦爛、更加新奇，每一條路徑都引至瀑布和更令人嘆爲觀止的景緻。世上一切美好，只是祂的返照罷了；即使你所能思及最美麗的事物，有一天也會被祂心的榮美所吞沒，如同手電筒的光線被千顆太陽的強度所吞沒。

禱告良辰

天父啊，等待著祢兒女的，是何等令人敬畏的驚奇。我等不及讓祢牽著我的手，帶著我走遍祢的天堂。祢的榮美將永遠散發不盡，我渴慕開始與祢共度永恆。

神的心是個奇妙境地，是人類夢想不到的美麗宇宙。

第205天　　　__月__日

「不但如此，我也將萬事當作有損的，因我以認識我
主基督耶穌為至寶。我為祂已經丟棄萬事，看作糞
土，為要得著基督；並且得以在祂裡面，不是有自己
因律法而得的義，乃是有信基督的義，就是因信神而
來的義。」　　　　　　　　　　（腓立比書三章8～9節）

你對這聖潔的新路徑感到驚訝嗎？這將改變基督教的面貌。這與過去
律法主義的約束完全不同。它根植於強烈的渴慕，而非羞愧；根植於
榮美，而非抨擊。藉著明白神渴慕我們成為祂的新婦，我們的世代將
興起，帶著前所未見的聖潔榮美，心懷成熟甜美的熱愛。我們會樂意
選擇祂，勝過爭取我們注意力的一切事物。我們攻克己身，主要非因
恐懼，而是發自於思愛成病的心，這心已被榮美化身的人子基督耶穌
所擄獲。這親密關係大都是被祂令人驚異的啟示所驅動，即祂要與我
們成婚，讓我們分享祂超越時間的歡喜、愉悅、榮美。

禱告良辰

神啊，認識祢對我的渴望，會使我渴望像祢一樣聖
潔。祢的愛擄獲我心，使我渴望永遠分享祢的喜悅、
愉悅、榮美。

我們會將萬事當作有損的，因我們以認識主耶穌基督為至寶。

213

＿月＿日　　　第 *206* 天

> 「求祢發出祢的亮光和真實，好引導我，帶我到祢的
> 聖山，到祢的居所！我就走到神的祭壇，到我最喜樂
> 的神那裡。神啊，我的神，我要彈琴稱讚祢！」
>
> （詩篇四十三篇3～4節）

這話如今我們聽來浪漫，但當時大衛身為看守羊群的牧人，等同於坐在亭子裡的夜間守衛，要確定無人闖進倉庫設備。凡從事保全工作的人，都知道這沒有什麼特別之處。這是一份無聊、不吸引人、世俗的工作。你就坐在那裡，修整指甲、聽收音機、數著外面蟋蟀的叫聲。你甚至不想跟朋友坦承，你有這樣的一份工作。我可以想像大衛，一個年輕少年，坐在自家後面的牧場，彈著吉他，並且等待著時機。沒有人要聆聽他用單調自製的豎琴所創作的歌曲。但當他徘徊於伯利恆的後山間，仰望星辰，有一樣事物吸引他的注意，因此他開始唱著：「我不太認識祢，但我愛祢。我想要認識祢。祢像什麼呢？祢是誰呢？我一生將如何呢？」大衛看見了什麼？神對他的心低語了什麼，成為他日後身分的根基呢？

禱告良辰

天父啊，如同大衛那個被孤立、寂寞度日的小牧童，求祢教導我用盡一生來發覺祢是誰，以及祢要我一生成為的樣式。

在星辰和日落之間，長時間瞻仰神的榮美，大衛從中發現什麼了呢？

第207天

____月____日

「除祢以外，在天上我有誰呢？除祢以外，在地上我
也沒有所愛慕的。我的肉體和我的心腸衰殘；但神是
我心裡的力量，又是我的福分，直到永遠。」

（詩篇七十三篇25～26節）

在那紅潤臉龐的背後，在那孩童身軀的深處，存著世界所未見、截
然不同的一顆心。它吸引神的注意力轉離宇宙，轉離世上城市、海
洋、自然界的奇妙。難道你不喜歡感受祂正注意著你嗎？這發生在
大衛身上。有一天主的靈臨到先知撒母耳，對他耳語說：「我要換
掉掃羅這悖逆的以色列王。我已找到一個對我有心的年輕人。他所
要的跟我一樣。他是年輕的吉他手，我真的很喜歡他。他甚至不知
道我已聽過他在晚上所唱的情歌，而他所渴慕的，正是充滿我心的
事物。我聽見他的聲音，而我已注意到他。我要你告訴他我對他的
想法。」在伯利恆後面那片被太陽烤焦的無名野地裡，即使在撒母
耳未到之前，大衛就成了末世教會的寫照。

禱告良辰

神啊，祢看見我的心了嗎？它渴慕聽見祢的聲音，看
見祢的臉，花時間在祢的同在中。我所要的就是祢，
主……只要與祢同在，並經歷祢對我的愛。

當神看著受造物時，你豈不喜歡你的心吸引神的眼睛嗎？

___月___日　　　　第*208*天

「耶和華啊，求祢將祢的道指示我，將祢的路教訓
我！求祢以祢的真理引導我，教訓我，因為祢是救我
的神。我終日等候祢。」

（詩篇廿五篇4～5節）

在我教導大衛生平之後，信徒常會問我：「我如何得著像大衛
的心，那麼一心一意地愛神呢？」我告訴他們，如果注視和研
究神對他們強烈的愛，他們的心也會變得強烈地愛神。當我們
注視父神的內在生命，就會領受神聖的資訊，明白神對人類，
對你我個別的感受，還有明白祂對我們的命定、性情、喜惡、
在歷史中的地位有何感受。我們與神相結連，並且看見神的情
感。但不僅於此，我們會開始改變。

禱告良辰

天父啊，求將祢的道指教我；指示我祢的性情；讓我
感受祢的情感。如此認識祢，會使我從會朽壞變成不
朽壞，從絕望進入命定。

學習認識神的情感，是什麼意思呢？

第209天　　　＿月＿日

「我們眾人既然敞著臉得以看見主的榮光，好像從鏡
子裡返照，就變成主的形狀，榮上加榮，如同從主的
靈變成的。」　　　　　　　　（哥林多後書三章18節）

使徒保羅提及這屬靈原則：「我們眾人……好像從鏡子裡返照，
就變成主的形狀，榮上加榮。」當我們注目於主的榮光，就會更
新改變。這基本原則，是保羅神學中關於內心轉化課題的基礎，
而且大衛成為合神心意的人，原因就在於此。簡單來說，關於神
對我們的心，無論你所見或所明白的為何，那就是我們向神的心
的樣式。若我們看見的是一位吝嗇小氣的神，我們就會變成吝嗇
小氣的人。但我們若看見祂的榮光，如保羅所寫，聖靈就會將我
們轉化成為榮耀的人。大衛是關於神情感的學習者、是領獎學金
的「羅德學者」（編按：Rhodes scholar，是全球學術最高榮譽之
一）、是神情感的博士。他「一生一世」（詩篇廿七篇4節）全
心致力於使神的情感成為他主要的關切。結果，他對神的心有更
多洞見，更勝於舊約中其他的人。他成為與眾不同的人。

禱告良辰

主啊，我要坦然無懼地瞻仰祢熱情的心，經歷祢榮上
加榮的更新變化。我所要的就是要更像祢！

大衛營造出與神親密關係的個人領域，因他坦然無懼，勇敢地
瞻仰神熱情的心。

__月__日　　　　第 *210* 天

「求祢使我清晨得聽祢慈愛之言，因我倚靠祢；求祢
使我知道當行的路，因我的心仰望祢。」

（詩篇一四三篇8節）

瞻仰神的心使大衛成為合神心意的人。這使他與神建立親密的關
係——一生都為此著迷。這樣的瞻仰和轉變對我們亦然。藉著研
究並個別地追求與祂的關係，而竭力進入神的心，我們就會成為
合祂心意的人。我們也能經歷大衛所經歷的，就是當他注視著神
那無以名狀的心所經歷的。我深信若我們看見大衛所見的神，我
們就會有他的生命，也會像他一樣地將心帶到神的面前。結果我
們也會與眾不同。我們也會不假思索地跟隨這位古老，卻是極為
現代之君王的腳蹤。你要知道，大衛並非什麼超人。他在神的心
中所看見的事物，如今仍在那裡，是你我可得著的，也是整個歷
史中的男女都能得著的，只要他們一心全力追求祂。

禱告良辰

當我讀著大衛的故事，有時我會感覺自己沒有資格像
大衛一樣，經歷與祢的關係，但這是我心所企盼的。
讓我成為活在與祢親密關係中的人。

現在，神邀請你我來看大衛所看見的。

第 211 天 　　　__月__日

「我要歌唱耶和華的慈愛，直到永遠；我要用口將
祢的信實傳與萬代。因我曾説：祢的慈悲必建立到永
遠；祢的信實必堅立在天上。」

(詩篇八十九篇1～2節)

當我們開始明白神對我們的情感時，一種對應的情感就在我們
心中活過來。例如，當我們看見神對我們熱切的心，我們的心
也會開始感受到對祂的熱情。我們享受耶穌——為什麼呢？因
為我們終於「明白」祂也享受我們了。我們追求耶穌，因為我
們明白祂正在追求我們。重點在於我們注視神的情感，使我們
得著全然改變。若你想成為熱切愛神的人，就必須明白歷代以
來，神一直是位熱情的良人。要得著更多愛，或得著平安、喜
樂、信心，或聖靈的任何果子，其祕訣都在於更多地喜愛神。
哇！何等的啟示啊！汲汲營營反而得不著任何結果。

禱告良辰

神啊，我終於「明白」了——祢正在追求我，祢正在
尋找方法，將我帶進與祢更加親密的關係中。主啊，
我在這裡；用祢的榮耀征服我、戰勝我。

我們委身並忠於耶穌，因為我們明白祂是全心全意地對待我們。

__月__日　　　第212天

「住在至高者隱密處的，必住在全能者的蔭下。我要論
到耶和華說：祂是我的避難所，是我的山寨，是我的
神，是我所倚靠的。」　　　　（詩篇九十一篇1～2節）

教會中所充滿的信徒，是從週一到週六都努力要與主同行的人。他
們一早醒來，爲要一年讀完一次聖經；他們對自己承諾，要邀請一
位鄰居到教會來，或爲隔幾戶人家的那位生病的孩童禱告。他們努
力要在職場顯揚基督的光，並且在他們被配偶激怒時，勒住他們的
口舌。然後到了主日，在敬拜時，他們蜷縮於座位上，心中感覺又
過了一週，自己並未作個好基督徒。但你若經歷到神是享受你的，
你就會開始享受神了，這整個循環就會改變，生命轉化會有如季節
更迭般自然。你會活在更偉大的聖潔中，你會眞正感到快樂。你不
會那麼在意不去做壞事，反正你的心已不再喜悅做那些事了。這轉
化的過程不會停止。我們會一直在注視，一直在發覺，一直在改
變，一直在享受，一直在反映神更多的榮光和熱愛。

禱告良辰

耶穌啊，祢日日在改變我，使我有祢的樣式。過去阻
攔我的事物，如今已不再吸引我了。祢同在的奇妙是
我所要的一切。讓我反映祢的榮耀和熱情。

要尋求並相信神享受我們，我們就會更加地享受神。

第*213*天　　　＿月＿日

> 「所以，要治死你們在地上的肢體，……當你們在這
> 些事中活著的時候，也曾這樣行過。但現在你們要棄
> 絕這一切的事，以及惱恨、忿怒、惡毒、毀謗，並口
> 中污穢的言語。不要彼此說謊；因你們已經脫去舊人
> 和舊人的行為，穿上了新人。這新人在知識上漸漸更
> 新，正如造他主的形像。」
>
> （歌羅西書三章5、7～10節）

保羅教導歌羅西的信徒，要藉著領受對神形像的認識來追求更
新。惟有用我們的心才能認識神的心，我們所追求的屬靈更新
和心意的持續變化才會發生。當我們藉著他的話，接觸神和關
於神的真理時，這才會發生。惟有當他的聲音感動你的心靈，
個別地向你啟示他是誰，並根據這真理知道你是誰和他要做成
何事，才會發出至高的能力來更新你的內在生命。你得到的啟
示可能就是他真的很享受與你同在，但絕不會少於此。只有讓
這啟示成為你與神同行的基礎，才能改變你的生命。當你親眼
看見這真理，你就會改變——你看見，然後就成了。這樣的經
歷絕不會是模糊不清的。它喚醒你，使你知道自己是誰、他是
誰，以及你將要成為什麼。

禱告良辰

天父啊，我最在意的是祢對我的看法，祢對我的感受。當我看見祢可畏的榮美，並且認識祢對我奇妙的愛，其他所有事物似乎就離我很遠了。

神對你的想法和感受，其價值遠勝過你生命中最重要的人物所給你的最好忠告。

第214天 　　＿月＿日

「你們雖然沒有見過祂，卻是愛祂；如今雖不得看
　見，卻因信祂就有説不出來、滿有榮光的大喜樂；並
　且得著你們信心的果效，就是靈魂的救恩。」

（彼得前書一章8～9節）

你或許在今生已發現，你沒有能力直接改變自己的情感。你不
能說：「要喜樂！」你的靈裡就生出喜樂來。你無法下令：
「歡喜，即刻從我裡面升起！」這絕不會發生。你可能會有一
時的興奮，但持久的情感並不會因決心而產生——那是神要出
力的部分，是聖靈在我們裡面超自然的工作。但好消息是：我
們所有的情感都和思想或看法有關連。對神有正確的思想，會
帶來美好的情感。這就是真理會使我們得以自由的原因（參考
約翰福音八章32節）。你的思想若洋溢著關於神的真理，便會
對你的情感產生潛移默化的作用。

禱告良辰

神啊，我選擇思想祢的真理。我選擇駕馭我的心思，
專注於祢對我的恩典和仁慈。求祢藉著聖靈，完成祢
在我裡面的工作。

注視神的情感，是惟有你自己在神裡面的隱密生命才能完成的事。

__月__日 第*215*天

> 「所以弟兄們，我以神的慈悲勸你們，將身體獻上，
> 當作活祭，是聖潔的，是神所喜悅的；你們如此事奉
> 乃是理所當然的。不要效法這個世界，只要心意更新
> 而變化，叫你們察驗何為神的善良、純全、可喜悅的
> 旨意。」
>
> (羅馬書十二章1～2節)

在我基督徒生命的初期，我和朋友是以消極的看法在讀羅馬書十二章2節。我們以為它的意思是「只要你遠離邪惡的電影，就會更新變化」，因此我們列了一大張要遠離的壞事，好讓我們最後可以更新改變。然而，這絕不只是強迫自己遠離惡事而已。你的心思改變，主要不是因為遠離惡事，而是因為你的心思充滿關於神的真理。你不需要對迴避罪有更好的技巧，而是需要對神的心有更新的看見。源於這樣的洞見，你對自己有神的形像也會有新的看見。當我的心思充滿神情感的樣式，我就經歷恩典的新層面，能遠離那些「壞事」。

禱告良辰

神啊，賜給我對祢心的洞見，讓過去擊敗我、使我犯罪的屬世事物，不再對我有任何吸引力。求祢以祢的同在，滿溢我的心思。

你不需要對迴避罪有更好的技巧，而是需要對神的心有更新的看見。

第216天　　　＿月＿日

「我們眾人既然敞著臉得以看見主的榮光，好像從鏡
子裡返照，就變成主的形狀，榮上加榮，如同從主的
靈變成的。」　　　　　　　　　（哥林多後書三章18節）

只藉著聽一篇教導或讀一本書，轉化並不會發生。這遠超過一篇講道、一堂課、一套影音教材。你並不會只因為聽過一些教導，規勸你要成為熱烈愛神的人，就得著對祂的愛火。告誡你要有行動，並不能裝備你的心完成那個行動。你注意到這一點了嗎？要「更努力地去愛」的規勸，永遠不會喚醒你心中的愛。好的教導或書籍會激動屬靈的渴望，並讓你明白要為自己尋找食物。它促使你說：「我要它！」但書籍和講道只能給你渴望和異象，其內容本身卻永遠無法使你的心有實際去愛的能力。這樣的改變必須要有沉浸於神話語的生活方式。若你希望有對神的熱情或愛，就要使你的時間和心思，充滿神熱愛你的啟示。

禱告良辰

我愈來愈渴望花時間置身於祢的同在中，瞻仰祢存在的榮美。求你在我裡面培育出一種生活方式，使我研讀祢的話，花時間與祢相處。

轉變是好的，但神的次序說，我們必須先看見祂裡面的真實。

___月___日　　　第217天

「但願使人有盼望的神，因信將諸般的喜樂、平安充
滿你們的心，使你們藉著聖靈的能力大有盼望！」

（羅馬書十五章13節）

親愛的，我告訴你，若我們要有健康的家庭和事業，研究神的心是絕
對重要的。照顧你的家人或事業最實際的方法，就是要培養滿溢的
心。當你按時從聖經中看見那位快樂的神，你就會漸漸地充滿快樂。
你會比自己愛抱怨時，更能把你的家人照顧好。你可曾注意到，若你
是帶著沮喪、沉重、憤怒、苦毒的靈，從事神所託付你的職責，你周
遭的人就難以得著祝福？但你若投注時間來明白神喜悅你的心，你的
心就會大大甦醒。對於在神的國度，和生命所有層面中的職責，你就
會變得有力量和果效。有人說花時間在這事上是不切實際的；切勿聽
信這種論點。事實上，我們所能做的事中，沒有比這更實際的了。

禱告良辰

求祢從我心中除去任何沮喪、沉重、憤怒、苦毒的
靈。我不要它們在那裡。我希望經歷祢豐盛的喜樂，
並得著一顆充滿快樂和能力的心。

不情願、出於履行責任的服事，固然比沒有的好，但這並非神最
好的方式。

第218天 　　　__月__日

> 「誰是智慧人，可以明白這些事；誰是通達人，可以
> 知道這一切。因為，耶和華的道是正直的；義人必在
> 其中行走，罪人卻在其上跌倒。」
>
> （何西阿書十四章9節）

即使你生命中只有一小部分悖逆神，你的心就不會像神所應許的那般通暢。要向你生命中任何妥協的層面宣戰。你或許會在那層面上跌倒，但你若誠心與它對抗，你仍會收復失土。畢竟，滿溢的心使你有能力從令人苦惱的罪中得釋放。神並未要求你在祂讓你的心有能力之前，就從一切掙扎中得釋放。相反地，是神的能力使你得自由。這是神的智慧和旨意，亦即在我們不想順服時，就來順服祂。我相信在我不想順服時，就要順服。在我沮喪、感覺糟透的時候，我仍需要順服神。然而，當我的情感被神情感的啟示所觸摸，我更能、也更有力量來順服。愛神的人總能成為更好的工人。當你懷著渴望和享受，即使它們還在開始的階段，順服似乎都會成為惟一合理的選擇。

禱告良辰

天父啊，顯明我心中隱藏的悖逆。以祢情感的啟示來觸摸我的情感，好讓我能以順服和喜樂的心來跟隨祢。

在你接觸享受的開端之後，紀律、工作、努力都會容易得多了。

__月__日　　　　第 *219* 天

「公義的果效必是平安；公義的效驗必是平穩，直到永遠。我的百姓必住在平安的居所，安穩的住處，平靜的安歇所。」　　　　（以賽亞書卅二章17～18節）

即使在你跌倒時，你還是必須相信神喜悅你。若你缺乏這樣的信心，那就是在向耶穌關閉你的心靈。當你軟弱時神仍喜悅你的啟示，會使你轉化。就我的經驗，在屬靈旅程中，這是信徒最難以進入的境界，也是大部分人陷入泥沼而止步的地方。原因呢？在你軟弱時神仍喜愛你，是讓你享受神的極致啟示。當你實際地看見在軟弱中祂仍喜愛你時，就能結出果子來。你就會開始一直喜愛神。你的心會以愛情來回應祂。你會聽見三位一體的神說：「我們愛你。」你的心會回應：「那我也喜愛祢們。」誰不想和喜歡他的人在一起呢？因此當你明白神一直愛著你，你就以喜愛祂作為回應。單單想著祂，你就會開始微笑。這是會自然發生的。

禱告良辰

主啊，我安息於祢喜愛我的事實。祢希望花時間與我在一起，而且祢照我的本相喜悅我。親愛的主，這是何等不可思議的想法，這使我充滿信心，相信祢愛我。

在你軟弱時神仍喜愛你，是讓你享受神的極致啟示。

第220天　　　__月__日

> 「我將耶和華常擺在我面前，因祂在我右邊，我便不
> 致搖動。因此，我的心歡喜，我的靈快樂；我的肉身
> 也要安然居住。」　　　　　（詩篇十六篇8～9節）

當你知道神享受著你，另一件奇妙的事就會發生：你會開始享受自己，你會開始喜歡自己。你喜愛作自己甚於作世上任何一個人。對大部分的人而言，這是個極大的改變。有一位姊妹懇切禱告：「主啊，我要愛鄰舍如同我愛我自己。」主的回應令她吃驚：「你的問題真的就是出在這裡。你鄙視你自己；因此，你就鄙視你的鄰舍。」喜愛自己、對你自己滿意就是神要你棲身之處。這個位分就是在你心中的隱密處，你寧可當你自己，更甚於成為任何人。這會給予你驚人的信心和渴望去喜歡和愛別人。你裡面綻放煙火；生命的河流觸及你的生命。最棒的事，是你以自己的模樣醒來，心想：「我很高興我就是我。主啊，感謝祢！」

禱告良辰

神啊，是的，因祢愛我的本相，我很高興祢創造了我，我能作我自己。我是被祢所愛的，而祢的愛預備我以愛來回報祢。

這是神的旨意，在你的旅程中，你會來到接受自我的轉化高峰。

__月__日　　　　第221天

「你心若向飢餓的人發憐憫，使困苦的人得滿足，你的光就必在黑暗中發現；你的幽暗必變如正午。耶和華也必時常引導你，在乾旱之地使你心滿意足，骨頭強壯。你必像澆灌的園子，又像水流不絕的泉源。」

（以賽亞書五十八章10～11節）

先知以賽亞說，若我們為別人盡心竭力，我們的心就會像一座澆灌的園子。有些神的子民小心守護著自己的生活，免於一切的不方便，而且只在他們的舒適區不被打擾的前提下，才會有所貢獻。但我們必須為神的子民捨棄自我，為要完成神的目的。耶穌說在我們中間誰要為大，就要作多人的僕人。我們無法注視著神的心，卻又保留「我優先」的心態。

禱告良辰

主啊，他人，他人。讓我以祢的愛來接觸他人。讓我藉著你在各各他的犧牲，來告訴他們救恩的奇妙。主啊，讓我成為一個贏得靈魂的人。在祢再來之前，讓我有分於靈魂的收割。

我們致力鍾愛神所致力鍾愛的人與事。

第222天　　　__月__日

「你必歸回，聽從耶和華的話，遵行祂的一切誡命，就是我今日所吩咐你的。你若聽從耶和華——你神的話，謹守這律法書上所寫的誡命律例，又盡心盡性歸向耶和華——你的神，祂必使你手裡所辦的一切事，並你身所生的，牲畜所下的，地土所產的，都綽綽有餘；因為耶和華必再喜悅你，降福與你，像從前喜悅你列祖一樣。」

（申命記三十章8～10節）

問題是：大部分時間，神的感受為何？祂無聊？擔憂？玩膩了？快樂？擔憂？立場超然？忙碌？生氣、高興、或憂傷？這聽來輕鬆，卻是我們整個屬靈旅程最重要的問題之一。當神看著你時，祂的感受如何呢？多年來，我問過許多人這個問題，而他們的回應通常是以下兩種：神大多時候在生氣，或大多時候在憂傷。對於這兩種情況，他們認為都是他們的錯。許多基督徒極強烈地相信，神對我們每個人感到憤怒和悲痛。這是每個人都私底下會有、卻無人談論的惡念。祂被視為遙遠、憤怒、高坐在寶座上的神，而且祂大部分的感情，都投注在對人類的失望上。我們想像的是一位哭泣的神，搥著胸，羞愧地掩面不看我們。但聖經告訴我們的正好相反。我們的神是微笑且喜樂的。祂的情感落在第三種：祂大多時候是高興的。

禱告良辰

天父啊，祢已啓示我，當祢看著我時，我是使祢高興的。讓我看見祢肯定的微笑，聽見祢因我而有的喜樂，這會使我心充滿對祢的愛，也征服我的靈。

神會向我們顯明祂是位高興的神，洋溢著愉悅和喜愛。

第223天　　　＿月＿日

「因為耶和華喜愛祂的百姓；祂要用救恩當作謙卑人
的妝飾。」

（詩篇一四九篇4節）

若你的神學中心是一位微笑的神，那麼你就不難明白接下來這
個關於神的真理：當你以願意順服的心來回應祂，祂就以笑臉
待你。祂無盡的笑容遍滿祂的創造。祂以自己和這滿溢之喜樂
為樂，但祂尤其喜愛回應祂恩典的人，那恩典是祂在基督耶穌
裡白白賜下的。這可以應用在我們每個獨特的個體上。即使在
你軟弱的地方，神仍然愛你、喜悅你。祂實在很喜歡你！這是
何等有能力的觀念！祂不只微笑，祂還以笑臉看著你！

禱告良辰

祢的微笑溫暖我的心，激動我的靈。祢竟然會為我而
微笑，這是超乎我理解的，但我知道祢的確如此。我
在有生之年也必要定睛在那微笑之上。

這一定要成為我們神學的基礎：我們的神是微笑的神。

233

__月__日　　　第224天

「那時，我在祂那裡為工師，日日為祂所喜愛，常常
在祂面前踴躍，踴躍在祂為人預備可住之地，也喜悅
住在世人之間。」

（箴言八章30～31節）

耶穌形容自己喜悅住在世人之間，也在世人中經歷歡愉。雖然
聖經明說祂喜悅我們，我們卻像那浪子，對父親滿溢的喜悅感
到困惑：我們站得遠遠的，不知道如何領受它。對我們而言，
將我們的失敗清單帶到祂面前，然後祈求在祂的國度中有一個
卑微的位置，似乎較合邏輯和自在。然而祂絲毫不與我們商
量，就大方地深情擁抱我們，給我們披上公義的王袍。這就是
我們所服事的神。無論我們做了什麼，這就是祂的本相。

禱告良辰

主啊，如同祢為浪子所做的一般，祢為我披上義袍。
祢為我擺設筵席，歡迎我進入祢的同在中。

祂慶祝你我成為祂的兒女，為我們擺設筵席。

第225天　　　＿月＿日

「因此，我的心歡喜，我的靈快樂；我的肉身也要安然
居住。因為祢必不將我的靈魂撇在陰間，也不叫祢的聖者
見朽壞。祢必將生命的道路指示我。在祢面前有滿足的喜
樂；在祢右手中有永遠的福樂。」（詩篇十六篇9～11節）

大衛得到這不可思議的啟示，即在神寶座四周的氣氛是充滿歡樂
的。在神寶座四圍，是一種充滿著歡欣喜樂的氣氛。你愈靠近神的
位格，愈能體驗喜悅。大衛王這位研究神喜悅的偉大神學家，在他
的一首詩歌中，描述著神寶座四周的這種喜樂景況：「有尊榮和威
嚴在祂面前，有能力和喜樂在祂聖所。」（歷代志上十六章27節）
他首先見證神的威嚴和能力，接著是圍繞著寶座的喜樂。在祂面前
有滿足的喜樂。喜樂遍及天堂各處。耶穌提及這喜樂在創造時就是
屬祂的（參考箴言八章30節）。坐在寶座上的那位是高興的，而且
一切侍立在祂身邊的，也都被祂的喜樂所感染。

禱告良辰

我只能想像在祢天堂寶座四周的喜樂。祢的快樂是有感
染力的，而且當祢的兒女接受救恩的禮物，連天使都要
發出喜樂的歌聲。我等不及與祢分享那喜樂的氣氛了。

我們愈靠近祂天堂的寶座，就愈快樂。

___月___日　　　第*226*天

「我立大地根基的時候，你在哪裡呢？你若有聰明，只管說吧！你若曉得就說，是誰定地的尺度？是誰把準繩拉在其上？地的根基安置在何處？地的角石是誰安放的？那時，晨星一同歌唱；神的眾子也都歡呼。」

（約伯記卅八章4～7節）

約伯說當神在創造世界，天使——即「神的眾子」——歌唱時都充滿喜樂。他們極其歡欣。神甚至將天使也創造成具有快樂的能力——一個驚人的事實！我看見耶穌笑著問：「天父啊，我們該為我的新婦創造哪種僕人呢？」天父回答說：「快樂的僕人。」因此神將快樂的能力，安置在專屬於他們的設計中。路加福音第二章，這些天使出現在天上，要告訴人們，神已供應了一種解藥——一位救主——要使我們重新與祂建立團契的關係。天上的詩班和天使出現，幾乎難以壓抑他們的歡欣。他們唱得既宏亮又悠遠：「和散那！榮耀歸於至高神！」他們大聲宣告好消息，就是神要移除障礙，好讓信徒可以進入與祂同心的團契中。這並非過去一次的慶祝，而是一種天堂的生活方式，僅向地上的國民啟示片刻。

禱告良辰

我何等喜愛聽見在祢兒子降生的那天晚上，天使詩班
唱著：「和散那！榮耀歸於至高神！」有一天當我們
與祢歡度永恆時，我將加入天使天軍的行列。

在我的想像中，我可以看見當天父和祂兒子在計畫一切的創造
時，天父是咧嘴而笑地看著祂的兒子。

＿月＿日　　　第227天

「在神面前，坐在自己位上的二十四位長老，就面伏
於地，敬拜神，說：昔在、今在的主神——全能者
啊，我們感謝祢！因祢執掌大權作王了。」

（啟示錄十一章16～17節）

怎樣的神會將快樂安置在家裡僕人的心中呢？惟有自己是快樂
的神。若神總是在動怒，祂的僕人也必定是一直處於憤怒的。
若神是急於復仇的，祂的僕人也會是一支復仇的軍隊，而非突
然出現在天上的天使詩班。天使有快樂的心，因為神有快樂的
心。而且快樂的不只是天使們。我用心靈的眼睛，可以看見
坐在祂面前的眾長老俯伏敬拜神，因他們在神的寶座前滿懷喜
樂的敬畏。我想像有一天，我得以走向他們當中的一個，詢問
說：「對不起，我知道你正在敬拜，但我想知道一件事：你
的感受如何呢？」我想像他會站起來回答說：「我們愈靠近寶
座，就愈喜樂！這真是太棒了！永遠都覺不夠。」在祂面前的
天使是充滿喜樂的。眾長老沉醉於極樂之境。坐在天父右邊的
耶穌，充滿且洋溢著喜樂。天父愛祂的國度、祂的天使、祂的
子民！祂是位快樂的神！

禱告良辰

在祢面前有永遠的喜樂。我只能想像圍繞祢寶座的喜
樂是何等豐滿。我期盼著天上的永恆,而那將是多麼
榮耀的景況!

在神的面前,在祂寶座四周充滿喜樂,而且有一天我們會親眼
得見。

＿月＿日　　　第*228*天

「世人投靠在祢翅膀的蔭下。他們必因祢殿裡的肥甘得以飽足；祢也必叫他們喝祢樂河的水。因為，在祢那裡有生命的源頭；在祢的光中，我們必得見光。」

（詩篇卅六篇7～9節）

奇妙中的奇妙——神呼召我們參與這喜樂。在詩篇三十六篇8節中，大衛對父神說：「祢也必叫他們喝祢樂河的水。」大衛說叫我們喝的意思是，神與我們分享祂生命的喜悅。真的沒有任何喜樂，會勝過神向人的靈顯明祂自己所發出的喜樂。就某種程度而言，如今這就發生在這世上，是要賜給我們這些屬祂的兒女，而這也會大量地發生在天上。當我們與祂面對面時，會自然發出喜樂來。

禱告良辰

神啊，我不知道我屬天身體的樣式，但我知道我會需要很多微笑肌肉。預備我，好讓我永遠喜樂。

在天上微笑並非要求——而是必然的。

第229天

___月___日

「因為你富有的時候，不歡心樂意地事奉耶和華——你的神，所以你必在飢餓、乾渴、赤露、缺乏之中事奉耶和華所打發來攻擊你的仇敵。」（申命記廿八章47～48節）

神之喜樂的教義並非一種神學奇品，旨在娛樂我們。這是幫助我們在屬靈上有成熟的根基。當我們進入神的喜樂和快樂中，我們生命中的門，就會向撒但的許多行動緊閉。服事神的喜樂使我們不致妥協。一顆快樂的心，是一顆強壯的心。聖經說，因靠耶和華而得的喜樂是我們的力量（參考尼希米記八章10節）。所以請勿錯解上面引用的申命記經文。神並非存心不良。祂不是板著臉說：「我本來很高興，但你既然不進入我的喜樂，那就算了！你必事奉你的仇敵。現在你一定會受傷。」相反地，祂是在陳明現存的兩種選擇。其一是我們全心進入祂的喜悅中，或者我們最終受仇敵的影響，屈服於牠的指控之下而被神冒犯。

禱告良辰

主啊，這確實是我想要的。我希望祢使我的心能重新對準，轉化我的心靈，使我的生命剛強、成熟、更新。我不要向仇敵讓步，我要接受主的喜樂成為我的力量。

神會讓我們經歷祂喜樂的心，使我們的心得以重新對準、變化、剛強、成熟、更新。

__月__日　　　　第230天

「所以,時候未到,什麼都不要論斷,只等主來,祂
要照出暗中的隱情,顯明人心的意念。那時,各人要
從神那裡得著稱讚。」　　　　(哥林多前書四章5節)

保羅描述神的這個層面:一位快樂的審判者。保羅是在對哥林
多的人說話,而那是我們所知道第一世紀中最屬肉體的教會。
只有下一代的老底嘉教會,可以在屬肉體的程度上與他們匹
敵。保羅勸勉哥林多教會的人說:「什麼都不要論斷,只等主
來。」換言之,「不要對人,甚至不要對自己下定論。」他甚
至不相信自己有能力正確地判斷自己的心。之後他就宣布一個
驚人的消息,他告訴哥林多人,有一天神會顯明暗中的隱情,
以及人心的意念。你幾乎可以聽見倒抽一口氣的聲音:「糟
了!我們會受很大的審判。」然而,他們沒聽見保羅全部的信
息。他們以為保羅的下一句話會急轉直下,卻是豁然開朗的。

禱告良辰

何等奇妙,當我站在祢面前受審判時,祢會顯明我心
中的隱情。這事奇妙,因祢的話告訴我,祢會以我為
可喜悅的,而非在怒氣中審判我。

當神審判我們,祂不是帶著沮喪和憤怒對我們說話。

第231天 　　　＿月＿日

「所以，時候未到，什麼都不要論斷，只等主來，祂
要照出暗中的隱情，顯明人心的意念。那時，各人要
從神那裡得著稱讚。」　　　　（哥林多前書四章5節）

當我們想到神會顯明暗中的隱情，以及我們心中的意念，我們想
到的是斥責，因此我們立刻就退縮。我們會說：「糟糕，別看我
們心中的意念！」心想那隱情是黑暗且不敬虔的。但神所說的正
好相反。隱藏在我們內心，並非只有羞愧的事，也有許多好事，
有全然屬神的深切呼聲。在內心深處我們竭力抗戰，為要全然屬
祂，以對抗仇敵一切的敵意。惟有神能全然看見我們心中這深切
的渴慕。好消息是，在末日祂會將它顯明，並且為此稱讚我們。
在我心靈中的「是的」並不完全，但它仍然是「是的」。這是神
親自在我們裡面的工作，是祂在我們內在生命中超自然的行動。
祂看見我們在掙扎中那顆願意的心。我們可能會以自己的失敗來
定義自己，但神對我們的定論是藉著祂的恩典，以及我們心中誠
摯的動機，那可能是我們無法全然明白的。

禱告良辰

親愛的耶穌，我是由祢可畏的恩典所定義的。祢看見
我心中像你一樣的深切呼聲，而且有一天祢會為此稱
讚我。感謝祢對我的恩典和憐憫。

神喜悅誠摯信徒要全然屬祂的渴慕。

__月__日　　　　第*232*天

「或是一個婦人有十塊錢，若失落一塊，豈不點上
燈，打掃屋子，細細地找，直到找著嗎？找著了，就
請朋友鄰舍來，對他們說：『我失落的那塊錢已經找
著了，你們和我一同歡喜吧！』我告訴你們，一個罪
人悔改，在神的使者面前也是這樣為他歡喜。」

（路加福音十五章8～10節）

在路加福音第十五章，耶穌對憤怒的法利賽人說話，他們在爭
議耶穌和罪人吃飯來往。耶穌的回答是，祂的天父喜悅如此，
而遵行祂吩咐的天使也喜悅如此；因此，我們也應該高興。
耶穌在這一章一再地啟示寶座四圍的喜樂氣氛。在第10節，祂
說：「我告訴你們，一個罪人悔改，在神的使者面前也是這
樣為他歡喜。」祂在這裡所說的悔改的罪人，還是很不成熟的
人。若罪人在下午三點悔改，天使就會在三點零一分歡喜歌
唱。罪人在信仰上仍極為不成熟，但天使極其快樂。雖然他的
成熟度尚不存在，但他的悔改是絕對誠心的。在他靈裡的「是
的」並不完全，但其意義是永遠的。

禱告良辰

求祢將祢的聰明賜給我，使我知道如何看待我在他人身上——有時是在我自己身上——所看見的不成熟和不誠懇。讓我透過祢的眼光來看別人，使我能看見屬靈成熟和真實之愛的潛力。

早在愛變得成熟和剛強之前，就已經是誠懇和真實的了。

__月__日　　　第*233*天

「我兒，你不可輕看耶和華的管教，也不可厭煩祂的
責備；因為耶和華所愛的，祂必責備，正如父親責備
所喜愛的兒子。」　　　　　　　　（箴言三章11～12節）

神並沒有對罪人說：「你已誠心悔改，不過你要看看自己生命中還
沒有解決的種種問題。我們會看看你做得怎麼樣。進來吧！但我們
會密切地觀察你。」然而，我們卻是這樣看待神的，因我們自己就
是這樣。一個人若得救，作見證表明自己渴望離棄過去的行為，願
意跟隨主，就在那天，信徒們會興奮地拍掌。他們會喝采歡呼：
「讚美主！這是真的！這算數！」但數月之間，同樣的這群人會為
著看到他生命中的不成熟而譴責他。沒幾天，他們的神學就改觀
了，不再因他正在成長的信心而喜樂。他們變成性情乖戾的法利賽
人，對他說：「騙人！要改正。我們現在都在密切觀察你。」但主
所說的正好相反：「當你的成熟度還是零，我就喜悅你了！」若祂
的喜樂是建基於我們的表現，祂真的就會是個悲傷的神！

禱告良辰

天父啊，何等感恩，不管我有多不成熟，祢仍喜悅
我。祢愛我，親切地引導我進入屬靈的成熟裡。幫助
我去愛人，即使在他們還不成熟時，並且鼓勵他們要
成長，而非用我的論斷來讓他們喪志。

要謹記，即使神對你生命中某個罪的層面不以為然，祂還是喜悅你。

第234天　　　＿＿月＿＿日

「大兒子卻生氣，不肯進去。……父親對他說：『兒啊！你常和我同在，我一切所有的都是你的；只是你這個兄弟是死而復活、失而又得的。』」

（路加福音十五章28、31～32節）

我們的耐心是如此的不足。當我們發現自己對另一信徒生命中的某件事不以為然，之後就很難喜歡他了。為什麼呢？因我們暗自相信神是這樣待我們。這並非神的心意。當主發現我們有些品格令祂煩心，祂不會就此將我們從祂的心中剪除。相反地，祂滿有耐心，不輕易發怒。路加福音第十五章常被稱作是浪子的比喻，但這主要是關於一位失去兒子的父親，以及當他兒子回頭時，他的行動。耶穌是在教導祂的教會如何回應跌倒的弟兄姊妹。我們都知道如何對待剛進入神國的初信者。我們會歡喜，會舉行餐會。然而，當弟兄中有人跌倒，或更糟的是，當我們自己跌倒，我們卻難以進入神的喜樂中。當我們跌倒時，我們進入神面前和祂慈愛中的能力，取決於我們對跌倒的弟兄姊妹的耐心和恩慈有多少。

禱告良辰

聖靈啊，賜給我能力，向跌倒的信徒展現祢長久忍耐的愛心。賜我勇氣與他並肩作戰，並且藉著祢的愛和能力來鼓勵那人，使他剛強。

當我們有些糟糕的品格暴露出來，神並不會棄絕我們。

__月__日　　　第235天

> 「此後，我聽見好像群眾在天上大聲說：……那二十四位長老與四活物就俯伏敬拜坐寶座的神，……我聽見好像群眾的聲音，眾水的聲音，大雷的聲音，……天使吩咐我說：『你要寫上：凡被請赴羔羊之婚筵的有福了！』」　　　（啓示錄十九章1、4、6、9節）

我常在想，耶穌被釘十字架的前一天，祂在想什麼。祂如何保持專注呢？祂心裡想的是什麼？在那些時刻，什麼對祂是重要的呢？聖經給了我們部分答案。當耶穌最後一次進耶路撒冷，祂心中帶著一個信息。我相信祂等了三年半，要來分享這個信息。那是祂心中最深刻的事之一。祂最後公開講道的精華是：「有一位君王——我的天父——祂正在爲祂的兒子預備婚禮。」（參考馬太福音廿二章2節）祂的心完全被那未來榮耀的日子所佔據，就是那極大的婚宴。當祂向群眾開啓這比喻的寶藏，在祂的心中必定是情緒澎湃。祂正在啓示十字架的一個最主要的原因，而這將捍衛祂父親所應允祂的產業——一個同負一軛的伴侶，一個新婦。

禱告良辰

親愛的主啊，這是超乎我所能理解的，即祢選擇我成爲祢的新婦，成爲祢永恆的伴侶，並且分享祢在天上的榮耀。求祢預備我迎接那大喜之日。

　　　耶穌所期盼的是歷史中的大事之一：羔羊的婚宴。

第236天　　　__月__日

> 「錫安的眾女子啊，你們出去觀看所羅門王！……就
> 是在他婚筵的日子、心中喜樂的時候……。」
>
> （雅歌三章11節）

耶穌在十字架上所成就的，是極其有能力的作為。但祂如此做的原因同樣令人震驚。當祂忍受十字架的苦難時，祂心中的驅動力是什麼呢？祂情感中所燃燒的是什麼呢？在這事件背後，那神聖的邏輯是什麼呢？簡言之，祂渴望與祂的新婦連結。祂燃燒著對人類的渴望。任何預備婚禮的新郎，都知道這種感受。聖經甚至讓我們從雅歌中，一瞥耶穌在祂婚禮當天心中的歡喜。這自然的情歌描述著婚姻愛情的美好，是耶穌和祂教會之間屬靈愛情的最佳寫照。十字架的驅動力是來自一位神，祂對自己大喜之日有極大的喜樂。十字架成為一件事實，因為從起初，祂就渴望要與我們成婚。

禱告良辰

耶穌啊，祢痛苦地掛在羞辱的十字架上，為要救贖我
來歸祢，這委實令我希奇。祢期盼著那大日子來臨，
從天上再來，迎娶祢永恆的新婦。我何等愛祢，因祢
對我有極大的愛。

救贖的計畫來自一位神，祂熱切地期待與祂的子民有永恆的親密關係。

＿月＿日　　　第*237*天

> 「耶穌被聖靈感動就歡樂，說：『父啊，天地的主，
> 我感謝祢！因為祢將這些事向聰明通達人就藏起來，
> 向嬰孩就顯出來。父啊！是的，因為祢的美意本是如
> 此。』」
> 　　　　　　　　　　　　　　　　（路加福音十章21節）

若是能夠，請試想耶穌在世上服事的時候，當祂進入以色列的某個村莊是如何的景象。我看見孩子們向祂直奔而去，被祂的微笑和流露著喜樂的眼神所吸引。他們景仰從拿撒勒來的這位木匠，鎮上新來的傳道人。你騙不了小孩子的。若你心地不好，即使你要向他們示好，他們也會躲著你。耶穌要那些孩子來靠近祂。他們繞過那神聖的界線，直接奔入祂的懷抱中。我該付出什麼，才得見神的兒子如此滿溢著喜樂！當不成熟的信徒領受啟示時，祂是何等的喜樂。

禱告良辰

主啊，我只能想像，當孩子們看見祢走進他們當中時，所感受到的奇妙喜悅和期盼。他們圍在祢身邊，接受祢的微笑和親近的擁抱。主啊，我也是祢的孩子，而我渴望得著祢對我的微笑，感受祢親切的觸摸。

耶穌喜愛給祂的孩子們驚喜，讓他們知道祂對他們有多好。

第238天

「你舉目向四方觀看；眾人都聚集來到你這裡。你的眾子從遠方而來；你的眾女也被懷抱而來。那時，你看見就有光榮；你心又跳動又寬暢；因為大海豐盛的貨物必轉來歸你；列國的財寶也必來歸你。」

（以賽亞書六十章4～5節）

數十億的大群信徒，為了等待多時的大喜之日，而聚集在玻璃海上。很重要的是，人類的歷史就在羔羊的婚宴上劃下句點，這是神話語中極少數描述到教會對耶穌的集體回應之處。在那末日，我們將全然明白耶穌在歷史中的領導權。祂完全的主權會使新婦發出喜樂的言語：「要歡喜快樂，因為羔羊的婚禮已來到！」我們會以絕對的喜樂來歡呼。我們會迸發出喜樂。在耶穌的帶領下，人心會發出喜樂。即使在永恆的這一端，這也是祂對我們的渴望。

禱告良辰

天父啊，祢的話教導我，祢兒子和祂新婦的大喜之日，將是一個超乎人所能理解的榮耀慶典。我的心充滿嚮往和期待，而且我滿溢著對我的新郎，即祢寶貴兒子的愛。

當耶穌得償心願，就使人心歡樂。

「那能保守你們不失腳、叫你們無瑕無疵、歡歡喜喜站在祂榮耀之前的我們的救主——獨一的神，願榮耀、威嚴、能力、權柄，因我們的主耶穌基督歸與祂，從萬古以前並現今，直到永永遠遠。阿們！」　　（猶大書24～25節）

你相信嗎？耶穌有能力，也想要極其喜悅地將你呈現給天父。在末日，我可以想像有天使會來招呼我說：「你的感受是什麼？今天是審判的日子。會緊張嗎？」我會回答說：「緊張？不會，我很喜歡來到這裡！」你呢？當你思及那日，你會畏縮嗎？你害怕神會在所有聖徒面前，當眾斥責你嗎？當你想像那日，你主要的感受是什麼呢？若是恐懼或害怕，這表示神在你心中的形象如何呢？你是否已落入魔鬼的謊言，接受了錯誤的觀念，認為救主是心存報復、毫無笑容的呢？或是你想像自己跑去抱著主呢？你的心是否因期待而跳動？你是否想像祂的良善比祂的怒氣更有分量、更持久？你是否也將審判視為顯明你心中良善動機的時刻呢？

禱告良辰

當我思及在天上站在祢面前的那一刻，我的心就充滿無以名狀的喜樂。我渴慕見到祢肯定的微笑，並看見祢張開雙臂歡迎我。因著祢公義的禮物，我已預備好了，而且我已等不及了！

你是否希望能找個掃具間躲起來，等到審判之日過去，再出來呢？

「耶和華説：我的意念非同你們的意念；我的道路非
同你們的道路。天怎樣高過地，照樣，我的道路高過
你們的道路；我的意念高過你們的意念。」

（以賽亞書五十五章8～9節）

當聖靈向人的靈啓示神的心，這是在這世代和將來的世代中，最令
人歡欣的經歷。這是創造次序中最終極的喜樂。但那喜樂不只存在
於永恆，也是要賜予這世代的。祂現在就賜給我們那喜樂的憑證；
讓我們經歷那些喜樂是即將來到之喜樂的「頭期款」，藉此激動我
們，賜我們能力，保護我們。這強烈的喜樂轉成強烈的動力。當仇
敵在我面前指控神時，我就緊抓著我所知道的眞理。我提醒牠：
「經上記著說：『祂的心歡喜，祂的言語也是歡喜的。』即使在我
軟弱時，祂還是充滿喜樂地看著我。」仇敵一直在告訴我，我是
個絕望的僞君子，基督教對我無效，而且和別人比起來，我特別糟
糕。這些都是牠告訴每個人老掉牙的謊言。我就以經上所記，關於
神喜樂的心和快樂的言語來回應牠。我用神的這些話語來抵擋仇敵
的攻擊，並且用這眞理充滿我的心思意念。

禱告良辰

天父啊，當撒但想用牠的謊言和指控來威嚇我，求祢
幫助我記住祢的愛，聽見祢訴說愛與眞理的聲音。賜
我勇氣，用祢對我的愛來抵擋仇敵，將牠趕走。

神是眞正喜樂的創造者。這是出自祂自己的性情。

__月__日　　　　第 *241* 天

「弟兄們，我不是以為自己已經得著了；我只有一件
事，就是忘記背後，努力面前的，向著標竿直跑，要
得神在基督耶穌裡從上面召我來得的獎賞。」

（腓立比書三章13～14節）

對我們大部分人而言，生命呈現出許多選擇，包括終身的職
志、生活方式、熱情、嗜好。在追求喜樂和意義上，我們東奔
西跑，試了一個又一個的工作或娛樂活動，累積了許多經驗，
但從未專心在一個方向上。而今天，神對教會的呼召是，不要
再到處追逐，而要培養堅定不移的忠心。祂要我們全心且優先
地來愛祂。當你的心被這位令人著迷的神所征服，就沒有任何
迷惑能滿足你了。你會拒絕在任何地方生活，惟有站在這事奉
祂的位置上。你會單單追求祂，不容許自己被任何其他事物所
擾亂。你的渴望會專注於那惟一的來源，永遠不回頭去找那些
從前使你滿足的事物。次要的樂事會消逝。

禱告良辰

天父啊，如同保羅一般，我要向那標竿直奔，得著與
祢共度永恆的獎賞。讓我不致走偏了路，不去追求在
祢的愛和祢對我生命的命定之外的其他事物。

神要我們成為專一的子民。

第242天　　　＿月＿日

「有三十個勇士中的三個人下到亞杜蘭洞見大衛。……

大衛渴想，說：『甚願有人將伯利恆城門旁、井裡的水

打來給我喝。』」　　　（撒母耳記下廿三章13、15節）

聖經記載了這個醒目的例子，論及那淋漓盡致的忠誠，以及成爲專一子民的典範。大衛早已是受膏的君王，但他尚未作王。嫉妒的掃羅王就在各個山洞中搜尋他。大約有六百個人來投奔大衛，而他們就把亞杜蘭洞當作他們的總部。有一天，天色已晚了，大衛渴望地說：「甚願有人將伯利恆城門旁、井裡的水打來給我喝！」他的勇士聽見大衛的渴求，就說：「我們去幫他取水吧！」他們知道這也許會讓他們喪命，但他們極其愛大衛，因此他們的心被激動要滿足他的要求。他們已超過職責的範圍，爲要滿足君王心中的渴求。在關於大衛和他勇士的事蹟當中，這個故事之所以著名，是因他們將忠於君王的行動發揮得淋漓盡致。對我們而言，這成爲忠於耶穌這位君王的寫照，也是成爲專一子民、全心爲神的模式。

禱告良辰

耶穌啊，大衛大能勇士的楷模，向我顯出我要獻給你的深刻忠誠和委身。讓我淋漓盡致地愛祢，並且一生追求討祢的喜悅。

大衛大能的勇士，是我們對基督耶穌應有之熱切忠誠的寫照。

___月___日　　　　第243天

「只是我先前以為與我有益的，我現在因基督都當作
有損的。不但如此，我也將萬事當作有損的，因我以
認識我主基督耶穌為至寶。我為祂已經丟棄萬事，看
作糞土，為要得著基督；……使我認識基督，曉得
祂復活的大能，並且曉得和祂一同受苦，效法祂的
死。」　　　　　　　　（腓立比書三章7～8、10節）

保羅以自傳的方式，論及他的動機。他直言不諱地向我們指
出，為了專一要不惜放棄一切的必要性。保羅並不是在說，他
為了贏得耶穌的肯定而丟棄這一切，而是說當他丟棄萬事，
他是在去除阻撓他完全經歷耶穌的事物。他刻意將他的選項縮
小。他情願成為只有一件事的人。在第12節中，保羅顯明他心
中內在的行動：「我乃是竭力追求，或者可以得著基督耶穌所
以得著我的。」主耶穌為了一個極特定的原因，要得著我們每
個人。當你出生和你重生之時，神都已對你有個計畫。親愛
的，我們絕不會僥倖地就得著神召我們來得的最高獎賞。我們
必須竭力追求，因為知道魔鬼會把我們推回去。我們必須得著
那獎賞，而達到這目標的惟一方法，就是個人與教會整體淋漓
盡致地委身於耶穌。此外，其他方式的委身都無法逃過仇敵的
猛烈攻擊。

禱告良辰

主啊，當我的生命接近尾聲，但願我也能像保羅一
般，說我將萬事當作有損的，而我一生都在學習更多
認識祢，與祢有更親密的關係，更加地愛祢。

保羅因著受苦而有幸與耶穌親密，他實在因此得了榮耀，而受苦
是神國度裡必要的層面。

「弟兄們，我不是以為自己已經得著了；我只有一件
事，就是忘記背後，努力面前的，向著標竿直跑，要
得神在基督耶穌裡從上面召我來得的獎賞。」

（腓立比書三章13～14節）

親愛的，獎賞不會自動落在我們腳邊，這是必須竭力得著的。我們
要得著那一件事，就是極大的獎賞。要忘記所發生的事，包括成功
和失敗。我們對主的奉獻，有一部分是包括忘記我們的獻身和個人
的犧牲。保羅看這些為糞土。我們不能站在主面前，同時計算藉著
禱告、禁食、金錢、逼迫，我們給了祂多少。我們忘記這一切，因
我們的榮耀並不在於所能給的任何事物。我們也應該忘記自己的成
就。神不會看我們屬靈的履歷表。我們必須漠視、放掉這一切。當
我們到了天堂，神會作適當的計算，但對我們而言，無一事物像單
單認識神那麼寶貴。為了這個緣故，我們也應該放下自己的失敗，
這比成就更會使我們分心。我們要成為只有一件事的子民，忘記背
後，努力面前，如此就能成為合神心意的人。

禱告良辰

天父啊，我知道我還有很長的路要走，才能達到祢渴
望我所擁有的屬靈成熟度。教導我忘記一切事，不去
看重我所有的努力，單單專注於更加認識祢。

我們的榮耀在於被祂所愛，在於愛祂的恩膏之中。
惟有如此才能賦予我們價值。

第245天

＿月＿日

「於是轉過來向著那女人，便對西門說：『你看見這女人嗎？我進了你的家，你沒有給我水洗腳；但這女人用眼淚溼了我的腳，用頭髮擦乾。你沒有與我親嘴；但這女人從我進來的時候就不住地用嘴親我的腳。你沒有用油抹我的頭；但這女人用香膏抹我的腳。所以我告訴你，她許多的罪都赦免了，因為她的愛多；但那赦免少的，他的愛就少。』」

（路加福音七章44～47節）

馬利亞愛耶穌的心是極其奢侈的。知道他即將捨命——一份史上無可匹敵的奢侈禮物——她就決意獻上全所有，作為合宜的回應（參考馬可福音十四章8節）。她的時候到了，當時所有人都聚集在長大痲瘋的西門家裡，吃著為耶穌所預備的晚餐。她毫無預警且一言不發地就衝進屋裡，打破一瓶極貴的香膏，倒在耶穌的頭上。她所有的財產一瞬間就沒了。在我們這世代中，聖靈強調的是伯大尼馬利亞身上的恩膏，就是將我們的生命「浪擲」在一件事上的恩膏：奢侈地委身於耶穌基督。這種恩膏，是帶著專一的心在主面前持續地駐留。這絕對與宗教性的自我和肉體的能力無關。捨己來自於一顆思愛成病的心。

禱告良辰

天父啊，當我受試探不想將全所有獻給祢，或開始批
評祢兒女中奢侈地愛著祢的人，求祢提醒我馬利亞這
種愛的委身，以及她所獻給祢兒子的禮物。天父啊，
讓我像她一樣。

主堅立馬利亞的生命和這樣的時刻，成為一個寫照，即神喜悅
我們奢侈地委身。

第246天 　　　__月__日

「不但如此，我也將萬事當作有損的，因我以認識我
主基督耶穌為至寶。我為祂已經丟棄萬事，看作糞
土，為要得著基督；並且得以在祂裡面，不是有自己
因律法而得的義，乃是有信基督的義，就是因信神而
來的義。」
（腓立比書三章8～9節）

伯大尼的馬利亞、使徒保羅、大衛的勇士，都找到專注生命的
祕訣。他們得著了專注於一件事的榮耀和喜樂。神邀請我們每
個人都這樣做，將自己全心獻給祂。我們可以和這些所謂的信
心偉人並列。持續全然地獻給神的熱切渴望，其關鍵在於和祂
的心有新的交會。我們必須裝備並訓練自己的心，確實行出我
們所熱切渴望的全心委身。這種心靈的裝備，最能從親密關係
中看見。我們為神激進的強烈渴望，因著規律地經歷神的心而
得以持續──親密關係能維持渴望的強度。

禱告良辰

求祢賜給我一顆對祢奢侈委身的心，一如馬利亞；讓
我在追求祢的過程中，將萬事當作有損的，一如保
羅；讓我成為合祢心意的人，一如大衛。親愛的主，
讓我活在與祢的親密關係中。

我們能成為合神心意的人！

___月___日　　　　第*247*天

「必要招聚以色列剩下的人，……因為人數眾多就必大大喧嘩。開路的在他們前面上去；他們直闖過城門，……耶和華引導他們。」（彌迦書二章12～13節）

彌迦預言將來有一天，彌賽亞會以如此的恩膏來帶領以色列人。換言之，祂會帶領以色列人打破舊的方式，開創神目的之新領域。耶穌是這開創性恩膏的終極表現，祂開創聖靈的新領域，讓人得以進入。如今正是時候，掙脫擔心被視為狂熱分子的懼怕心態。親愛的，我們很容易被別人的看法所奴役。我們不應該為了在神裡面的生活方式而感到抱歉。我們也不必讓其他基督徒將我們視為可敬的。許多今日我們看為寶貴的宗教典範，都將被主親自粉碎。我們應該跟隨祂，並欣然接受祂所要賜給我們許多人的開創性恩膏。當我們突破，神會使用我們，為屬靈停滯的西方教會開創在聖靈裡的新領域。祂會讓末世教會成為神能力的居所。今日聖靈正在興起先鋒，而他們是可以衝破舊局、突破創新的人，因他們是只有一件事的子民，為了神的能力和使徒信心的豐滿而戰。

禱告良辰

聖靈啊，以「開創性恩膏」來膏抹我的生命。在追求祢的過程中，讓我突破這些恐懼，亦即怕被視為太急進、太狂熱、太「以天上的事為念」的恐懼。讓我為神成為先鋒。

我們需要有「開創性恩膏」的人。

第248天　　　＿月＿日

「耶和華有恩惠，有公義；我們的神以憐憫為懷。耶
和華保護愚人；我落到卑微的地步，祂救了我。我的
心哪！你要仍歸安樂，因為耶和華用厚恩待你。」

（詩篇一一六篇5～7節）

要恩待我們的是主，而非我們自己的想法。祂渴望更多地恩待我
們，遠超過我們向祂所渴求的。但那恩典必須堅立，而非折損祂與
我們的關係。因此，在祂聽見子民大聲呼求之前，不會全然賜下，
因我們的呼求表示我們已預備好了。雖然祂一定會賜下某些管理方
面的恩典，但祂所期待的是賜下更多，而不僅是神國的入門。當我
們日復一日地向祂呼求，祂就使我們信服於祂心中所想望的。藉著
呼求，我們並不能賺取什麼。我們無法藉著唱歌或喊叫就得著能
力。相反地，主的計畫是當我們向祂揚聲時，我們的心就能接受並
連結於祂。當這樣的事發生，我們就進入一個領域，在那裡神的祝
福與恩典是在建立和增加，而非縮減與祂的親密關係。禱告的過程
讓我們驚訝、軟化，並且引導我們進入與祂親密的關係中。

禱告良辰

主啊，我的心帶著渴求向祢呼喊，為要經歷祢完全的
榮耀。讓我住在祢祝福與恩典的屬靈領域裡，經歷與
祢更深的關係。

主渴望以厚恩待我們，但恩典若使我們遠離祂，祂就不會這麼做了。　263

__月__日　　　第249天

「耶和華如此說：在悅納的時候，我應允了你；在拯救的日子，我濟助了你。我要保護你，使你作眾民的中保；復興遍地，使人承受荒涼之地為業。對那被捆綁的人說：出來吧！對那在黑暗的人說：顯露吧！」

（以賽亞書四十九章8～9節）

我們的禱告會無法迫使神應允我們。我們無法藉著做任何事，配得超自然的能力。天國的法則從來不是如此運作的。我們是在預備期。神正在預備一個根本的系統，一個根基，好讓他在恩典中賞賜我們。時間遲延地愈久，當應允來到時的喜樂就愈大。不僅如此，在這過程中我們所得著的改變，會在應允來到時保護我們。神所渴望的，不僅是禱告中的恆忍和耐心。他要我們在生命各樣的季節中，都向他敞開我們的心思和心靈。有時這很難做到，但主由衷地希望他只有一件事的子民，在各樣季節中，都為了神的豐滿而戰。

禱告良辰

親愛的天父，無論遇到何種景況，無論落入何種生命的季節，我都渴望經歷祢豐盛完全的恩典和憐憫。我要全心尋求祢，並且喜樂地等候祢愛的回應。

時間遲延地愈久，當應允來到，喜樂就愈大。

第250天　　　＿月＿日

「你們當就近我來；側耳而聽，就必得活。我必與你
們立永約，就是應許大衛那可靠的恩典。我已立他作
萬民的見證，為萬民的君王和司令。」

（以賽亞書五十五章3～4節）

大衛和現今許多基督徒一樣。他不只要成為一個順服和親近神的
人。他也要看見神的能力，在他的國家和個人生命中彰顯。這樣
的追求是討神喜悅的。就在這時刻，主正在尋求心全然屬祂的
人。祂正在尋找靈裡極度願意的人。有些人誤以為，自己必須毫
無軟弱，才能爭取、領受神的能力。他們想像一些完美、全然公
義的人被賦與聖靈能力，但是他們從未想像自己能夠為神完成大
有能力的工作。他們對自己的缺點瞭若指掌。從大衛的生平所得
著的好消息是，儘管我們有失敗，神卻不僅容許我們與祂有親密
的關係，也鼓勵我們在軟弱時追求祂的能力。

禱告良辰

天父啊，求讓我有祢的眼光，看自己是祢大能的勇士。
讓我帶著大衛的信心來對抗生命中的歌利亞，說：「你
前來是靠著人的力量，但我是帶著神的力量而來的。」

大衛的生命是個見證，證明了軟弱不會讓我們失去經歷神能力
的資格。

__月__日　　　　第*251*天

「耶和華啊，求祢記念大衛所受的一切苦難！他怎樣向
耶和華起誓，向雅各的大能者許願，說：我必不進我的
帳幕，也不上我的床榻；我不容我的眼睛睡覺，也不容
我的眼目打盹；直等我為耶和華尋得所在，為雅各的大
能者尋得居所。」　　　　　　（詩篇一三二篇1～5節）

個別尋求主，並經歷注視祂榮美的喜樂，對大衛而言仍然不
夠。他希望神的能力彰顯在以色列中，好讓萬邦都看見就敬畏
主。這熱心就在他裡面大大地燃燒，甚至向大能者起誓，他不
追求自己的安舒，直到神的能力在以色列中得著居所。這是你
的心境嗎？你是否願意付上任何代價，為要看見你的城市有屬
靈的突破，好讓神長久居住呢？大衛願意犧牲，為要看見這居
所被建立。你我也應該渴望看見神的居所──即神居住並彰顯
祂榮耀和能力的地方，而且是長期，並非短期的復興而已。

禱告良辰

天父啊，為了我的城市，求祢賜給我大衛的熱心。我
渴望見到我的教會、社區、城市，能成為祢同在和居
住的所在。求祢在我的城市中彰顯祢的能力和榮耀。

要成為合神心意的人，我們必須追求神的能力，直到它在地上
堅立。

「那聖潔、真實、拿著大衛的鑰匙、開了就沒有人能關、關了就沒有人能開的……我在你面前給你一個敞開的門，是無人能關的。」　　（啟示錄三章7～8節）

耶穌引用這個預言，並應用在祂的教會。耶穌有大衛的權柄，而且祂會將其賜給祂教會的僕人。這應許是要賜給合神心意的人。當我們以順服和親近神的心，來尋求祂和祂的能力，耶穌就會在聖靈裡，釋出開門和關門的權柄。這是祂與你我互動的方式。耶穌預言祂的門徒會經歷敞開的天堂，這是說到開啟在聖靈裡得祝福的門。耶穌說0：「我實實在在地告訴你們，你們將要看見天開了，神的使者上去下來在人子身上。」（約翰福音一章51節）我們竟被邀請活在敞開的天堂之下！當神發現全體信徒全心地追求祂，如同大衛的心一般，祂就會敞開和關閉靈界以及自然界的門。黑暗的門會在靈裡被關閉，而自然界邪惡的事會枯竭。光明和公義的門會在靈裡被開啟，而公義的事會在自然界興旺。

禱告良辰

天父啊，我為著能活在祢敞開的天堂之下這奇妙的特權感謝祢。主啊，求祢開啟我的城市和國家中，祢渴望開啟的門，並用祢的光普照我們。求祢關閉凡能讓撒但和牠的黑暗溜進來矇騙祢子民的門。

我們要成為大能的子民，照著主的旨意和能力去開門和關門。

__月__日　　　第*253*天

「求祢保存我的性命，因我是虔誠人。我的神啊，求
祢拯救這倚靠祢的僕人！主啊，求祢憐憫我，因我終
日求告祢。主啊，求祢使僕人心裡歡喜，因為我的心
仰望祢。」
　　　　　　　　　　　　　　　（詩篇八十六篇2～4節）

就像多年後的耶穌一樣，大衛在伯利恆出生；他是耶西八個兒
子中最小的，在家庭結構中的地位和特權是最低的。他年輕
時是個牧人。大衛有幾年，可說是獨自被拘禁在曠野的光景
中。他的羊群數量不多，因此只需要他一個人做這份煩瑣的工
作（參考撒母耳記上十七章28節）。他其實是獨自一人在嚴酷
的環境中生活。你會覺得奇怪，神在大衛裡面看見什麼特質，
是祂在他的兄長裡所看不見的；除了喜歡嘲笑人，我們對這些
哥哥可說是一無所知。關鍵就在於伯利恆這些年間。大衛太年
輕，不可能做過什麼不凡的事。他並沒有趕鬼、醫病，或傳講
有恩膏的信息。他的豐功偉業都在未來。我們可以想像他就像
一個加油站的服務人員或是工友。他的生活裡都是沒人要做的
卑賤工作，然而，他卻帶著對主委身的心志在工作。這是大衛
的第一個勝利。他有一顆尋求神的心，而尋求神似乎是最不明
顯的事。

禱告良辰

天父啊，我常在想祢在我裡面看見了什麼，使我配得
祢恩典的大工和公義的禮物。我委身於祢，無論祢要
我做什麼，我都要去做。我全心愛祢。

大衛有願意的心志，即使他做著例行又無聊的工作。

＿月＿日　　第**254**天

> 「主人說：『好，你這又良善又忠心的僕人，你在不
> 多的事上有忠心，我要把許多事派你管理；可以進來
> 享受你主人的快樂。』」　　（馬太福音廿五章23節）

在我們的生活中，卑微的日子會讓我們在小事上忠心，使我們日後可
承受大任。我們就在這裡學習得著滿足，而這滿足並非在於預言或應
許，而是在於神。祂必須是我們身分定位的惟一來源。我們每個人都
從伯利恆開始，在神裡面找到自己的身分，並且在小事上忠心。就肉
體的觀點而言，跳過伯利恆，直接到錫安豈不是更好。但要到達我們
最高的命定，就要從微小的職責開始。也許這指的是被忽視、排擠、
漠視。但這重要的季節，是在為後來的成功奠定根基。這是必要且無
可避免的旅程，也是無人可以豁免的，即使是彌賽亞亦然。大衛和耶
穌都在伯利恆這卑微之地開始，然而兩位都帶著神的權柄來掌權。若
永恆的君王從伯利恆開始，每個跟隨祂的人也應如此。

禱告良辰

天父啊，我的生活似乎常常都是「卑微的日子」。當我
所做的都是不重要的小事，心裡都是卑微的想法，又被
自己裡面許多的不完全所癱瘓時，求祢使我認清祢就在
這些小事裡，而且祢已命定我要經歷祢的能力和權柄。

我們就在這裡學習得著滿足，
而這滿足並非在於預言或應許，而是在於神。

第255天　　　　　__月__日

「於是掃羅差遣使者去見耶西，說：『請你打發你放
羊的兒子大衛到我這裡來。』……大衛到了掃羅那
裡，就侍立在掃羅面前。掃羅甚喜愛他，他就作了掃
羅拿兵器的人。掃羅差遣人去見耶西，說：『求你容
大衛侍立在我面前，因為他在我眼前蒙了恩。』」

（撒母耳記上十六章19～22節）

撒母耳膏大衛之後，主的靈就離開掃羅，而且有惡魔來干擾
他。為了治癒他這可怕的心情，掃羅的僕人就推薦大衛來彈琴
安撫他。因此大衛就搬進基比亞，掃羅作王時的首都。他住在
那裡的日子，大約是從十七歲一直到廿三歲。掃羅甚喜愛他，
大衛在掃羅眼前蒙恩，也在整個以色列眼前蒙恩。那時因著非
利士人歌利亞，以色列陷入大規模的戰爭危機中。大衛被神
使用，使國家免於大災難，成為民族英雄，使他的國家大獲全
勝。神將他從伯利恆的野地帶出來，大大增加他的「收入」，
也使他在人眼前蒙恩。大衛可能不知道，在這一切早期的成功
中，神是在試驗他的愛和僕人的特質。他會繼續在神裡面找到
自己屬靈的身分，還是開始從新的尊位上尋找價值和重要性
呢？

禱告良辰

天父啊，當祢將我放在我的基比亞，祢在那裡試驗我
對祢的愛和僕人的特質。求祢幫助我認清任何臨到我
的升遷，都是出於祢。不是因爲我的緣故；是因著祢
和祢對我的愛。

神在基比亞擺在大衛面前的是升遷的試驗。

第256天

___月___日

> 「你們年幼的,也要順服年長的。就是你們眾人也都要
> 以謙卑束腰,彼此順服;因為神阻擋驕傲的人,賜恩給
> 謙卑的人。所以,你們要自卑,服在神大能的手下,到
> 了時候,祂必叫你們升高。你們要將一切的憂慮卸給
> 神,因為祂顧念你們。」　　　　(彼得前書五章5～7節)

當大衛被擢升到基比亞時,他繼續以在伯利恆的心志而活,忠於他卑微的職責。雖然他開始嘗到從人來的喜愛和尊重,他仍然繼續忠於不起眼的工作。神知道這蒙恩的季節只是短暫的。祂要大衛學會以謙卑和愛心來回應,不論他是在伯利恆或是在基比亞,是獨自一人或是在全國的聚光燈下。神往往會給我們些許成功,為要預備我們承受未來曠野的日子。我們會突然發現自己居於尊位或領導位分,而信徒會重視我們的時間和意見。但這絕非故事的結局。生活不時在高升和掙扎、蒙恩與困境之間轉換。當我們學會如何在成功時單單倚靠祂,就知道如何在困境時尋找祂。

禱告良辰

天父啊,絕不要讓我無視於我的所是和所有都來自於
祢的這個事實。求祢給我一顆謙卑、愛祢的心,並幫
助我在小事上忠心。我的根源只在於祢。

大部分的信徒從未想過成功的季節是會改變的,而這幾乎是個不變的道理。

__月__日　　　第257天

> 「因為高舉非從東，非從西，也非從南而來。惟有神
> 斷定；祂使這人降卑，使那人升高。」
>
> （詩篇七十五篇6〜7節）

約瑟經歷早期的擢升和委身。他得著從父親而來的喜愛，但卻為他惹來從十個哥哥而來的麻煩。他被賣給埃及人當奴隸，後來卻又成為波提乏家的總管。他也許會想一切的應許就要應驗了，他從此就要發達起來了，但前頭卻還有另一個牢獄之災。他被下在監裡數年。最後，全埃及的財富都由他管理。大數的掃羅，後來成為使徒保羅，在往大馬色的路上，超自然地與耶穌相遇（參考使徒行傳第九章）。整個基督教界為這剛信主的人議論紛紛。但就在他迅速取得國際性的成就之後，他花了至少十四年的時間待在曠野，毫無任何事奉。之後，有一陣子，他在醫病和傳福音的服事上有了成就，但之後就被下在監裡，被鞭打，最後死亡。這些人在早期成功的品格考驗上，學會在神裡面找到他們的身分定位。你是否嘗到成功的滋味？你是否知道自己在接受考驗？神要你完全在祂裡面建立自己的身分定位，學會如何面對人的寵愛，同樣地也要學會面對默默無聞的時候。若你通過考驗，你就能「進階」到下個季節——雖然也許你會希望不要進階。

禱告良辰

天父啊，讓我從約瑟和保羅學習一項功課，即單單在
祢裡面堅立我的身分。讓我的心在祢面前是純淨的，
並讓我尊榮祢，因惟有祢能叫我抬起頭來。

高舉非從東，非從西，也非從南而來，而是從北而來——從主而
來。

＿月＿日　　　　第*258*天

「大衛就離開那裡，逃到亞杜蘭洞。……凡受窘迫的、欠債的、心裡苦惱的都聚集到大衛那裡；大衛就作他們的頭目，跟隨他的約有四百人。」

（撒母耳記上廿二章1～2節）

在基比亞的讚美和擢升之後，大衛的生涯急轉直下。他失去掃羅宮中的一切恩寵。掃羅起來要殺他，並招募三千人要追趕、捉拿、殺害他。這樣戲劇性的大逆轉很罕見。大衛可能很困惑，而且一開始可能也會被激怒，因此他就逃命，並在黑暗、潮濕的亞杜蘭曠野山洞設立總部。他在那裡聚集了四百人，而約有七年時間，他們就帶著妻小在曠野流浪。基比亞是讚美和成功的考驗。現在的亞杜蘭是艱難的考驗。神將大衛放在亞杜蘭有七年漫長的時間，為要讓他將他的身分定位深植於神裡面。這一季節的功課，雖是極端難學，但當他成為以色列王時，就成為他的保護。同樣地，神不要我們對自己身分和定位的確認，有絲毫是來自於自己的恩膏或世上的成功，而是單單來自於我們是為神所愛和愛神的人。我們的事奉有可能失敗。欣賞我們的人可能離開。聖靈的祝福可能在我們勞苦中暫離片時。我們可能失去房子、家庭、經濟基礎。但若我們愛神，而且祂愛我們，我們仍是成功的。這是天父已應許我們確實的產業。

禱告良辰

天父啊，我已花了時間在亞杜蘭。我已經度過我屬靈生命的荒蕪曠野。幫助我絕對不要忘記，即使在曠野中祢仍愛我、保護我，並使我與祢有成熟親密的關係。

當我們突然被推進亞杜蘭的季節時要謹記，那是神使我們成熟的神聖模式。

__月__日　　　　　第259天

「那賜種給撒種的，賜糧給人吃的，必多多加給你們
種地的種子，又增添你們仁義的果子；叫你們凡事富
足，可以多多施捨，就藉著我們使感謝歸於神。」

（哥林多後書九章10～11節）

亞杜蘭的艱難還有另一個原因。聚集到大衛這裡的人，不見得是
以色列最好和最聰明的人。他們屬靈的根基並非深植在神裡面。
他們是受窘迫的、欠債的，以及對掃羅及其政體不滿的人。他們
來投靠大衛說：「請照顧我們。該有人為我著想了。」在亞杜
蘭，關於人際關係上的理想主義和天真看法，都從我們挪去了。
在這裡我們發覺神是真實的，即使是在極其窘迫之間，也惟有祂
是我們的供應者，而非祂差來給我們的人。亞杜蘭的好消息是，
它給你暗示和預兆，使你可以預期神全然釋出你命定時的景況。
因此你在亞杜蘭所遇見的爭戰，是神要在錫安賜福與你的訓練之
道。在你掙扎最劇烈的時期，你會看見關於你未來生命的暗示。

禱告良辰

惟有祢供應我一切所需——不論是在基比亞或在亞杜
蘭。教導我，單單仰望祢的供應。幫助我向人顯明，
惟有祢是我一切所需，也是他們一切所需。

神不要我們對自己身分和定位的確認，有絲毫是來自於自己的恩
膏或世上的成功，而是單單來自於我們是為神所愛和愛神的人。

第260天　　　＿月＿日

「此後，大衛問耶和華說：『我上猶大的一個城去可
以嗎？』耶和華說：『可以。』大衛說：『我上哪一
個城去呢？』耶和華說：『上希伯崙去。』」

（撒母耳記下二章1節）

大約過了曠野艱難的七年之後，因著掃羅王死了，季節終於改變
了。大衛約三十歲時從曠野出來。聽見掃羅死了，他的第一個反應
也許是：「我終於可以成為全以色列的王了！」他的勇士們作出這
樣的假設。他們總算鬆口氣地呼喊著：「大衛啊，你終於作王了。
我們搬進去吧！」但大衛做了意想不到的事。他尋求神的心。他展
現的是，與神有親密關係的人作出重大決定前所會做的事。本來就
有一扇敞開的門在他面前，但若沒有主直接的引導，他拒絕進去。
親愛的，這是我們必須有的行動！只因事情看似順理成章，並不表
示時候已到。我們必須在靈裡去感受和辨識這敞開的門是出於神，
或是引到錯誤的道路。在作決定時，聖靈會賜給我們這樣的智慧。

禱告良辰

天父啊，當祢帶領我從一個地方到另一個地方，從一個
季節到另一個季節，求祢賜我清楚的異象，聚焦的思
想，好讓我只通往祢為我生命所開啟的門。

我們絕不可認為自己不用尋求神對某個景況的心意，就可隨意
往前行。

__月__日　　　　第*261*天

「凡事謙虛、溫柔、忍耐，用愛心互相寬容，用和平
彼此聯絡，竭力保守聖靈所賜合而為一的心。身體只
有一個，聖靈只有一個，正如你們蒙召同有一個指
望。一主，一信，一洗，一神，就是眾人的父，超乎
眾人之上，貫乎眾人之中，也住在眾人之內。」

（以弗所書四章2～6節）

主告訴大衛要往希伯崙去，而且只得著一小塊國土。以色列有
十二支派，而希伯崙只代表其中一個支派。神再次試驗並訓練
大衛。祂要大衛因著在神裡面找到自己的身分定位，而非因著
成為以色列王。因此，神只賜下所應許要給他之完全命定中的
一小部分。神也會這樣待我們。這是一種痛苦難當的經歷，
但會在我們裡面培育出不可思議的忍耐。大衛再花了七年，屈
居於希伯崙城。神讓他又經歷了一個試驗的季節，但他仍然沒
有因此對神發怒。他知道只要時候到了，主必會讓他得著全以
色列地。他所追求的是神純全的旨意，因此就不會滿足於次等
的事。大衛之所以會如此行，惟一的原因在於他的身分定位：
成為以色列王並非他有成就感的關鍵。當我們看到自己已在神
面前成功，而不會在人前為了成功而奮鬥，竭力追求地位和尊
榮，我們也能在希伯崙的功課上得勝。

禱告良辰

天父啊，教導我，祢所賜給我生命中一切祝福的總
和，相較於祢所渴望與我分享的親密關係，其重要性
立即相形失色。讓我住在希伯崙，那裡是祢給我完全
命定中的一小部分，讓我滿足於在祢裡面找著的身分
定位，而身分定位也惟有在祢裡面才能找著。

神要你在祂裡面找到自己的身分定位，而非尋求地上的成功。

__月__日　　　第262天

「你們尋求我，若專心尋求我，就必尋見。耶和華說：我必被你們尋見，我也必使你們被擄的人歸回，將你們從各國中和我所趕你們到的各處招聚了來，又將你們帶回我使你們被擄掠離開的地方。這是耶和華說的。」

（耶利米書廿九章13～14節）

神只給大衛希伯崙這十二分之一的國土，其中一個原因是，祂要大衛的核心勇士們——以色列未來的軍隊——變得成熟老練。祂要一群核心領袖是順服委身、毫無個人野心的。這些勇士後來成為公義的戰士，用他們的力量來榮耀神和以色列，而非我行我素。他們找到祕訣，即齊心努力比單兵作戰更有果效。希伯崙所教導我們的是，即使得著神完全應許的一部分時，還是要尋求神。這可能是我們生命中痛苦的季節。祝福似乎來得很慢。你可以通過在伯利恆孤立和卑微的考驗，通過在基比亞早來的升遷考驗，以及在亞杜蘭窘境的考驗。但許多神的僕人卻在代表希伯崙這樣的地方跌倒了。即使那應許是我們唾手可得的，我們仍須持守在祂裡面的身分。即使近在咫尺令人蠢蠢欲動，祂所要的仍是正直的回應。

禱告良辰

天父啊,當我的希伯崙似乎空虛和孤單,而且只有少數人看似願意與祢契合,求祢教導我,靠著祢的力量,少數人也可以大有能力。求祢興起我們這支大能的軍隊為祢所用,使祢的名在我們的國家裡為大。讓我們在自己的希伯崙仍然保持正直。

我們個人的最高目標,仍然必須是為神所愛,並且成為愛神的人。

___月___日　　　第*263*天

「於是以色列的長老都來到希伯崙見大衛王，大衛在希伯崙耶和華面前與他們立約，他們就膏大衛作以色列的王。」

（撒母耳記下五章3節）

大衛等候神擢升他的季節。這天來臨了，因伊施波設爲惡人所殺。大衛已經抵達了。這錫安的季節告訴我們，神在大衛早年的日子所應許的，要全然賜給他了。當我們生命完全的命定開始彰顯的時候，就是這種光景。大衛很快就會取得耶路撒冷，聖經稱此爲「錫安」，並在此設立首都，而非基比亞。當我們在神的時刻，以神的方法達到我們的命定時，就無一事物可取代我們的信心。許多人努力推動發展他們的事工。他們奮力爲要達到某個位置。但有時他們感覺神並未爲他們推展多少，因此就帶著不聖潔的操縱手法，催促事工前進。他們也許會得著心中想要的位置或聲望，卻會缺乏對服事的信心。他們充滿恐懼，深怕有人會來佔據他們的領土，或偷竊他們的位置。他們活在焦慮中，因爲從起初他們就不確定神是否將這事工或位置賜給他們。他們建立在錯誤的根基上。親愛的，我勸你，爲了你在今生的目的和命定，讓神帶著你上錫安吧！你不是帶著從天上來的信心，合法地到達目的地，就是充滿焦慮地非法抵達。

禱告良辰

天父啊，求祢讓我的手不用不聖潔的操縱手法，來阻攔祢對我的計畫。求祢不讓人的地位所帶來的恐懼和焦慮，來毀壞我。提升我，讓我的腳走在往錫安的道路上。

　　勿越線；勿急躁。在這事上並沒有次好的方式。

＿月＿日　　第264天

> 「當耶和華將那些被擄的帶回錫安的時候，我們好像做夢的人。我們滿口喜笑、滿舌歡呼的時候，外邦中就有人說：耶和華為他們行了大事！耶和華果然為我們行了大事，我們就歡喜。」　（詩篇一二六篇1～3節）

神把我們帶到錫安，並非為了個人的豐盛。主的祝福常常會落在個人、會眾、國家或城市，而他們會以為這祝福主要是要加添個人的聲望，或豐富他們的生活方式。當我們終於達到我們的命定時，這是必須避免的危險。有些人以為當他們終於獲得完全的應許和他們命定之處，所擁有的就只有喜樂。他們想像因著所得的恩膏和聲望，就能完全滿足了。但即使是在神的恩典中，事實也並非如此。在我們命定之處，仍會經歷壓力、逼迫、痛苦。當你預備好進入你的命定時，要有正確的期待。

禱告良辰

天父啊，當我受試探，以為壓力、逼迫、痛苦使我無法發揮在祢裡面的潛力時，讓我記得祢帶我到錫安，是為了祢的喜樂和祢的計畫，而非我個人的豐盛。

到達錫安是為了能更多地服事神的國——是一項遠勝過金錢和名聲的特權。

> 「靠你有力量、心中想往錫安大道的，這人便為有福！他們經過流淚谷，叫這谷變為泉源之地；並有秋雨之福蓋滿了全谷。他們行走，力上加力，各人到錫安朝見神。」　　　　（詩篇八十四篇5～7節）

錫安是先知性的寫照，是關於耶穌在全地作王，如同大衛在以色列作王。錯失這將要來的美麗寫照，實在可惜。天父已應許祂的兒子，要賜給祂一份產業，一位成為祂永恆伴侶的新婦。她會在這世代及未來的世代中，一直愛著祂。她會在祂裡面找到滿足感，如同大衛在錫安找到他在世上的滿足感。我要向你保證，在你的生命中也有一神聖的模式。在痛苦和混亂的事物中，似乎毫無計畫，而你就漫無目的地在洞穴間流浪，被比你強大的軍隊追捕著，身旁都是失敗者。然而，神已為你精心計畫，要帶你進入那特定的目的。神願意讓我們每個人，有一天都到錫安站在祂的面前。當我們將生命中每個季節都交託給祂，讓祂來帶領，就能完全倚靠祂，從曠野被提升出來。經過生命各種季節，惟有祂是我們的獎賞。

禱告良辰

天父啊，我在對祢的認識中得著安息，因祢對我的生命有完美設計的命定模式。幫助我明白祢就在我生命中的每個季節，引導著我的每一步伐，而且祢絕對不會離開我，也不會丟棄我。

神為我們每個人安排了一段先知性的天路旅程。

＿月＿日　　　第266天

「那時約有午正，遍地都黑暗了，直到申初，日頭
變黑了；殿裡的幔子從當中裂為兩半。耶穌大聲喊
著說：『父啊！我將我的靈魂交在你手裡。』說了這
話，氣就斷了。」

（路加福音廿三章44～46節）

大衛跨越敵對勢力的路障，邁向錫安和他的命定。使他有能力
做得到的這項真理蘊含著浩大的能力，也見於耶穌最後的話語
中。當耶穌殘破的身體掛在十字架上，就在祂斷氣前的片刻，
黑暗籠罩在這位神人的身上，而祂這位無罪的神，擔當了人的
罪。耶穌感受到與父隔絕的痛苦。祂知道在這痛苦的另一端，
是那可畏的應許，即神會使祂從死裡復活，坐在寶座上統管萬
有。但在這應許完全成就之前，祂經歷了世人所面對過最大的
壓力和敵對。在這黑暗時刻，祂揚聲呼喊：「我將我的靈魂交
在祢手裡。」（路加福音廿三章46節）耶穌決定，在等候光明
和應許出現時，這是祂心中所能作出最合宜的反應。當神賜下
一個應許，我們通常會在應許成就前經歷一段黑暗期。我們會
很難看見自己到底是在什麼季節，或目的地在哪裡。在這不可
能的時刻，你該做什麼呢？要緊抓著這句話，將你的靈魂交在
天父手裡。

禱告良辰

天父啊，當我面對痛苦、敵對、死亡時，求祢提醒我，祢兒子經歷天父的沉默和人的殘酷時所立下的典範。教導我可以說：「天父啊，我將我的靈魂交在祢手裡。」

「我將我的靈魂交在祢手裡。」

__月__日　　　第267天

「求祢救我脫離人為我暗設的網羅，因為祢是我的保
障。我將我的靈魂交在祢手裡；耶和華誠實的神啊，
祢救贖了我。」　　　　　　　　（詩篇卅一篇4～5節）

對我們而言，這節經文所說的「網羅」，可以代表許多事物，例
如：屬靈、身體、經濟、關係上的困境。在耶穌的經歷中，那網羅
是在祂得榮耀之前，背負世人的罪。祂呼喊：「天父啊，救我脫
離這不可能的景況，因祢是我的力量。」祂知道祂無法救拔自己，
因祂被掛在應許和成就之間的黑暗中。祂單單信靠祂的天父。當我
們自己遇見困境和不公義時，主也在尋找這發自我們內心的相同呼
聲。神呼召我們來到這倚靠之處。祂在呼喚我們，每個突破的希
望，每個得供應的需要，每個成功的夢想，都要倚靠祂。我們必須
將最深的渴慕交託給神。我們完全無法自己成就這先知性的應許。
惟有祂能改變時機和季節，並使我們所渴望的得著突破。

禱告良辰

天父啊，當祢的兒子面對死亡，祂所信靠的並非環境
或世人——祂單單倚靠祢。呼召我進入完全倚靠祢的
所在；教導我將自己完全地交託給祢。

親愛的，在我們的生命困境中，
必須將我們最深的熱情和先知性的應許交託給神。

第268天

＿月＿日

「求祢救我脫離人為我暗設的網羅，因為祢是我的保
障。我將我的靈魂交在祢手裡；耶和華誠實的神啊，
祢救贖了我。」　　　　　　　　（詩篇卅一篇4～5節）

將我們的靈魂交給主，這是什麼意思呢？靈魂是我們的一部分，
是碰觸我們最深渴望和夢想的部分。那是我們對生命最大熱情和
盼望的寶庫。當耶穌掛在十字架上，祂是在說：「天父啊，我
將最珍愛的東西交給祢。我將我生命的目的和信念都交在祢的手
裡。」我相信耶穌是在宣告祂如何活出世上生命的祕訣。在祂世
上生命的盡頭，祂知道這屬靈的法則會再次證實為可靠且真實
的。神是祂的根源，也是我們的根源。將我們的靈魂交給祂，意
指求天父照顧我們心中最看重的事物。這是承認我們無法靠自己
的力量，來成就神的應許。當你將某事交在神的手中，魔鬼就偷
不走了。惟一能阻攔神的旨意行在大衛生命中的人，就是大衛自
己。也只有你與神斷絕相交，才能阻攔神的旨意行在你生命中。

禱告良辰

主啊，教導我，只有當我將自己完全交託給祢，我才能發
現完成祢對我生命旨意的祕訣。讓我不要攔阻祢的旨意行
在我的生命中。我永遠不會斷絕與祢持續相交的關係。

當我們的靈藏在祂裡面，仇敵就無法碰觸它了。

__月__日　　　　　第*269*天

> 「我要時時稱頌耶和華；讚美祂的話必常在我口中。我的
> 心必因耶和華誇耀；謙卑人聽見就要喜樂。你們和我當稱
> 耶和華為大，一同高舉祂的名。」（詩篇卅四篇1～3節）

將我們的靈魂交在神手中，是一種積極主動的屬靈爭戰行動，而非被動式的冷漠。大衛這樣做，為要讓神介入他的衝突之中。他不是放鬆下來說：「主啊，該發生的就會發生；我真的不在意。」不是的，他是在運用屬靈的戰術，讓神介入他所處的不公義景況。他從年輕到生命的盡頭，都在這種屬靈爭戰中。當他將特定的景況交給神時，在屬靈領域裡就會有回應和釋放。神就為大衛採取行動。大衛成為一個模範，即我們照著神的方式來爭戰，神就會解決問題。大衛一生的一個關鍵特點，是他處理痛苦、惡待、失望、不公平的方法，而這過程在詩篇中有豐富的記載。他學會放棄報復的權利，靠著聖靈而戰。其他屬神的人，例如：但以理、約瑟，以及舊約的族長們，也都使用這個原則。

禱告良辰

幫助我認識將我的靈魂交給祢，是屬靈的爭戰。教導我成為積極主動的屬靈戰士，將我生命的每一刻都交託給祢。祢是我信心的保護者，我單單地仰望和信靠祢。

主呼喚我們進入祂的心，並將伸張公義之事交給祂。

第270天

「只是我告訴你們這聽道的人，你們的仇敵，要愛他！
恨你們的，要待他好！咒詛你們的，要為他祝福！凌辱
你們的，要為他禱告！……你們倒要愛仇敵，也要善待
他們，並要借給人不指望償還，你們的賞賜就必大了，
你們也必作至高者的兒子；因為他恩待那忘恩的和作惡
的。」　　　　　　　　　　　　（路加福音六章27～28、35節）

當我們將所遭遇不公義的事交託在神手中，是讓神來為我們伸冤。
若我們帶著憤怒的靈來行動，想要自己伸冤，神就退後讓我們獨自
抗爭。祂的計畫是，祂會以合適的方式來報復，而且即使在祂施行
報復時，我們還是要祝福我們的仇敵。祂是一位極欲祝福、憐憫的
神，因此當我們祝福我們的仇敵，是在彰顯祂的性情，即使祂在為
我們施行公義。祂的想法是，即使在需要正義之處，還是要表達憐
憫。當我們對仇敵示好，是在返照天父對惡人和忘恩負義者的恩
慈，也就與宇宙的主宰合一。沒有比這更有能力的屬靈爭戰了。

禱告良辰

主啊，教導我報復是屬乎祢。教導我，要祝福我的仇
敵，要展現憐憫和愛，而非強行爭取正義。祢會為我
爭戰，而我會為祢而去愛。

報復在神的手中。祂必會完美地解決問題。

＿月＿日　　第*271*天

「豈不知你們的身子就是聖靈的殿嗎？這聖靈是從神
而來，住在你們裡頭的；並且你們不是自己的人，因
為你們是重價買來的。所以，要在你們的身子上榮耀
神。」　　　　　　　　　　　（哥林多前書六章19～20節）

當你要報復，謹記神國的基要真理，就在今天的經文中：「這聖靈
是從神而來，住在你們裡頭的；並且你們不是自己的人，因為你們
是重價買來的。」親愛的，當你向你的仇敵表達恩慈，這是在宣告
你屬於另一陣營。你的資源屬乎神，你的名聲屬乎神，你的時間也
屬乎神。當你的仇敵對你施加壓力，毀謗你的名聲，或是偷竊你的
資源或時間，主邀請你讓渡你的主權，將你完全的自我交在祂手
中。這就讓祂有空間可以報復和工作了。祂是你的防衛和盟友。這
是得著真正自由和能力之道。每當有人傷害你，就是另一次神聖的
機會，向世人呼喊，主擁有你，祂會照著祂的公義來保護你。

禱告良辰

耶穌啊，祢所付上的是如此無限的代價，為要將我的靈魂
從地獄中贖回。讓我永不忘記我是屬乎祢的。求祢成為我
的保護、我的盟友，並指示我得著真正自由和能力之道。

若即刻審判你所遭遇的不公並非祂目前所關切的，那你也不應
該擔心——你是屬乎祂的。

第272天　　　　＿月＿日

> 「耶和華啊，我仍舊倚靠祢；我說：祢是我的神。我
> 終身的事在祢手中；求祢救我脫離仇敵的手和那些逼
> 迫我的人。」　　　　　（詩篇卅一篇14～15節）

大衛說：「我終身的事在祢手中。」將我們的靈魂交託在神手中是一回事；信靠神有祂突破的時機又是另一回事。每一次的「交託」都有其挑戰和焦慮。在我們將靈魂交在神手中之後，時間的考驗就來了。一年變成兩年，兩年變成十年。我們就開始質疑：「那突破呢？應許呢？」雖然我們已將靈魂交託給祂，年日卻一直增加。大衛看見這有兩個步驟。第一，他將靈魂交託；之後，他將這些夢想的時機交託。他學會安息在神的主權裡。我們也必須將自己交託於這兩部曲的進程。第一，當我們藉著禱告和禁食，來尋求應許的成就時，我們就將自己的靈魂和夢想交在神的手中；第二，我們將釋放的季節交託祂。

禱告良辰

天父啊，在我一生中，祢從未早一分鐘或晚一分鐘。
當我受試探要質疑祢在未來的時機，幫助我謹記祢過
去的紀錄。我安息在祢裡面，並等候祢的應許。

當我們在永恆中站在神面前，就會明白祂從未耽延一分鐘。

___月___日　　　第*273*天

「我揀選了忠信的道，將祢的典章擺在我面前。我持
守祢的法度；耶和華啊，求祢不要叫我羞愧！祢開廣
我心的時候，我就往祢命令的道上直奔。」

（詩篇一一九篇30～32節）

大衛面對許多外在的仇敵，但他也戰勝了一個更巨大的敵人
——自己的心。當面臨自己的軟弱時，他知道如何將靈魂交在
神手中。這是在基督徒生命中，最難理解的事之一，但若要
成為合神心意的人，我們就必須了解。人類故事可誇耀之處在
於，神的憐憫用之不盡。只要我們誠心悔改，我們的軟弱永遠
不會讓我們不夠資格。大衛發現人類的軟弱，總有從神而來的
額外恩典。在他軟弱的時刻，他是奔向神，而非遠離神。

禱告良辰

天父啊，如同大衛一般，我選擇祢的真理。我的心渴
望只認識祢的話語。我緊抓著祢的應許，信靠祢的計
畫。在我最大的軟弱時，我會跑向祢，並尋求祢的力
量和能力。

人類故事可誇耀之處在於，神的憐憫用之不盡。

第274天 ＿月＿日

「大衛對亞吉說：『我若在你眼前蒙恩，求你在京外的城邑中賜我一個地方居住。僕人何必與王同住京都呢？』當日亞吉將洗革拉賜給他，……大衛在非利士地住了一年零四個月。」

（撒母耳記上廿七章5～7節）

雖然神已賜給大衛一個信息，即祂會保護他，但恐懼仍戰勝他的心，因此他懷疑這應許。在神讓他作王的最後一圈賽程，大衛在非利士的洗革拉城，因著極大的妥協而失足。他選擇在神旨意之外的物質安全感。更糟的是，他答應要忠於亞吉，而他是以色列的主要敵人。大衛內心有極大的張力。他像是被撕裂的人。一方面，他對主仍有極大的熱心；另一方面，他卻過著妥協的生活，並且誤用了神的恩惠和恩膏。他住在洗革拉的所有時間，生活像是個猜字謎的遊戲，他忽視他的命定、違背先知的話、漠視他先知性的應許、用謊言來背叛亞吉，而且危及他自己的人和他們的家人。我們已經看大衛是合神心意，偉大的君王，懂得敬拜的戰士，但在這裡，我們看見他充滿著恐懼、懷疑、不安全感，而這些也同樣存在於我們的生命中。

禱告良辰

天父啊，願我永不忘記大衛在洗革拉學到的教訓——
在那裡他尋求自我保護，而離開祢旨意的保障。讓我
不要想用自己人的能力，而是以信心來信靠祢。我不
要讓自己陷入洗革拉中，充滿著恐懼、懷疑、不安全
感。

大衛對神保護的信心，極度動搖。他的勇氣已然殆盡。

第275天　　　＿月＿日

「第三日，大衛和跟隨他的人到了洗革拉。亞瑪力人已經侵奪南地，攻破洗革拉，用火焚燒，擄了城內的婦女和其中的大小人口，卻沒有殺一個，都帶著走了。大衛和跟隨他的人到了那城，不料，城已燒毀，他們的妻子兒女都被擄去了。大衛和跟隨他的人就放聲大哭，直哭得沒有氣力。」

（撒母耳記上三十章1～4節）

有十六個月之久，大衛的洗革拉策略似乎奏效，但神將要釜底抽薪。有一天，大衛和他的勇士回到家，發現他們的城被燒毀了。神容許洗革拉被燒毀，好讓大衛能與祂面對面。這樣的傷痛使大衛回到神面前，離開這段悖逆期。我敢說，我們每個人都有一座妥協之城，一座洗革拉城，是我們在生命某個時期會想退避之所。我們的洗革拉是座假想的避難所，在那裡會繼續悖逆的生活。在那裡我們會設計一些機制，讓自己享受罪中之樂和錯誤的安逸，而神的旨意對我們而言就會顯得太強人所難了。在這期間，主不會拒絕我們，但祂也不會贊同我們的罪。祂會找方法恢復我們，而非毀壞我們。祂會設法讓逃亡的人，不致從祂面前被趕逐出去（參考撒母耳記下十四章14節）。但祂幾乎總是容許我們的妥協之城被燒毀。

禱告良辰

天父啊，在我的悖逆將我的盼望和夢想毀壞之前，教
導我轉向祢。當我落入妥協和冷淡中，將我尋回，讓
我重新回到祢的面前。讓我再次與祢面對面。

我們的洗革拉如同一個小隔間，我們在那裡逃避神應許的領
域，退居於仇敵的領土，在那裡我們感到比較安全。

「大衛甚是焦急，因眾人為自己的兒女苦惱，說：『要用石頭打死他。』大衛卻倚靠耶和華——他的神，心裡堅固。……大衛求問耶和華說：『我追趕敵軍，追得上追不上呢？』耶和華說：『你可以追，必追得上，都救得回來。』」　　　（撒母耳記上三十章6～8節）

對大衛和他的勇士而言，洗革拉的燒毀是件令人難過的悲劇。但大衛做了正確的事。結果，當我們的洗革拉被燒毀，而且妥協不再是個選項時，我們就知道如何行了。當一切都失敗，大衛回到他的根本體制，「倚靠耶和華——他的神，心裡堅固。」他到神面前說：「主啊，我屬乎祢。我愛祢，我也知道祢愛我。主啊，求祢幫助我。」一個發生在沮喪信徒生命中的最大神蹟，就是知道主的憐憫和喜愛是如此的深，因此我們犯了滔天大罪的時候，仍可奔向祂。你是否曾在某早晨醒來，發現自己一直生活在妥協之地呢？大衛知道神的性情，因此他坦然地到主面前，而非帶著羞愧潛逃。這使他得以完全復原。若你在危機時逃離神，而非回到祂面前，你就無法復原了。惟有奔向祂時，你才能找到徹底的解決之道。

禱告良辰

天父啊，當周遭的一切都失敗，讓我像大衛所行的一樣，並且「倚靠耶和華，心裡堅固」。賜給我祢奇妙的恩典和憐憫，幫助我奔向祢，而非遠離祢。

你是否看見神燒毀你的洗革拉——你的悖逆之所呢？

___月___日　　第277天

「我幾次流離，祢都記數；求祢把我眼淚裝在祢的皮袋裡。這不都記在祢冊子上嗎？我呼求的日子，我的仇敵都要轉身退後。神幫助我，這是我所知道的。」

（詩篇五十六篇8～9節）

詩篇第五十六篇闡述更多的洞見，幫助大衛對神的憐憫更有信心。這詩篇是大衛還活在妥協中寫的。他對主說：「神啊，祢知道我在流浪。祢看見我的妥協。我已在祢的旨意之外，而我的道路並不向祢隱藏。」當我們藏匿在洗革拉時，我們也不向耶穌隱藏。當我們困在妥協中，我們無法欺騙神。但在這之後，大衛伸手去拿神憐憫的金戒指，說：「求祢把我眼淚裝在祢的皮袋裡。這不都記在祢冊子上嗎？」（第8節）大衛知道他絕望和幻滅的眼淚，撒謊和抗拒先知性言語的悖逆眼淚，都被神珍藏。大衛內心有各種不同的情緒在翻騰。他的眼淚是一個撒謊、不信靠主的人所流的眼淚。他危及他的朋友。然而，他仍然愛主。他要全然屬於神。他知道神將他的眼淚捧在手中，裝在祂的皮袋裡，因為我們悔改的眼淚，神看為寶貴。

禱告良辰

天父啊，感謝祢，因我的道路在祢面前一無隱藏。求祢看見我的眼淚和破碎，並且赦免我悖逆的靈。我全心愛祢，渴望重回祢聖潔的同在中。

302　當我們在洗革拉這妥協之所，神會向我們顯明祂的溫柔。

第278天　　　__月__日

「我幾次流離，祢都記數；求祢把我眼淚裝在祢的皮
袋裡。這不都記在祢冊子上嗎？我呼求的日子，我的
仇敵都要轉身退後。神幫助我，這是我所知道的。我
倚靠神，我要讚美祂的話；我倚靠耶和華，我要讚
美祂的話。我倚靠神，必不懼怕。人能把我怎麼樣
呢？」　　　　　　　　　　　　（詩篇五十六篇8～11節）

我想像大衛獨自坐在某處，哭著說：「神啊，我痛恨悖逆祢。
我愛祢——這是祢知道的——但我實在很害怕。我知道我違背
了先知性的話語。我知道我在撒謊，在欺騙別人。但我現在實
在很害怕。」我們都曾經如此，流著悔改的眼淚。也許大衛的
一個勇士走向他，說：「起來，別再哭了，你這偽君子！神才
不要聽你的哭訴。若你真的愛神，你就會停止犯罪，並且照祂
所命令你的，回到以色列去。順服神，不然就閉嘴。」然而在
這時刻，主向大衛耳語：「我已留住你的每滴眼淚，並且收藏
於我在天上的皮袋裡了。」大衛知道神並不輕看他的眼淚；它
們是寶貴的。雖然他四周的人可能都以為他是個偽君子，但神
看見大衛心中那真摯的愛。大衛相信，當他還在洗革拉時，神
就是幫助他的，而這是他恢復的祕訣。

禱告良辰

天父啊，如同大衛一般，我痛恨悖逆的靈。我渴望成
為祢順命的兒女。何等寶貴，思想到祢捧起我的眼
淚，將其裝在皮袋裡。祢非常喜歡我。請接受我冷淡
的心，並幫助我燃起對祢的愛。

我們需要將冷淡的心，放在那火熾的啟示之前。
那啟示同樣溫暖了大衛的心。

「耶和華有憐憫，有恩典，不輕易發怒，且有豐盛的慈愛。祂不長久責備，也不永遠懷怒。祂沒有按我們的罪過待我們，也沒有照我們的罪孽報應我們。」

（詩篇一○三篇8～10節）

在詩篇第一○三篇中，大衛再次敞開他的心，表達他對神的心運作方式的認識。他是在說：「當我該受刑罰時，祂赦免了我，並且用祂的愛使我復原。」大衛知道神除去他的罪，如同東離西那麼地遠。這是大衛在顯明神的心。他學會與神親近是基於神對他的熱愛，而非他自己的表現。親愛的，惟有探究神的情感，才能在令人心痛的妥協之後，如此快速地恢復。今日神赦免我們，好讓我們明日能敬畏祂。若祂今天就將我們消滅，我們將永遠無法變為成熟、敬畏神的人。這是神對我們的策略。祂要溫柔地對待我們，即使這需要燒毀我們的洗革拉。祂不要記錄我們的惡行，而是要赦免，好讓我們能在愛中成為卓越的人。祂要我們的信心是建基於祂熱愛我們，以及祂在十字架上大工的這個啟示。

禱告良辰

主啊，若祢照我所該受的待我，必定會將我從祢的面前趕逐出去。然而，祢所除去的是我的罪，使它們離我如同東離西那麼遙遠。非常感謝祢，因祢提升我，好讓我再次在聖潔中與祢同行。求祢完成祢在我裡面的工作。

你是否需要戰勝恐懼的靈，不再阻攔你與神親密的關係呢？　　305

__月__日　　　　第280天

「有一件事，我曾求耶和華，我仍要尋求：就是一
生一世住在耶和華的殿中，……因為我遭遇患難，
祂必暗暗地保守我；……將我高舉在磐石上。現在我
得以昂首，高過四面的仇敵。……我要唱詩歌頌耶
和華。……祢說：你們當尋求我的面。那時我心向祢
說：耶和華啊，祢的面我正要尋求。」

（詩篇廿七篇4～8節）

在這末世，戰勝極大恐懼之道為何呢？耶穌和大衛的例子已清
楚說明：他們是藉著在親密關係中，以尋求神的面來戰勝恐
懼。他們注視著神的心，與祂的榮美相遇。大衛所提及的患難
是多重的，但主要的患難是人們要尋索他的命。因著在你的職
場、教會、鄰舍，或是學校，有人要為難你，而帶著內心沉悶
的感受生活，這實在很難受。你希望修復這種景況，但常常
無能為力，因此你要像大衛一樣，學習與周遭一直有個仇敵的
事實共處。從掃羅拒絕他的那日開始，他就帶著一個大箭靶在
生活。但他宣告，神必將他藏在庇護所。他的話發出極大的亮
光，使我們知道當惡人帶來逼迫和極大患難時，如何保持我們
的心。

禱告良辰

天父啊，使我免於恐懼，不害怕別人怎麼說我，或怎
麼對待我。讓我不去感受別人拒絕和恨惡的刺。當惡
人威脅要毀滅我，讓我藉著活在祢愛的穩妥中，來戰
勝他們的惡行。

主會恩膏我們，讓我們有答案可以去安慰微弱或頹喪的心。

＿月＿日　　　　　第**281**天

> 「耶和華是我的亮光，是我的拯救，我還怕誰呢？耶和華是我性命的保障，我還懼誰呢？那作惡的就是我的仇敵，前來吃我肉的時候就絆跌仆倒。雖有軍兵安營攻擊我，我的心也不害怕；雖然興起刀兵攻擊我，我必仍舊安穩。」
>
> （詩篇廿七篇1～3節）

大衛第一個宣稱是，「耶和華是我的亮光。」他這是在宣告，主必用啟示的靈來幫助他。神賜給教會的特權之一，是取得屬神的資訊。透過祂的話，我們得著一般性的資訊，使我們的心剛強地迎接未來的日子。許多信徒並未認真查考神話語中白白給我們的有力資訊。這是神所給我們最好的裝備方式，好讓我們得以面對將來的壓力。在聖經中，神啟示祂對末世和未來的計畫，以及所有身為信徒的我們，所能預見的事。但祂也以較個別和特殊的方式，透過先知性的恩膏賜下屬神的資訊，也是大衛在此所提及的。我和許多人都相信主如今正在普世教會中，以前所未見的規模，興起並釋放先知性的職事。

禱告良辰

天父啊，我希望領受祢啟示的靈。藉著取得祢神聖的資訊裝備我，好讓我面對無常的未來。在這世代中，求祢釋放先知性的職事給祢的子民。

神必定會藉著異夢和異象，
賜給我們關於近期將發生之事的資訊和神的啟示。

第 282 天 ＿月＿日

「耶和華是我的亮光，是我的拯救，我還怕誰呢？耶
和華是我性命的保障（或譯：力量），我還懼誰呢？
那作惡的就是我的仇敵，前來吃我肉的時候就絆跌仆
倒。雖有軍兵安營攻擊我，我的心也不害怕；雖然興
起刀兵攻擊我，我必仍舊安穩。」

（詩篇廿七篇1～3節）

每個信徒在神裡面都有一份個人歷史，而且已經記錄多年。這
記錄也許漫長，也許單薄，但主要賜給我們每個人一份真實的
個人歷史，好叫我們可以寫下自己的信心書卷。大衛在神裡面
的歷史不斷地在增長。每一次他走出恐懼，進入神所賜的力量
和膽量中，他個人的信心書卷就加上新頁。我們如何得著在神
裡面的歷史呢？藉著踏出船身，如同彼得一般，並走在海面
上。除非你走出安全地帶，否則無法與祂一起締造一本厚厚的
個人歷史書卷。當黑夜來臨，我們面對在路加福音第廿一章所
預言的大災難時，就要支取我們在神裡面的個人歷史了。我們
的心為何要因恐懼而發昏，像那不信的人一樣呢？藉著祂的信
實所寫下的個人歷史，我們得以戰勝恐懼。我們應該與大衛的
見證一致，同聲說：「我必不害怕，因我謹記，神一直是我的
拯救和救贖者。」

禱告良辰

神啊，如同大衛一般，我的歷史不斷地在增長。當我回顧自己的生命，我看見祢奇妙的介入和祝福。我有信心大膽地與祢一起踏進我的未來，相信祢必繼續作我永遠的拯救和救贖者。

當我們在困境中，神要我們努力向前，向祂尋求突破。

第283天　　　__月__日

> 「求祂按著祂豐盛的榮耀，藉著祂的靈，叫你們心裡的
> 力量剛強起來，使基督因你們的信，住在你們心裡，叫
> 你們的愛心有根有基。」　（以弗所書三章16～17節）

大衛也說神是他情感上的力量，是他心裡的力量。這是我們與祂親密關係的另一層面，保護我們的心不致害怕。保羅禱告那屬神的大能來觸摸我們內在的生命，使我們的情感得以剛強。他所指的是我們情感的存有。神用力量充滿我們的心靈，使我們得以憑信站立。這是超自然的恩賜，能恩膏我們的內心，使我們得以繼續往前行，即使我們看來有充分的理由可以放棄。不放棄本身就是神在我們內心的恩典作為。但祂的作為更甚於此：祂會讓你的心、你的情感變得活潑且有能力，在神裡面有活力。當主將我們從恐懼中釋放出來，並非意指我們永不會再感到恐懼，但在我們生命中，這不再會是個主要的事實。恐懼不再是我們專注的事物，而是仇敵用以試探我們卻無法得逞的失敗餘興節目。

禱告良辰

天父啊，求祢用超自然的恩膏充滿我，直到滿溢出來，好讓我不論環境如何，都能站穩而不被擊敗。求祢醫治我的心靈，使我在祢裡面有活力。求祢將我從仇敵的恐懼中釋放出來。

親愛的，神要賜給我們一種情感上的力量。

__月__日　　　第*284*天

> 「要向祂唱詩歌頌，談論祂一切奇妙的作為！要以祂
> 的聖名誇耀！尋求耶和華的人，心中應當歡喜！要尋
> 求耶和華與他的能力，時常尋求祂的面。」

（詩篇一○五篇2～4節）

戰勝恐懼的突破恩膏就在神榮美的隱密處。恐懼在那裡無法控制我們的心，因有一種最優質的喜樂支持著我們的心。這是與神的榮美相遇且親近的生活方式，將我們從恐懼中拯救出來。當時大衛提出的，是個徹底的全新觀念。五百年前的摩西，普遍傳講的是人無法看見神的面而存活的教導。出埃及記二十章19節中，百姓說：「不要神和我們說話，恐怕我們死亡。」大衛以個人的經歷回應神，建立了一個迥然不同的典範：「至高的神告訴我，祂要向我彰顯祂的面。」這是神首次對人類說，祂渴望我們尋求祂的面。大衛是第一個宣告這信息的人。他的新教導是說，天上的神不想在向我們彰顯祂的面時，就將我們擊殺，而是渴望帶領我們，進入與祂親密和自在的經歷中。

禱告良辰

天父啊，我要尋求祢的面。我知道祢渴望向我彰顯祢的面，而我也渴望見到祢的榮美。我和大衛一同宣告：「主啊，向我彰顯祢的面。」

恐懼不再是我們專注的事物。

第285天　　　　__月__日

「我必領他們到我的聖山，使他們在禱告我的殿中喜
樂。他們的燔祭和平安祭，在我壇上必蒙悅納，因我的
殿必稱為萬民禱告的殿。」（以賽亞書五十六章7節）

大衛知道若沒有日夜的禱告，神的豐盛不會在他那個世代中實現，
因此他為神的殿心中火熱。這異象大大地燃燒著他，使他設立了先
知性的敬拜來服事主，其中有四千名樂師，和二百八十八位歌者
（參考歷代志上第廿三到廿五章）。自此，聖經的中心思想之一，
就是神如何在世代中建立禱告的殿。在完成神旨意的過程中，有許
多的爭戰。透過聖經，我們看見祂如何招聚百姓，而他們在這過程
中，卻墮落跌倒，之後祂再次招聚他們，並賜給他們勝利。祂容許
有爭戰，好讓勝利來臨時，我們的心是被謙卑的恩典所保護。在自
然界歷史的末了時，神說：「我的殿必稱為萬民禱告的殿。」

禱告良辰

天父啊，我和大衛一樣，看見要完成祢在我生命中的
目的，這過程中會有爭戰。求祢教導我，讓我的生命
是個禱告的生命。讓我日夜俯伏在祢面前，使我成為
這世上禱告的殿。

我們有許多要向大衛學習的。神要建立一個橫跨全地的末
世禱告的殿，而大衛就是一個榮耀的先知性寫照。

「五旬節到了，門徒都聚集在一處。忽然，從天上有響聲下來，好像一陣大風吹過，充滿了他們所坐的屋子，又有舌頭如火焰顯現出來，分開落在他們各人頭上。他們就都被聖靈充滿，按著聖靈所賜的口才說起別國的話來。」 （使徒行傳二章1～4節）

在這段經文中有許多要素，彰顯神在五旬節當天如何地開始祂的教會。我要強調其中三個要點。第一，神差遣聖靈的「風」；之後是聖靈的「火」；再來是聖靈的「酒」。當神差遣聖靈的風，我們可以期待看見極大的神蹟奇事。神的火會擴大我們在神愛中的心。神的酒是與約珥書的教導有關，亦即聖靈的澆灌，神賜下無以言喻的喜樂，使困倦、沉重的心靈得著復甦。當神在第二次再來前恢復教會時，我相信這次序會顛倒過來。第一，祂會差遣聖靈的酒，來復甦並醫治困倦的教會。之後，祂會差遣聖靈的火，來擴大我們在神愛中的心。最後，祂會差遣聖靈的風，這包括天使之職事的彰顯。這聖靈能力的彰顯，會讓無數的新人在耶穌基督裡有得救的信心。

禱告良辰

聖靈啊，差遣祢的「風」、「火」、「酒」。我渴望見到祢大能的神蹟奇事，並且讓我的心因著祢的愛而擴大。賜給我對耶穌強烈的熱情，以及對人憐憫的心。

我相信使徒行傳第二章是個屬神的模式，
說明神如何以能力造訪祂的教會。

第287天

___月___日

「你們想這些人是醉了；其實不是醉了，因為時候剛
到巳初。這正是先知約珥所說的。」

（使徒行傳二章15～16節）

約珥書第二章關於聖靈澆灌的預言，在耶路撒冷五旬節當天有
部分應驗了。雖然在五旬節當天的澆灌，「正是先知約珥所說
的」，但這並非意指那就是全部的澆灌。聖靈降臨在耶路撒冷
一個小房間裡的一百二十個人身上。那不足以成為完全的應驗
──即使那包括當天信主受洗的那三千人。我深信約珥書第二
章的完全應驗終必臨到。神國最大和最完全的彰顯──主的日
子、萬物的復甦，以及聖靈的澆灌──是保留到末世一切實現
的時候。我相信在基督再來之前，將會有前所未有的復興，而
在其中，所有的信徒都將經歷異夢、異象，以及約珥所預言的
一切。

禱告良辰

天父啊，我渴望祢的預言成就，亦即祢要將祢的靈澆
灌在這世上。我迫切地等候復興充滿這地，使祢的子
民經歷從祢而來的異夢和異象。

那預言具有普世的範圍，在其中，凡有血氣的──亦即所有信
徒，不只是先知──都將作異夢、見異象。

___月___日　　　　　第*288*天

> 「只等真理的聖靈來了，祂要引導你們明白（原文是
> 進入）一切的真理；因為祂不是憑自己說的，乃是把
> 祂所聽見的都說出來，並要把將來的事告訴你們。祂
> 要榮耀我，因為祂要將受於我的告訴你們。」
>
> （約翰福音十六章13～14節）

因著聖靈的澆灌，有很多事都會開始發生。它呈現方式的面向是
如此地多元，以致無法簡單地稱之為福音運動、醫治運動、禱告
運動、合一運動，或是先知性的運動。最重要的是，它會藉著聖
靈，產生並更新對耶穌深刻熱切的愛情。先知職事在地方教會增
加，所包含的不只是言語、啟示方面的預言。就我的了解，它還
包括天使的造訪、異夢、異象，以及天上的神蹟奇事，還有先知
性啟示的增加，有些甚至是藉著聖靈的微妙表達。

禱告良辰

主啊，求祢帶下復興，使祢的子民充滿對祢深刻熱切
的愛情。充滿祢的子民，使他們有天使的造訪、異
夢、異象，以及神蹟奇事。加添祢先知性的啟示給祢
的兒女。

聖靈最渴望的，是在人心中榮耀耶穌。

第289天　　　＿月＿日

「神說：在末後的日子，我要將我的靈澆灌凡有血氣
的。你們的兒女要說預言；你們的少年人要見異象；
老年人要做異夢。在那些日子，我要將我的靈澆灌我
的僕人和使女，他們就要說預言。在天上，我要顯出
奇事；在地下，我要顯出神蹟；有血，有火，有煙
霧。……凡求告主名的，就必得救。」

（使徒行傳二章17～21節）

藉著神在自然界的作為來證實先知性的言語，並非教會中常見
的主題。但天上的預兆和地上大自然的力量，對教會和不信
者而言，卻是一種引人注目的見證。約珥書之應許的最大應
驗，將會發生在基督再來之前。使徒行傳二章17～18節提及聖
靈的澆灌，以及先知性啟示在整個基督身體中會增多。第19～
21節，主要是論及神在自然界的作為大大增多。伴隨末日而來
的，是約珥書第二章預言中所有四個要素的發生都會增多：聖
靈的澆灌、先知性的異夢和異象、天上和地上的神蹟奇事，以
及全心地轉向耶穌——先是因著救恩，再來是因著對祂熱切的
愛。不只是不信者會這樣地全心呼求主名，這也包括不斷地對
耶穌有神聖熱情的教會。

禱告良辰

天父啊，幫助我有分於祢聖靈的澆灌。賜給我先知性
的異夢和異象。幫助我為大能的神蹟奇事禱告。讓我
有分於使人全心回轉向祢。求祢復興我。

當平衡的先知職事興旺起來，隨之而來的常是某種形態的神蹟
奇事。

第290天　　　＿月＿日

「神說：在末後的日子，……在天上，我要顯出奇
事；在地下，我要顯出神蹟；有血，有火，有煙
霧。……凡求告主名的，就必得救。」

（使徒行傳二章17、19～21節）

自然界的神蹟奇事不容忽視，因這並非因著不重要的原因而賜
下的。不要期待神在天上賜下預兆，讓你知道你該買哪輛車。
天上有火降下，燒盡以利亞的祭牲；紅海分開；有一顆星引導
博士到伯利恆。在神的計畫和目的之進程中，這些並非不重要
的事件。在末日，神的能力將會藉著前所未有的神蹟奇事彰顯
出來，因其目的在於證實並表明歷代以來最大的事件之一——
最後一次靈魂的收割，以及耶穌基督的再來。聖靈澆灌的目
的，先知職事的增多，以及自然界的神蹟奇事，都是為了喚醒
教會，產生熱情的基督教，並要領人得著救恩。

禱告良辰

親愛的神，幫助我明白祢在這末日的作為。讓我一直
謹記祢的聖靈正在澆灌世人，為要喚醒祢的教會，並
要領人得著救恩。

神能力彰顯的強度，通常與祂目的的重要性成正比。

「我們從前將我們主耶穌基督的大能和祂降臨的事告訴你們，並不是隨從乖巧捏造的虛言，乃是親眼見過祂的威榮。祂從父神得尊貴榮耀的時候，從極大榮光之中有聲音出來，向祂說：『這是我的愛子，我所喜悅的。』我們同祂在聖山的時候，親自聽見這聲音從天上出來。」

(彼得後書一章16～18節)

令人信服的能力，以及不爭的真理，是第一世紀福音廣傳的記號。聖靈的同在與能力，同證使徒所傳的真理是無可否認的。在那些日子裡，福音信息的一個要素是，使徒親眼見到耶穌死裡復活的事實。第一手目擊者證實了這個重要的真理，在最初傳福音時，這極其地重要。當使徒們聚集，要選一個人來取代猶大，條件就是那人必須從一開始就與他們作伴，如彼得所說，這人可以「與我們同作耶穌復活的見證」（使徒行傳一章22節）。十二使徒的主要工作之一，就是對耶穌一切所言和所行提供目擊的見證。在這末世，教會的信息將不只是基督從死裡復活，還有祂再來的日子近了。

禱告良辰

天父啊，我感謝祢，因為祢的教會在世上開始的時候，有那些親眼見到祢能力和榮耀的見證人。我體認到，將要發生的靈魂大收割，會見證祢即將再來的事實。為這憐憫與能力的澆灌，我感謝祢。

末日的靈魂大收割，將是神憐憫與能力極大的澆灌。

第292天 ＿月＿日

「又恐怕我因所得的啟示甚大，就過於自高，所以有
一根刺加在我肉體上，就是撒但的差役要攻擊我，免
得我過於自高。為這事，我三次求過主，叫這刺離開
我。祂對我說：『我的恩典夠你用的，因為我的能力
是在人的軟弱上顯得完全。』所以，我更喜歡誇自己
的軟弱，好叫基督的能力覆庇我。」

（哥林多後書十二章7～9節）

需要注意的一個法則是，豐富的啟示和更激烈的苦難或考驗之
間是有關連的。根據保羅所說，加在他肉體上的刺，是為使他
免於因所得的啟示甚大，就過於自高（參考哥林多後書十二章
7節）。那刺加在他身上，正是因著所得的啟示。換言之，神
賜下大能的啟示，是因為有些人即將面對的考驗。保羅領受一
個先知性的異象，指示他要往馬其頓去服事，而非庇推尼。
這決定導致保羅和西拉被捕，被拉到官長面前，被用棍痛打
一頓，下到內監裡，還上了木狗。若這刺可以因著得著啟示而
來，啟示也可以預備我們面對未來的考驗。凡等候耶穌基督實
質可見之再來的聖徒，將得著何等的激勵，因祂的再來已無可
否認地被證實了！

禱告良辰

天父啊，願我認清進入我生命的刺，是祢試驗我並預備我迎接祢再來的明證。隨著這刺而來的，是祢再來之計畫的大能啟示。

一個大能先知性的啟示，加上無可否認的明證，使落在極大試驗中的信徒得以堅立。

第293天

> 「如經上所記：神為愛祂的人所預備的是眼睛未曾看
> 見，耳朵未曾聽見，人心也未曾想到的。只有神藉著
> 聖靈向我們顯明了。」 （哥林多前書二章9～10節）

偶而，主會給某個教會一些指示，但這若沒有一個穩固的先知性明證，是很難遵行的。第三世紀的一位教會歷史學家優西比烏（Eusebius），就記載了這樣的一個事件。根據優西比烏的記載，在耶路撒冷城的全體信徒，因著一個先知性的啟示，就收拾一切，離城而去，結果是他們的性命得著保全。就在他們離城不久，耶路撒冷就被羅馬將軍提多（Titus）圍困，並且在主後七十年被毀。誠然，神在教會眼前，於危機來臨前，會確立這些先知性使者的可信度。那必定是一個強有力，足以令人信服的明證。我相信在我們這世代，先知職事的本質正顯露於基督的肢體中，而這會在教會眼中，甚至可以說是在世俗領袖和社會眼中，達到相同的可信度。許多人或許會對此想法嗤之以鼻，但有一天神可能會使用先知職事，來實際地拯救他們免於災難！

禱告良辰

天父啊，感謝祢，因祢會在這末世興起可信的先知職事，好幫助世人認識祢明確的計畫和目的。天父啊，願我期待祢的啟示來引導我們的生活，保護我們免於災難。

基督肢體面對的未來，是何等令人興奮的時代！

__月__日　　　第*294*天

「你要謹慎自己和自己的教訓,要在這些事上恆心;
因為這樣行,又能救自己,又能救聽你的人。」

（提摩太前書四章16節）

我和一些保守福音派的牧者有所分享,其中一個最令人驚訝和具
啓發性的事情,就是有些信徒具有令人信服的聖靈恩賜,但他們
本身仍然是屬肉體的。這挑戰著一個普遍固有的觀念,就是擁有
更大的眞理、智慧、品格,才會產生更大的能力。許多人以爲只
有敬虔、成熟的信徒,才會被神用來彰顯能力,但這當中有很多
例外。常常讓靈恩和非靈恩的牧者訝異的是,有些信徒能夠彰
顯令人信服的聖靈恩賜,在他們生命中卻仍有一些頗爲顯著的
困擾,以及未解決的問題。但許多領袖一直以爲,若一個人的教
義、智慧,或品格有明顯的瑕疵,那這就是確實的證據,說明其
實他們服事上的恩賜和能力必定不是出於神的。

禱告良辰

天父啊,祢已決定將祢屬靈的恩賜,賜給不完全、有
人性的個體。幫助我明白祢可能會透過泥土所造的器
皿,透過不完全的人,說出祢的話語和信息,而他們
不見得每次都有能力傳講清楚。

雖然先知性的百姓在次要的教義上可能會被誤導,
但他們必須要清楚主要的教義。

第295天　　　＿月＿日

「這一切都是這位聖靈所運行、隨己意分給各人的。」　　　　　　　　　（哥林多前書十二章11節）

關於屬靈恩賜，新約所用的字是charisma，或照字面意思是指「恩典的禮物」。換言之，這些禮物是白白給予，並非賺取的。行邪術的西門誤解了聖靈的恩賜和能力，以為這是可以用錢買的（參考使徒行傳八章18～24節）。我們會想，這是何等可怕的事。無疑地，西門的等號劃錯了，而彼得也嚴厲地斥責他，因他心中的惡，會讓他以為可以收買神的能力。但賺取和收買恩賜之間，並無太大的差別。金錢只是努力和勞力的一種功用。相較於一些普遍既有的等式觀念，神的恩賜予能力，是由聖靈隨己意分配。這並非神肯定一個人屬靈成熟度的標記或獎章，也不是人藉著自己的成聖而可賺取的。這是恩典的禮物。

禱告良辰

天父啊，教導我屬靈恩賜是因著祢極大恩典而白白賜予的。我無法賺取這些恩賜，也無法獻給祢任何東西來買回恩賜。祢將這些恩賜當作恩典的禮物，白白地賜給我們。

屬靈恩賜是白白賜予，而非賺取的。

__月__日　　第*296*天

「無知的加拉太人哪，……誰又迷惑了你們呢？我只
要問你們這一件：你們受了聖靈，是因行律法呢？是
因聽信福音呢？你們既靠聖靈入門，如今還靠肉身成
全嗎？你們是這樣的無知嗎？」

（加拉太書三章1～3節）

保羅寫這些話給加拉太人，因他們難以明白恩典，所以一直將
律法和行為放回他們的等式中。加拉太人顯然有過聖靈充滿，
而且因此有一些屬靈恩賜的彰顯。保羅提醒他們，擁有屬靈恩
賜是靠著恩典，同樣地，稱義也是靠著恩典。你也可以把這個
觀念反過來想。正如我們是靠著恩典，而非行為的功勞得救，
我們也是靠著恩典而非行為，才得到聖靈恩賜的。

禱告良辰

天父啊，感謝祢，因祢恩典的禮物使我得以除罪而被
稱為義，又使我得以承受祢聖靈的恩典。但願我永遠
不會以為是我的行為，讓我得以領受這兩種祝福。

正如我們是靠著恩典，而非行為的功勞而得救，我們也是靠著
恩典而非行為，才得到聖靈恩賜的。

第297天　　　__月__日

「彼得看見，就對百姓説：『以色列人哪，為什麼把這事
當作希奇呢？為什麼定睛看我們，以為我們憑自己的能力
和虔誠使這人行走呢？亞伯拉罕、以撒、雅各的神，就是
我們列祖的神，已經榮耀了祂的僕人耶穌；……你們殺了
那生命的主，神卻叫祂從死裡復活了；我們都是為這事作
見證。我們因信祂的名，祂的名便叫你們所看見所認識的
這人健壯了；正是祂所賜的信心，叫這人在你們眾人面前
全然好了。』」　　　　　　　　（使徒行傳三章12～16節）

彼得和約翰奉耶穌的名，命令乞求賙濟的瘸腿者起來行走。在任何
錯誤的假設產生之前，彼得希望迅速且清楚地表達這個重點：神能
力的彰顯，並非他個人敬虔的表徵。這醫治是神目的的結果，是照
著祂的時間表，藉著對耶穌之名的信心，而這信心也是透過祂而來
的。這段經文有許多含意。但它所要表達的，無非是這神蹟無關乎
彼得，或是表揚他的靈性。神蹟只關乎神和祂的目的。

禱告良辰

聖靈啊，感謝祢，因祢提醒我，除了從祢而來、祢所
賜予的敬虔，我無法具有任何敬虔，但祢仍讓我得以
靠祢的名而行神蹟。

那神蹟無關乎彼得——它只關乎神的目的。

__月__日　　　　第*298*天

「我們各人蒙恩，都是照基督所量給各人的恩賜。……祂
所賜的，有使徒，有先知，有傳福音的，有牧師和教師，
為要成全聖徒，各盡其職，建立基督的身體，直等到我們
眾人在真道上同歸於一，認識神的兒子，得以長大成人，
滿有基督長成的身量。」　　（以弗所書四章7、11～13節）

保羅寫給以弗所人：「我們各人蒙恩，都是照基督所量給各人的恩
賜。」（以弗所書四章7節）第11節清楚道出他所指的恩賜，是職事
的恩賜。我們不禁注意到這段經文所說的有恩膏的人，但我們的觀念
是錯的。我們都以為是信徒被賦予成為先知、牧師，或是佈道家的
恩賜。但保羅所見不同。「祂所賜的，有使徒……先知……傳福音
的……牧師……教師」（第11節）。顯然地，擔任職事者才是神要給
教會的恩賜（gift，或譯作「禮物」）。有恩膏之恩賜並不是為了讓
職事者得益處。這真的改變我們對這段經文的看法。神將恩賜分給各
人，而他們就成為神憐憫的器皿和導管，為要使別人得益處。

禱告良辰

天父啊，幫助我分辨祢已賜給我的恩賜。並幫助我一
直謹記，祢將這些恩賜放在我靈裡的目的，是為要使
祢的教會得以更加認識祢。

神的恩賜無關乎我們的提升和價值。

第299天　　　　＿月＿日

「我們各人蒙恩，都是照基督所量給各人的恩賜。所以經上說：祂升上高天的時候，擄掉了仇敵，將各樣的恩賜賞給人。」　（以弗所書四章7～8節）

神在人的生命中所賜下的恩賜，並非功勳的獎章，要表明那人的聖化、智慧，或在教義上百分百屬乎真理。你可以如此解讀以弗所書四章7節：因著不勞而得的恩典，每個人都被賦予恩賜，為了用來祝福別人。聖靈的恩賜，不論是以能力和啟示的形式彰顯，或是以身為職事者的形式彰顯，都是為了祝福教會。然而，我們大部分的人看見超自然能力的恩賜透過某個人運行，難免會以為這就代表神對那個人的生命、屬靈成熟度和其教義的認可。恩賜和能力愈顯著，神就愈肯定他——或者是看似如此。若我們明白聖靈的彰顯，是為了大家的益處，而非神所使用之個人的益處，那麼神經常使用不完全、不成熟的信徒來祝福教會的這個觀念，就比較不會絆倒我們了。

禱告良辰

天父啊，使用我來祝福別人。在我生命中，彰顯祢的靈和祢的恩賜，而且是讓人不見我，只見祢。

因著不勞而得的恩典，每個人都被賦予恩賜，為了用來祝福別人。

__月__日　　第300天

「無知的加拉太人哪，耶穌基督釘十字架，已經活畫在你們眼前，誰又迷惑了你們呢？我只要問你們這一件：你們受了聖靈，是因行律法呢？是因聽信福音呢？你們既靠聖靈入門，如今還靠肉身成全嗎？你們是這樣的無知嗎？你們受苦如此之多，都是徒然的嗎？難道果真是徒然的嗎？那賜給你們聖靈，又在你們中間行異能的，是因你們行律法呢？是因你們聽信福音呢？」（加拉太書三章1～5節）

保羅斥責加拉太人，他所運用來類比的觀念是，聖靈恩賜的領受是藉著信心，而非行為，以此說明稱義是藉著信心，而非行為。這恩典的整體概念，完全與我們天然的想法相左——因恩賜的概念，甚至是救贖的恩典，竟可以在恩典的基礎上單藉著信，毫不論及或關係到功績方面的努力。除了基督教之外的其他每個宗教，其核心都是某種救恩的時效，或與神的連合必須建基於功德。在這最普遍固有的錯誤等式中，人必須賺取赦免，必須勤奮努力地在神與人的鴻溝之間搭起橋樑。事實上，不管用什麼方法，這恩典都是人難以明白的。

禱告良辰

天父啊，人實在很難明白神的恩典。這是白白賜下，完全不靠功勞的，而且是單單建基於對祢的信心。

這恩典的整體概念，完全與我們天然的想法相左。

第301天 ＿月＿日

> 「我們既因信稱義，就藉著我們的主耶穌基督得與神
> 相和。我們又藉著祂，因信得進入現在所站的這恩典
> 中，並且歡歡喜喜盼望神的榮耀。」
>
> （羅馬書五章1～2節）

若不從神的觀點來看，任何人都無法明白稱義是藉著恩典，而這恩典是單單藉著信而得著的。當我們一方面看見神的聖潔，另一方面看著人類罪的深淵時，許多事情就會出現新的亮光。惟有你明白人類再大的努力，都無法彌合那無法測量的鴻溝，因信稱義才會顯得有道理。因再大的聖化或成聖，都無法賺取聖靈恩賜的權利，正如再多的縱容都無法得著赦免，或西門的錢無法買到神的能力。聖靈恩賜的賦予是建基於神的恩典，而非器皿的成熟度、智慧、品格。

禱告良辰

天父啊，在祢的全然聖潔，和人類有罪、絕望的景況之間，有著極大的鴻溝。除了對祢單純的信靠之外，無一事物能彌補鴻溝，使祢的赦免和憐憫漫過我的心靈。

當你明白人類努力的等式，是無可救藥地錯誤，神在十字架上的解決之道，就顯得有道理了。

＿月＿日　　　　　第*302*天

「耶和華卻對撒母耳說：『不要看他的外貌和他身材
高大，我不揀選他。因為，耶和華不像人看人：人是
看外貌；耶和華是看內心。』」

（撒母耳記上十六章7節）

整個聖經時代，神都在赦免並施與極大的憐憫給那些子民，而
照我們的標準，他們是做了一些卑劣事情的人。耶穌一方面沒
有減輕我們罪狀上那些較嚴重的罪，一方面也告訴每個人，有
些事在神眼中，超乎我們想像地嚴重，例如：驕傲、假冒為
善、對待窮人的態度、不饒恕、自義……等等。神對於因著自
己的愚昧、不成熟，或只是出於軟弱而行惡的人，似乎相當地
有耐心和憐憫。但是有些人繼續故意地悖逆神，並且企圖濫用
神的恩典，拿它當作犯罪的藉口；對於這樣的人，神常常施行
審判，以顯露這種故意悖逆的罪行。我們需要謹慎，不要因著
信徒的軟弱和不成熟，就論斷他們的屬靈恩賜是無效的。也許
神更關注的是，祂在那先知性器皿的生命中所要成就的，而不
是對那人施行完全的審判。

禱告良辰

聖靈啊，賜給我恩典，讓我明白祢的目的是遠超過我
用肉眼所能看見的。當我見到有先知職分者的生命
中，有愚昧、不成熟，或軟弱的行為，因此不禁懷疑
起一個從祢而來的先知性信息時，求祢提醒我，祢常
常藉著軟弱的器皿說話。

若與神的純淨和聖潔相比，我們中間最優和最劣者之間的差
異，就不會像我們所想像的那麼大了。

___月___日　　　　第*303*天

「我若有先知講道之能，也明白各樣的奧祕，各樣的知識，而且有全備的信，叫我能夠移山，卻沒有愛，我就算不得什麼。」　　　（哥林多前書十三章2節）

大部分的先知性信徒，並沒有領袖的恩賜，而那是使一個教會健康、平衡、安全的必要條件。一間只讓先知職事者來帶領的教會，對神的子民而言，並非安全的環境。對於想要培育和管理先知職事的教會，他們需做的一件最重要的事，就是降低神祕主義，以及想要看起來超級屬靈的肉體慾望。我們需要將眼光轉離這些信徒，而定睛於耶穌和祂對我們的心意。這並非屬靈的選美比賽，但信徒若把恩賜視為功勞的獎章，而非對教會的祝福，它很快就會變成是選美比賽了。透過先知職事者流露出能力和啟示的事實，並不一定就表示神喜悅他們生活的其他層面。有時，即使在他們的私生活中，正進行著一種內在生命的破壞，先知性的恩賜依然會繼續運行。

禱告良辰

天父啊，幫助我定睛在祢所要賜予祢子民的真實啟示。使我單單渴慕在祢的愛中成長，與祢有親密的關係。請照著祢的方法和使用祢所揀選的人，來建立祢的教會。

這無關乎器皿，這關乎愛主和建立祂的教會。

第 304 天 　　　＿月＿日

「惟有那不知道的，做了當受責打的事，必少受責
打；因為多給誰，就向誰多取；多託誰，就向誰多
要。」 （路加福音十二章48節）

具有顯著屬靈恩賜的信徒，以及那些蒙召成為領袖的信徒，必須不斷
地保守自己免於自高自大。自高自大就是認為你、你的地位，或是你
的目的是如此重要，以致你可以受比較寬鬆的審斷。傲慢的信徒就是
以為，因著他們為神進行如此重要的事工，又因為神的能力會藉由他
們顯明出來，他們就不需要注意正直、誠實、恩慈——尤其是在一
些微小和看不見的生活瑣事上。就是這種自欺的試探，使許多位居權
勢和有影響力的信徒遭殃。這是一個大騙局，因為事實的真相恰好相
反。每個能行出屬靈恩賜的人，以及每個位居殊榮或作領袖的人，都
需要敏銳察覺交帳的日子近了。有一天，我們都要站在神的面前，接
受生命和服事的最後評估（參考哥林多前書三章11～15節）。

禱告良辰

聖靈啊，顯明我生命中任何自高自大的罪。用誠信、
誠實、恩慈，充滿我的生命和我的口舌。幫助我永不
忘記，將來我要為所說或所想的每個字向祢交帳。

有一天我們都要站在神的面前，接受生命和服事的最後評估。

__月__日　　　第*305*天

「犯罪的人，當在眾人面前責備他，叫其餘的人也可以懼怕。我在神和基督耶穌並蒙揀選的天使面前囑咐你：要遵守這些話，不可存成見，行事也不可有偏心。給人行按手的禮，不可急促；不要在別人的罪上有分，要保守自己清潔。」

（提摩太前書五章20～22節）

神會憐憫軟弱的器皿，也會藉著他們彰顯祂的恩賜，即使他們內在的景況並非完全美好。但別受騙了，並非永遠都會如此。這就像是一隻戴著長鏈的狗。牠可以追一隻貓到一定的範圍，但最終突然間，他到了鏈子的終端。有些神的子民，成為神包容他們的罪、祂的恩賜是沒有後悔的例子。有些人則是另一事實的例子——神最終叫祂的僕人來，為他們的管家職分而交帳。神的管教向這群人更公開地彰顯出來，好讓我們敬畏神。要給先知、領袖、教會信徒的信息如下：神的恩賜是白白賜予的，是祂憐憫的記號，而非祂贊同的表徵。別輕看了透過靈性不成熟之信徒所彰顯出來那令人信服的屬靈恩賜。但也不要受騙了；即使先知性器皿仍在肉體中，因著神的恩典和忍耐，他們的恩膏還是會持續一段時期的。然而，最終神會呼召我們所有人，為祂要我們成為百般恩賜之管家的託付來交帳。

禱告良辰

天父啊，教導我定睛在祢身上，定睛在祢這位恩賜賜予者身上，而非恩賜本身。讓我成為祢啟示的好管家，幫助我將論斷人的事交在祢手中。

神的恩賜是白白賜予的，是祂憐憫的記號，而非祂贊同的表徵。

__月__日　　　第 *306* 天

「第一要緊的，該知道經上所有的預言沒有可隨私意解
說的；因為預言從來沒有出於人意的，乃是人被聖靈感
動，說出神的話來。」　　　（彼得後書一章20～21節）

方法或事工的型態，並不會產生能力或恩膏。因著你站在某處做某
事，神就說話、運行或醫治，這並不表示那情境與此有任何關係。
然而，信徒常會想要如法泡製那情境，好再次看見神的能力。我看
過各種的信徒，來自基督身體的各處，倣效一些型態和方法，因為
他們以為那才是關鍵。但屬於聖靈的人，才是靠著神的能力而運作
的關鍵。我們必須不斷地注意這種屬靈的迷信──若我們帶領早
禱會的方式和那次一模一樣，同樣的敬拜團領唱者，唱著同樣蒙恩
膏的詩歌，那麼也許神會再次行另人炫目的奇事。

禱告良辰

聖靈啊，請照著祢選擇的任何方式藉著我說話。攔阻
我製造出任何方法、獨特的風格或型態，為要說出為
人所接受的先知性預言。也賜給我清楚的異象，使我
聆聽祢透過他人所說的話語，但不要試圖去論斷他們
傳講的風格。

先知性信徒常會以為，使他們的生命彰顯出恩膏的關鍵，在於
他們的特殊方法和型態。

第*307*天　　　＿＿月＿＿日

「你們要追求愛，也要切慕屬靈的恩賜，其中更要羨慕
的，是作先知講道。那說方言的，原不是對人說，乃是
對神說，因為沒有人聽出來。然而，他在心靈裡卻是講
說各樣的奧祕。但作先知講道的，是對人說，要造就、
安慰、勸勉人。」　　　　　　（哥林多前書十四章1～3節）

我們有些人的天性，是想把一些自發性的經歷系統化。有時我們以
為，若發現方法的祕訣，就可以控制它了。若信徒在服事上有成就
（或只是看似如此），他們可能就會開始使用那方法來操縱別人。
被視為是有恩膏而屬神的弟兄姊妹，擁有懲惠人的能力。不論是否
是經由誘導而使人倒下去、得著先知性言語，或是說方言，這都是
來自懲惠人能力的操縱。要是擁有能力和先知性恩賜的傳道人，沒
有與一間平衡發展的地方教會有連結，常會容許自己用這種把方法
當作能力的傾向，來支配他們的服事。但當你與一群平衡發展，且
活在真實世界的信徒緊密連結時，就很難讓操縱和假冒得逞了。

禱告良辰

聖靈啊，我喜愛祢賜給人的啟示是自發性的。求祢讓我
不用操縱或預測的心態，來使用祢已賜給我的屬靈恩
賜。不論祢選擇使用的人是誰，以及祢是如何地使用他
們，讓我容許別人有表達祢言語的自由。

恩賜及其彰顯，是隨聖靈的意思而賜下的。　　　339

__月__日　　　　第*308*天

「祂對我説：『我的恩典夠你用的，因為我的能力是
在人的軟弱上顯得完全。』所以，我更喜歡誇自己的
軟弱，好叫基督的能力覆庇我。我為基督的緣故，就
以軟弱、凌辱、急難、逼迫、困苦為可喜樂的；因我
什麼時候軟弱，什麼時候就剛強了。」

（哥林多後書十二章9～10節）

我們要破壞這錯誤的等式，即你若遵循某種公式，神就總是會
彰顯祂的能力。我相信在某些場合，祂是策略性地不彰顯祂的
能力，為了要使信徒的心思，轉離傳道人和他的方法。有時祂
會收回祂的靈，為了不讓我們一直停留於相信方法上。我們的
渴望是永遠不要面露軟弱，但保羅的見證是，他以軟弱為可喜
樂的，好讓基督真正的能力藉著他而運行。就本質而言，先知
職事是交織著一種屬靈的奧祕。當敞開且渴慕的信徒靠近一位
有先知性恩膏的人時，他們既充滿盼望又害怕，因這個人會向
他們顯明隱私和神的看法。他們常會緊緊抓住這樣的人所説的
每個字。這樣的傾向，會使雙方都容易受到特殊的試探和攻
擊。

禱告良辰

天父啊，祢並非一位受限於公式和方法的神。請繼續
以祢所選擇的任何方法，來彰顯祢的同在和能力。除
去我心思中那股對先知職事之神祕性的渴望。照祢所
要的而行——在我和他人裡面。

畢竟，從永生神那裡直接聽見信息，是一件相當令人敬畏的事。

__月__日　　　第 *309* 天

> 「到了獻晚祭的時候，先知以利亞近前來，説：『亞
> 伯拉罕、以撒、以色列的神，耶和華啊，求祢今日使
> 人知道祢是以色列的神，也知道我是祢的僕人，又是
> 奉祢的命行這一切事。耶和華啊，求祢應允我，應允
> 我！使這民知道祢——耶和華是神，又知道是祢叫這
> 民的心回轉。』於是，耶和華降下火來，燒盡燔祭、
> 木柴、石頭、塵土，又燒乾溝裡的水。」
>
> （列王紀上十八章36～38節）

我已觀察到，在基督的身體中，信徒很容易將自己的身分，與
先知職事緊密結連，甚於任何其他角色。先知性信徒常屈服於
別人的期待，即他們經常聽見神的信息——無論神有沒有對他
們說了什麼！當涉及彰顯神的能力時，我相信我們應該「給神
出難題」是有道理的。容我加以解釋。我深思過以利亞如何在
迦密山上，將水澆在祭牲上（參考列王紀上第18章）。他並未
背地裡加上易燃液體，然後再點上火柴！他相信若神真正的火
降下，必會燒盡一切，甚至包括溼的祭物。我要挑戰先知職事
者，在他們所預備的祭物上「倒水」，確實地信靠神會顯明祂
的能力，而他們不需要感到有壓力，要想辦法幫神脫困，以至
於當祂的能力彰顯時，人們不會榮耀神的先知，而是榮耀先知
的神。

禱告良辰

天父啊，除去我那「架設」好場景或環境，好讓祢彰
顯能力的念頭。讓能力和啟示從祢而來，而非來自任
何我想要給祢的「幫助」。

我鼓勵你要一直被神和祂的能力所感動，對自己卻不留下絲毫
的印象。

＿月＿日　　　　　第*310*天

「當那日必有許多人對我說：『主啊，主啊，我們不
是奉祢的名傳道（編按：傳道的原文為prophesy，即
「發預言」），奉祢的名趕鬼，奉祢的名行許多異能
嗎？』我就明明地告訴他們說：『我從來不認識你
們，你們這些作惡的人，離開我去吧！』」

（馬太福音七章22～23節）

有效的先知職事最困難的部分之一，是避開個人的意見。另一
方面，教師反而擁有表達許多個人想法的舞台。先知性信徒常
會因這限制感到氣惱，而這限制是在他們身上，而非在教師身
上。極其重要的是，先知職事者必須是地方教會團隊的一份
子，而這團隊包括具有恩賜的教師。若他們不屬於某個團隊，
那麼他們常會想要承擔過多的責任，而大膽地從事他們蒙召之
外的服事。當先知性信徒和佈道家與地方教會分開，他們常會
想要制定教義，就如一位有恩賜，且有極多跟隨者的教師所作
的。有些不整全的教義在基督的身體中廣傳，就是來自這樣的
信徒。他們透過電視和無線廣播，而有極多跟隨者。他們得以
教導群眾，而群眾之所以聚集，是因為聖靈超自然的恩賜透過
他們而運行。然而，若他們的教導恩賜，沒有經過聖經正統訓
練的培育，他們就一定會用失衡的教義來教導其跟隨者。

禱告良辰

天父啊，別讓我有任何型態的公開服事，除非我願意降服你所設立在我之上的地方信徒群體與教師，並允許聖靈透過他們為我安排我所需要的裝備，就是在你話語上的訓練。為我預備一個權柄的遮蓋，好讓我絕不落入錯誤之中。

先知職事者需謹防許多可能的陷阱。

__月__日　　　第 *311* 天

「你們也是如此，既是切慕屬靈的恩賜，就當求多得
造就教會的恩賜。」

（哥林多前書十四章12節）

對於屬靈恩賜及其含意的錯誤假設，最終會使我們丟棄某些美
好事物，或接受某些不好的事物。有權能恩賜並不一定保證有
好的品格或方法。一名先知所行的極大神蹟，也無法證實他所
持有的教義。需謹記最重要的事是，「聖靈顯在各人身上，是
叫人得益處。」（哥林多前書十二章7節）屬靈恩賜的目的在
於祝福基督的身體，而非高舉那被使用來發揮恩賜的人。神喜
悅使用軟弱和不完全的器皿，爲要使祂得榮耀。

禱告良辰

聖靈啊，爲著祢在祢的身體中，在我們中間所放下的
屬靈恩賜的祝福，我感謝祢。願我永不忘記祢恩賜的
目的，是要祝福祢的子民。感謝祢使用軟弱和不完全
的器皿來傳揚祢的榮耀。

當神使用你說預言和行醫病的神蹟，勿將其視爲「平常」。

第 *312* 天　　　＿月＿日

> 「所以我弟兄們，你們要切慕作先知講道，也不要禁
> 止說方言。凡事都要規規矩矩地按著次序行。」
>
> （哥林多前書十四章39～40節）

關於神如何對待我們，我們基督徒已設立了許多宗教性的假
設。我們說，祂是個紳士，永遠不會闖進來，祂會有禮貌地站
在門口，輕敲著門，並且耐心地等候。我們常常覺得聖靈極其
害羞或易受驚嚇，所以若要聖靈運行，我們就要極其地靜默無
聲。若有小嬰孩哭了，有些人就會以為，聖靈可能會被抑制或
被嚇跑了。這聽來可笑，但有些五旬節教派的人與保守福音
派的人，就是以這種想法在運作。保羅教導哥林多人，不要禁
止說方言，或是說預言，而是「凡事都要規規矩矩地按著次序
行」（哥林多前書十四章40節）。

禱告良辰

聖靈啊，我何等感恩，因祢的確是位紳士。感謝祢耐
心等候我敞開心，接受祢所要賜給我的啟示。幫助我
一直照著祢的感動而行事，而且決定權只在乎祢。

聖靈是位紳士，祂絕不會闖進來。祂站在門口，輕敲著門，耐心
等候。

__月__日　　　第 *313* 天

> 「彼得和十一個使徒站起,高聲說:『猶太人和一切住在耶路撒冷的人哪,這件事你們當知道,也當側耳聽我的話。你們想這些人是醉了;其實不是醉了,因為時候剛到巳初。這正是先知約珥所說的。』」　　(使徒行傳二章14～16節)

關於聖靈的運行,聖經的例子教導我們:聖靈似乎不會太在意我們的名譽。聖靈的澆灌就沒為那些在樓房裡的信徒們帶來多大的體面。彼得說:「你們想這些人是醉了;其實不是醉了。」有些人在被聖靈充滿後,看似是醉了。我可以想像,當彼得傳講使徒行傳第二章中的信息時,自己仍能感受到從天而來的神聖歡喜。彼得對著那些來到耶路撒冷過五旬節的旅客,講了他的第一篇道。他們有許多人,因為聽到用他們的語言來讚美神,而感到驚訝和困惑(參考使徒行傳二章8～12節)。但彼得也對著那最虔誠的人講道,即猶太地的希伯來法利賽人,他們因著心中有被冒犯的感受,就譏笑說:「他們無非是新酒灌滿了。」(第13節)對這些宗教領袖而言,門徒的表現也許看似脫序,但這卻是聖靈的工作。

禱告良辰

聖靈啊,赦免我,因為我太在意回應祢恩膏時的外在表現。赦免我,因我為著別人對祢的回應而論斷他們。我要讓祢照祢所要的方式,在我裡面動工。

聖靈似乎不會太在意我們的名譽。

第314天

___月___日

「世人憑自己的智慧，既不認識神，神就樂意用人所當作愚拙的道理拯救那些信的人；這就是神的智慧了。猶太人是要神蹟，希臘人是求智慧，我們卻是傳釘十字架的基督，在猶太人為絆腳石，在外邦人為愚拙；但在那蒙召的，無論是猶太人、希臘人，基督總為神的能力，神的智慧。」

（哥林多前書一章21～24節）

相對於我們對聖靈所懷的斯文、害羞、紳士的形象，祂其實會刻意激怒人。外邦人被福音信息的愚拙所觸怒，而猶太人卻被十字架這絆腳石所絆倒，神卻因此高興。保羅警告加拉太人，若他們像猶太人一樣要求行割禮，那麼「那十字架討厭的地方就沒有了」（加拉太書五章11節）。言下之意，就神的構思，福音有時是令人討厭的。照祂的方式來觸怒人，是要顯明隱藏於人心中的驕傲、過於自信，以及虛偽的順服。

禱告良辰

天父啊，使我預備好要面對祢的靈觸怒我或別人的時候。提醒我，祢可以選擇用觸怒我的方式，顯明我的驕傲、過於自信，以及虛偽的順服。

聖靈是會刻意激怒人的。

___月___日　　　第*315*天

> 「我是從天上降下來生命的糧；……我實實在在地告訴
> 你們，你們若不吃人子的肉，不喝人子的血，就沒有生
> 命在你們裡面。吃我肉、喝我血的人就有永生，在末日
> 我要叫他復活。」　　　（約翰福音六章51、53～54節）

神刻意激怒人的一個好例子，記載於約翰福音第六章。耶穌用倍增的魚和餅餵飽五千人。現在他們期待這位彌賽亞，要用一些比倍增食物或醫病更大的神蹟來證明自己。他們要求耶穌再次行類似讓嗎哪從天降下的神蹟。耶穌在神學上觸怒他們的心思，對他們說，祂是從天上降下來生命的糧。祂違反他們的期待，拒絕賜下他們所期待的神蹟。祂傷害他們的感覺和尊嚴，竟建議他們要吃祂的肉，喝祂的血。耶穌知道他們的心——大部分的人喜愛他們的傳統，過於愛神。正如在約翰福音第六章所記，祂也知道那些跟隨祂的人，有著各式各樣的動機。祂藉著刻意觸怒他們的心思，來顯明他們的心。

禱告良辰

當我感到被祢的靈觸怒時，讓我即刻悔改，並讓我想起祢的觸怒是為了要救贖我。藉著祢的冒犯顯明我的心，帶領我悔改並得著恢復。

神的激怒是具救贖意義的。祂冒犯人的心思，為要顯明他們的心。

第316天

＿＿月＿＿日

「聖靈顯在各人身上，是叫人得益處。這人蒙聖靈賜
他智慧的言語，那人也蒙這位聖靈賜他知識的言語，
又有一人蒙這位聖靈賜他信心，還有一人蒙這位聖靈
賜他醫病的恩賜，又叫一人能行異能，又叫一人能作
先知，又叫一人能辨別諸靈，又叫一人能說方言，又
叫一人能翻方言。這一切都是這位聖靈所運行、隨己
意分給各人的。」　　　　　（哥林多前書十二章7～11節）

先知職事本身不能成為目的。它的目的一定是在於鞏固並提升
比它更大、更有價值的事物。當信徒容許自己更專注於信息裡
特殊的方式，而非神在信息中的目的，他們就會誤入歧途。至
於信息是否來自一位五星級的先知，有移山的確證，或只是讓
每個與會者感到不錯，這都不是那麼地重要。信息永遠比方法
更為重要。我們信心的主觀面，一定要根據客觀面來加以檢
視，但這兩方面都是必要的。神一直在工作，要將祂的話語和
聖靈合而為一。若我們有了神的話和聖靈，就會成長。

禱告良辰

聖靈啊，願我絕不只是要知道有關祢的事。賜給我一
個熱切的渴望，要認識祢、祢的性情和祢的生命。

我們的渴望是對準神，而非只是得著有關祂的知識。

> 「但要尊萬軍之耶和華為聖，以祂為你們所當怕的，
> 所當畏懼的。祂必作為聖所，卻向以色列兩家作絆腳
> 的石頭，跌人的磐石；向耶路撒冷的居民作為圈套和
> 網羅。」　　　　　　　　　　（以賽亞書八章13～14節）

法利賽人和門徒都誤解耶穌，結果他們都被觸怒了。當祂說：「我是從天上降下來生命的糧。」（約翰福音六章51節）那些被觸怒而退去離開耶穌的人，並非法利賽人，而是祂的門徒（是跟隨者而非十二個門徒）。雖然祂以極大的智慧教導他們，而且在自己的家鄉行了一些大能的事，祂的朋友卻「厭棄祂」（馬太福音十三章57節）。在新約中，最常用來表達觸怒（offend，或譯作「被冒犯」）的希臘文，也可譯為「絆倒」（to stumble）。其希臘文是*skandalizo*，而「醜聞」的英文scandal即源於這個字。藉著觸怒人的心思，神顯明出人內心使他們絆倒的事。就聖經所啟示的，耶穌就是道路、真理、生命的糧、門。祂也是「絆腳的石頭，跌人的磐石」（以賽亞書八章14節）。在被觸怒的人心中，最為顯著的是缺乏對神的渴慕和謙卑。在神眼中，這是人心兩個重要的特質。

禱告良辰

天父啊，若在我內心有任何隱藏的事會使我絆倒，請藉著祢的靈向我顯明，好讓我可以將它們放在祭壇上，並且尋求祢純全的旨意。

神甚至會觸怒祂自己子民的心思，或使他們的心產生反感。

「求我們主耶穌基督的神，榮耀的父，將那賜人智慧
和啟示的靈賞給你們，使你們真知道祂，並且照明你
們心中的眼睛，使你們知道祂的恩召有何等指望，祂
在聖徒中得的基業有何等豐盛的榮耀；並知道祂向我
們這信的人所顯的能力是何等浩大。」

（以弗所書一章17～19節）

新約先知職事的運作，或是聖靈超自然工作的運行，都不是精
確的科學。這些事挑戰我們不合宜的操控心態和宗教法規。神
就是定意如此！我們蒙召是要來擁抱神的奧祕，而非執意把遇
見的零星未解的教義或哲學問題給解決清楚。我們對與神自己
建立個人關係的渴慕，應該遠超出心中那股想要完全明白每個
事實的驅動力。我們在神面前的謙卑應指教我們，我們絕無法
得著所有的答案，至少不是在這世代。我們與它和平共處就已
經很費力了。只要我們還在這肉身中，我不認為擁有全知的能
力，會使我們更容易活在這些奧祕中。

禱告良辰

天父啊，如同我渴望知道更多有關祢的事，我心渴慕
與祢有活潑的親密關係。

真正的基督教就是與永生神的一種活潑的關係，它無法被簡約
成公式和枯燥的正統教義。

＿月＿日　　　　第*319*天

「你們查考聖經，因你們以為內中有永生；給我作見
證的就是這經。然而，你們不肯到我這裡來得生命。
我不受從人來的榮耀。但我知道，你們心裡沒有神的
愛。……你們互相受榮耀，卻不求從獨一之神來的榮
耀，怎能信我呢？」（約翰福音五章39～42、44節）

耶穌直接對付自滿和宗教驕傲的根源問題。虔誠的猶太人被矇
騙了，因他們將聖經的知識和與宗教群體的關係，等同於對
神的認識。然而，事實上，他們頑強地拒絕透過神本身的代
表——耶穌——來與祂建立個人的關係。他們誇耀自己的聖經
知識，卻拒絕聖經的原創者。神將策略性的絆腳石放置於聖經
中，以及我們與聖靈的同行中，為要試驗我們的心。若我們渴
慕神，謙卑自己的心，這些絆腳石實際上就會成為踏腳石，帶
領我們走向祂對我們生命的目的。

禱告良辰

天父啊，除去我生命中的自滿和宗教驕傲。試驗我的
心，堅固我謙卑的心，使我預備好來完成祢的目的。

我們每個人都應該不計一切代價，竭力地進入並享受與父、
子、聖靈的親密關係。

第320天 ___月___日

「耶和華對我說：『你再去愛一個淫婦，就是她情人所
愛的；好像以色列人，雖然偏向別神，喜愛葡萄餅，耶
和華還是愛他們。』我便用銀子十五舍客勒，大麥一賀
梅珥半，買她歸我。我對她說：『你當多日為我獨居，
不可行淫，不可歸別人為妻，我向你也必這樣。』以色
列人也必多日獨居，無君王，無首領，無祭祀，無柱
像，無以弗得，無家中的神像。後來以色列人必歸回
（或譯：回心轉意），尋求他們的神——耶和華和他們
的王大衛。在末後的日子，必以敬畏的心歸向耶和華，
領受祂的恩惠。」 （何西阿書三章1～5節）

神常會讓先知性器皿的生命，成為他們蒙召要宣揚之信息的預
言性例證。有時神對待祂僕人的方法，令我們難以明白。這是
先知性呼召的負擔之一。當信徒的生命被用來說明神的目的
時，這些承擔信息的人，就會在那事上感受到神的心。先知何
西阿就是最佳範例之一。神指示他要去接納並迎娶一個妓女。
何西阿如此行是在表明神對以色列民這妓女的愛和寬容。無
疑地，這對何西阿而言是件痛苦的事，但這使他得以體會神的
心。神要祂的僕人不只說出祂的樣式，也要成為祂的樣式；不
只是說祂要說的，也要做和表明祂的旨意；不只宣揚祂的心，
也要感受祂的心。

禱告良辰

聖靈啊，照祢所需要的方式來對付我的靈。我只要更像祢，且遵行祢的旨意。

有時神對待祂僕人的方法，令我們難以明白。

第321天

___月___日

「又恐怕我因所得的啟示甚大，就過於自高，所以有一根刺加在我肉體上，就是撒但的差役要攻擊我，免得我過於自高。為這事，我三次求過主，叫這刺離開我。祂對我說：『我的恩典夠你用的，因為我的能力是在人的軟弱上顯得完全。』所以，我更喜歡誇自己的軟弱，好叫基督的能力覆庇我。」（哥林多後書十二章7～9節）

神常會在祂所賜予豐富啟示的人身上，放下一根刺，為要保護他們的心，免得有毀滅性的驕傲。使徒保羅說他「有一根刺加在肉體上」，為要使他免於自高。這是因為此一事實的緣故：他的服事「所得的啟示甚大」（哥林多後書十二章7節）。對某些人而言，神在他們裡面的美好工作，從未搬上公開的舞台，除了被少數人看見，鮮有人注意。在這樣的實例中，這些人的生命經歷陶塑，為要討神喜悅並得以影響他們周遭的人。有時聖靈幾乎終生在這人的內在生命中動工，之後才賜給他完整的舞台來釋放信息。還有一些人是蒙召成為信息的傳揚者。有些人很早就從神得到事奉的舞台，雖然聖靈還在他們的生命中動工，他們卻被容許傳揚超乎自己成熟度的信息。

禱告良辰

天父啊，向我啟示我一生的信息。顯明祢要我完成的工作。讓我成為合乎祢用的器皿——不論那是何種服事。

神定意要透過我們每個人，傳達一個生命的信息。

_月_日　　　第*322*天

「主所應許的尚未成就，有人以為祂是耽延，其實不是耽延，乃是寬容你們，不願有一人沉淪，乃願人人都悔改。」

（彼得後書三章9節）

聖經提到，神賜下恩典給人，並耐心地等候他們的改變。神喜愛我們都按照祂的話語，謹慎地自我檢驗，敏於體察聖靈所指出我們需要認罪和改變的部分。但最終我們若沒有認清問題，並且加以對付，那麼各種外在的環境，都可用來揭露我們生命中尚未解決或屬肉體的問題。若我們真正愛神，祂就會賜給我們機會，自願地向聖靈回應。但我們若不回應，祂往往會將降服從我們裡面給萃取出來。

禱告良辰

天父啊，當我感到有一根刺，在刺痛我的靈時，幫助我謹記那目的，是要讓我有機會來對付祢所定的罪，並順服祢的旨意來作出回應。

基督耶穌跟隨者的生命雖是尚未成熟，卻是誠心的。假以時日，那肉體的刺必會生發謙卑。

「生身的父都是暫隨己意管教我們；惟有萬靈的父管
　教我們，是要我們得益處，使我們在祂的聖潔上有
　分。凡管教的事，當時不覺得快樂，反覺得愁苦；後
　來卻為那經練過的人結出平安的果子，就是義。」

（希伯來書十二章10～11節）

謹記神管教的目的，是要使我們的心得以有基督的樣式。祂所賜
給我們的先知性信息，本質上就是要擁抱基督樣式的各種層面。
祂給所有基督徒的整體先知性目的，就是「效法祂兒子的模樣」
（羅馬書八章29節）。神要我們體現祂所委任於我們的先知性信
息。單單傳揚信息是絕對不夠的。就某方面來說，神要祂的話在
我們的生命中成為肉身。因此，祂賜下各種類型的救贖性管教，
幫助我們看見生命中未被察覺的軟弱，那些隱藏在表層之下的裂
痕。我們可以輕看祂的管教，並且決定放棄熱切地追求主，像從
前一樣。我們可能因為神施行管教，而對祂心懷怨懟。或者我們
也能用惟一正確的方式來回應，即忍耐祂所施行的救贖性管教，
知道這是要我們得益處，好讓我們在祂的聖潔上有分。

禱告良辰

主啊，我歡迎祢管教的靈，因這使我得以活出基督的樣
式。攔阻我對祢管教的目的產生怨懟，或是加以拒絕。

在我們能真實宣稱自己擁有先知性信息和先知職事之前，必須
先致力於活出我們所傳講的信息。

__月__日　　　第*324*天

「耶和華對他說：『誰造人的口呢？誰使人口啞、耳
聾、目明、眼瞎呢？豈不是我──耶和華嗎？現在去
吧，我必賜你口才，指教你所當說的話。』」

（出埃及記四章11～12節）

在舊約任何一段時期，全世界通常只有幾位先知而已。有時先知是
同時代的人（如：哈該和撒迦利亞，以賽亞和耶利米），但大部分
時間，他們是獨自作業，是神孤寂的代言人。他們通常沒有融入日
常宗教生活和傳統中，而是個別地分別出來歸給神。關於這方面的
最佳例證，非以利亞莫屬；他獨自對抗亞哈王、巴力的先知，以及
悖逆百姓的罪。施洗約翰也符合這種類型──一位出自曠野的屬
神之人，傳悔改的信息，因主的日子近了。這些先知說話，是帶著
「耶和華如此說！」這種清楚無誤的用語。屬神先知的權柄，不會
受限於他們信息的一般性內容或主要思想。相反地，他們是一再地
宣稱他們所傳講的話，正是神所賜給他們的話。

禱告良辰

主啊，若祢呼召我從事先知預言的服事，我知道我只
能傳講祢放在我靈裡的話。賜我勇氣來傳遞祢的話
──單單傳遞祢的話，沒有一句是出於我自己的。

要準確地分辨真正從神而來的話，從來不是問題。
對先知而言，重要的是他是否有勇氣傳講。

第325天　　＿月＿日

> 「惟用愛心說誠實話，凡事長進，連於元首基督，全身都靠祂聯絡得合式，百節各按各職，照著各體的功用彼此相助，便叫身體漸漸增長，在愛中建立自己。」
>
> （以弗所書四章15～16節）

在新的盟約之下，我們不常看見有先知獨自住在曠野。在基督這廣大的身體裡，先知職事是個必要部分。先知職事者的確認，在於他們在地方教會中的參與，以及與教會的互動，而非他們的與人隔離。教會的佈道工作，是透過傳福音的人；關懷部分是透過牧者；服事是透過執事；先知職事就透過先知。先知職事者在教會中的服事，就是要幫助教會完成它的功能，使其成為世上先知性的喉舌。雖我們已呼召並按立傳福音的人、牧師、執事，卻不因此就表示每個信徒不能傳福音、關懷別人、服事教會和世人。同樣地，先知性的話語也能透過任何信徒而彰顯出來，並非只有那些被神稱為是先知的人而已。

禱告良辰

主啊，感謝祢，因祢允許我成為祢身體的一部分，和祢所安排我參與的地方教會有團契。請顯明祢要我在那裡的旨意。

先知職事者的確認，在於他們在地方教會中的參與，以及與教會的互動，而非他們的與人隔離。

> 「耶和華啊，求祢應允我！因為祢的慈愛本為美好；
> 求祢按祢豐盛的慈悲回轉眷顧我！不要掩面不顧祢的
> 僕人；我是在急難之中，求祢速速地應允我！求祢親
> 近我，救贖我！求祢因我的仇敵把我贖回！」
>
> （詩篇六十九篇16～18節）

身為先知職事者，較難處理的事之一，是面對有極大需要的信徒，卻發現神在那事上全然靜默。這種尷尬的景況，是必然會發生的，而這正是對那先知性信徒之品格和成熟度的一個真正考驗。人的期待和假設所產生的壓力，會將許多先知職事者推進險惡的洪流中，最終可能使他們的誠信和服事都遭到破壞。儘管有出自人期待的壓力，或自己渴望要幫助有需要的人，但是一位先知職事者必須操練自己，當神靜默時，他也要保持靜默。在自己心思中虛構出一句話，不論是出自憐憫或事工信譽的壓力，都可以在神對一個教會或個人的生命目的中引起反效果。長期而言，缺乏誠信絕對無法建立信徒的信心，即使信徒在那時刻，會因一句人為的先知性話語而感到興奮。

禱告良辰

天父啊，在祢尚未充滿我的口，操練我的靈，成為祢的僕人之前，但願我絕不說一句話。當我的口只充滿著我自己的話語，教導我緊閉不言的誠信。

我們有個很大的試探，
就是為了釋放當時的壓力，而說出你並未領受的話語。

第327天   __月__日

> 「我的神，我的神！為什麼離棄我？為什麼遠離不救
> 我？不聽我唉哼的言語？我的神啊，我白日呼求，祢
> 不應允，夜間呼求，並不住聲。」
>
> （詩篇廿二篇1～2節）

有時我們迫切地想要神行動或說話，而神的靜默或靜止，正是
顯明信徒和先知的屬靈成熟度的時候。每個信徒必須經歷的掙
扎是，當神靜默時仍要學習與祂同行。這是屬靈成長無可避免
的部分，而先知職事者必須明白神靜默的策略。身為神所謂的
代言人的先知職事者，必須明白即使在最危急的狀況中，神也
不一定會發言。若他無法領會這點，就會為信徒虛構話語，即
便神明確的目的，是要他當時一言不發。儘管他是出自善意，
努力地要讓神有面子，卻成了他努力要幫助者的絆腳石。

禱告良辰

當我聽不見祢的聲音，教導我明白那時的靜默。願我
絕不虛構話語來為祢發言。我寧可一言不發，也不要
成為別人的絆腳石。

每個信徒必須經歷的掙扎是，當神靜默時仍要學習與祂同行。

__月__日　　　第328天

「你們中間誰是敬畏耶和華、聽從祂僕人之話的？這人行在暗中，沒有亮光。當倚靠耶和華的名，仗賴自己的神。」

（以賽亞書五十章10節）

以賽亞書第五十章描述行在敬畏神之中的人。在屬靈成熟的過程中，有一部分是到了我們所能理解的盡頭，在不知接下來會發生何事的情況下，要繼續往前行。神有時呼召我們，如同祂呼召彼得一般，要行在水面上——憑信心往前走，即便有不確定感。這裡所說的行在暗中，並非指著道德上的黑暗，亦即來自罪或邪惡勢力的壓制。它的意思只是指行在未知的領域，毫無清楚的亮光和可靠的引導。如同一個人行經黑暗、缺乏方向感，此時神的靜默會強迫我們對祂的信心有所成長。我們最終會明白祂一直就在附近。藉此，我們就展開與神同行的個人歷史了。

禱告良辰

天父啊，即使我不明白祢的計畫和目的，求祢賜給我勇氣，在盲目的信心中與祢同行。只要我能感到祢暗中的同在，我就要坦然地信靠祢。

切勿因為你對黑暗感到挫折，就虛構一種假的亮光。

第329天　　　＿月＿日

「我若不信在活人之地得見耶和華的恩惠，就早已喪膽了。要等候耶和華！當壯膽，堅固你的心！我再說，要等候耶和華！」（詩篇廿七篇13～14節）

關於神的性情，其複雜性和創造性是無限的。我們認為神在每個方面都是完全的。神有神性的性情，他的智慧、愛、良善都是完全的。他與我們相交，就是要建立愛的關係。但多半時候，因著我們對神在某種特定景況應該如何行，有著相當大的誤解，這會使得他的行動似乎與我們的想法相左。我們從福音書中應該學習的一件事，就是耶穌常常不以我們認為主應該如何的方式，回應人的需要。因此，有時我們認為他應該要回應，他卻靜默；有時我們以為他應該要介入，他卻是毫無動靜。就為了這緣故，先知職事者應該謹慎，不要假設神在某種特定景況，應該說話或行動。

禱告良辰

聖靈啊，讓我不要對祢的作為下定論。祢的智慧和知識極其無限，是我無法明白的。我會耐心等候，看祢為我和祢的子民所定的計畫為何。

因著神的靜默，或看似他並未為我們而介入，我們有時就會錯下結論。

___月___日　　　第*330*天

「耶穌素來愛馬大和她妹子並拉撒路。聽見拉撒路病了，就在所居之地仍住了兩天。」（約翰福音十一章5～6節）

因著我們先入為主的想法，有時就會因神的靜默，或祂看似並沒有為我們出手，就錯下結論。我們常斷定神對我們的愛減少了，或我們不配得祂的注意，或許我們是因某事受罰了。但拉撒路的情形當然不是如此。聖經幾次提及，耶穌愛拉撒路和他的兩個姊妹馬大和馬利亞，但祂遲延不去幫助有極大需求的拉撒路，而那遲延是精算過的。我們知道耶穌看似未有回應，與沒有愛心毫無關係，而是與成就神救贖性的目的有著極大的關係。接著所發生的神蹟，對許多人而言，是祂對自己的復活所發出的先知性預兆。但對拉撒路、馬大和馬利亞，卻不僅於此——這是一直信靠神的功課，即使當他們必須行在暗中，超出了他們理解的盡頭。

禱告良辰

天父啊，如同馬大一樣，我常呼喊著：「在我呼叫祢時，祢為何沒出現呢？」教導我這功課，要對祢有極大的信靠，即使我無法明白祢的計畫和目的。

我們常斷定神對我們的愛減少了，或我們不配得祂的注意，或許我們是因某事受罰了。

第 *331* 天 　　　＿＿月＿＿日

「耶和華啊，我仰望了祢的救恩，遵行了祢的命令。
我心裡守了祢的法度；這法度我甚喜愛。我遵守了祢
的訓詞和法度，因我一切所行的都在祢面前。」

（詩篇一一九篇166～168節）

我們會為著神沒有照我們所想的去說或去行而絆倒。但我們從以賽
亞書學習到，當我們行在黑暗中，不要虛構自己的亮光；我們從掃
羅學習到，當回應遲延時，不要跑在神的前面；我們從福音書學習
到，神的靜默並不表示我們被拒絕或不被愛；這一定要根據神救贖
性的目的來理解。對於容許聖靈在他們生命中動工的人而言，這種
「神啊，為什麼？」的問題，伴隨著一種不斷增長的平安和信靠，
而非幻滅和不信。神要我們學會在靈裡有平安，是藉著我們與他的
關係，而非藉著我們時而從他得到關於環境的資訊。尋求神的平安
和安慰的信徒，常會藉著祈求向他詢問有關他們未來的訊息。但祂
希望我們的平安，來自於先解決與祂個人關係中的任何問題。

禱告良辰

天父啊，我時常跑在祢前面，並且質問：「為什
麼？」教導我，對於祢的目的心中有平安，因為我與
祢有信靠的關係。

對我們所有人而言，直到世界的末了，這種「神啊，為什麼？」的
問題，都是信心之旅的正常部分。

___月___日　　　第*332*天

> 「惡人有禍了！他必遭災難！因為要照自己手所行的
> 受報應。」　　　　　　　　　　（以賽亞書三章11節）

先知有一項必要考驗，就是甘心說出從神而來的嚴屬話語，也願意接受所導致的指責和逼迫，而這是先知職事一項正常的負擔。這是降服和分別為聖歸給神的考驗。另一項必要考驗是，當神一言不發，他要能保持靜默，不論當時的需要有多麼明顯。這是在神面前的一項誠實和誠信的考驗。第三項必要考驗是，神已清楚啟示你，卻要求你對此緘默，而你仍願意保持靜默。這是一項在神裡面的成熟度和安全感的考驗。有些先知希望確保自己一直被認定是從神領受啟示的人。有時他們就像小孩子一樣，知道一項祕密就受不了，一定要告訴某個人才行。

禱告良辰

神啊，試驗我對祢的降服，使我歸祢為聖。建立我在祢面前的誠實和誠信。使我在祢裡面的成熟度和安全感不斷增長。如此，我就可以預備好成為祢的發言人。

只因神開啟你的眼睛，給你某種啟示，並不表示你一定要去分享。

第333天　　　__月__日

「這一切都是這位聖靈所運行、隨己意分給各人的。」
（哥林多前書十二章11節）

被呼召進入某種先知職事，並不一定是對你竭力要在說預言上長進的獎賞。它甚至不是取決於你要在智慧、品格上長進的渴望。這是出於神主權的呼召。關於聖靈在每個人身上的彰顯亦然。我們所服事的是一位獨特的神，祂對每個人都有其目的。神並非一種不具位格的力量。西藏的僧侶經歷許多宗教儀式和戒律，以為這些可以幫助他成為得道高僧。但神的恩賜和呼召，主要並非建基於我們的努力、尋求，或探究，而是建基於祂主權的揀選和恩典。這無關乎我們努力要得到或發展出屬靈的技巧。這全然關乎神主權的呼召和祂仁慈的恩賜。

禱告良辰

天父啊，幫助我明白，祢賜給我恩賜有何目的。指示我，祢為何呼召我來得這恩賜，並且使我能夠回應祢，因祢的恩典使我有力量。

在恩賜、品格和成熟度上長進、竭力尋求，這的確佔有一席之地。但奮力費心會使你在蒙召的服事中長進，卻無法決定你的呼召。

__月__日　　　第334天

「耶和華的聲音發在水上；榮耀的神打雷，耶和華打雷在大水之上。耶和華的聲音大有能力；耶和華的聲音滿有威嚴。耶和華的聲音震破香柏樹；耶和華震碎黎巴嫩的香柏樹。……耶和華的聲音驚動母鹿落胎，樹木也脫落淨光。凡在祂殿中的，都稱說祂的榮耀。」

（詩篇廿九篇3～5、9節）

音樂本質上就是屬天的事；音樂創作反映並發自神自己的心和性情。這讓音樂本質上就具有先知性。我們的天父喜愛音樂。祂是位唱歌的神（參考西番雅書三章17節）。祂擁有大能和威嚴的聲音（參考詩篇第廿九篇）。神子耶穌譜寫歌中之歌，那將是永遠的新歌——「羔羊之歌」（參考啟示錄十五章3～4節）。聖靈啟示歌曲和旋律。聖經裡有一整個書卷的歌——詩篇。音樂一直都在提供神與天上和地上的受造物之間，親密相交和連結的方法。被聖靈充滿的基督徒，會沉浸於用詩章、頌詞、靈歌彼此對說，口唱心和地讚美主（參考以弗所書五章19節）。音樂本身具有能力，可以驅動人的內在情感和外在的行為。

禱告良辰

聖靈啊，啟發我向祢唱出詩章、頌詞、靈歌，讓我的生命成為一首悅耳動聽的讚美交響樂，來頌揚祢對我的美善。

聖靈啟示歌曲和旋律。

第335天 　　__月__日

「我要將祢的名傳與我的弟兄，在會中我要頌揚祢。」
（希伯來書二章12節）

這節經文意味著耶穌心中最深的渴望，是在信徒的聚集中，且藉著他們這器皿來頌揚祂的父。根據音樂的本質及其重要性，我們應該不會感到驚訝，神會使用吟遊詩人讓先知得著啟示，並且活潑起來（參考列王紀下三章15節）。我們也不應該感到驚訝，具有先知性啟示的信徒，會被引導唱出靈歌，將神的心傳達給祂的子民，再將祂子民的心傳達給神。這就是有人所謂的「主的歌」（"song of the Lord"）的本質。在最近數十年來的靈恩更新運動中，這個用詞普遍流行；它是引用聖經所提及的耶和華的歌（參考詩篇一三七篇4節）、靈歌（參考以弗所書五章19節），以及向耶和華唱新歌（參考詩篇卅三篇3節，九十六篇1節，九十八篇1節，一四九篇1節；以賽亞書四十二章10節）。

禱告良辰

讓我靈自由地來表達祢聖靈的歌。幫助我，藉著我在聖靈裡自由地表達，將神的心傳達給祢的子民。

復活的基督樂於將自己對天父的熱情，分賜在祂弟兄姊妹的心中；這是透過祂藉聖靈所寫的歌而賜給他們的。

__月__日　　第*336*天

> 「只有神藉著聖靈向我們顯明了，因為聖靈參透萬
> 事，就是神深奧的事也參透了。除了在人裡頭的靈，
> 誰知道人的事？像這樣，除了神的靈，也沒有人知道
> 神的事。」　　　　　　　（哥林多前書二章10～11節）

耶穌應許當祂在會中歌唱時，祂要傳揚天父的名（參考希伯來書二章12節）。這意味著聖靈賜給教會關於神的本質和性情更深的啟示，是透過歌曲所帶出的先知性信息。這也鼓勵透過歌曲唱出來的先知性禱告，頌揚並傳揚神的威嚴和榮美，以及祂的道路。羅馬書八章26節提到住在信徒心中的聖靈，會幫助他們藉著禱告，向神傳達他們生命深處與神旨意一致的渴求。我仍舊認為在耶穌再來之前，聖靈會更密集地動工，釋出祂的歌曲。也許神的深度的某個層面，就是屬天音樂的寶藏，而聖靈會將其分賜給在基督身體裡的先知性音樂家，為了祝福所有人類，並擴展神的國度。這音樂將反映我們可畏之神完全的屬性，從祂的憐憫心腸，到祂令人戰兢的審判。

禱告良辰

聖靈啊，教導我認識音樂搭起的美麗橋樑，將可畏之神的啟示傳達給我們這屬祂的子民。讓我藉著我的聲音，來彰顯祢的榮美。

聖靈是神和祂子民之間溝通的橋樑。

第337天　　　__月__日

「希西家吩咐在壇上獻燔祭，燔祭一獻，就唱讚美耶
和華的歌，用號，並用以色列王大衛的樂器相和。」

（歷代志下廿九章27節）

歷代以來，神都在發表祂的歌。啟示錄指出，在世界末了之
前，神的工作和撒但的工作，都將進入彰顯和能力的新階段。
我視此為宇宙中和地球上，神聖和邪惡之熱情的衝突。隨著先
知職事的增長，啟迪性的先知音樂無疑地也會增長，把對耶穌
和天父的熱情分賜在信徒心中。無疑地，仇敵也會增加牠偽造
的恩膏給音樂家和歌曲，吸引人來擁戴牠和牠邪惡的靈。聖
經勸勉我們，要向主唱新歌。聖靈已預備好要恩膏和啟迪許多
先知性音樂家和歌者，而他們會甘願冒險與父神有極親密的關
係，好讓他們可以分辨天上新鮮的音樂，並向我們發表出來，
讓我們得著喜樂、更新、教導、勸勉。

禱告良辰

聖靈啊，讓我的靈爆發出屬天的新鮮歌曲。興起一個
先知性音樂家和歌者的交響樂團，將屬天的音樂傳入
被仇敵音樂所滲透的世界裡。

聖經勸勉我們，要向主唱新歌。

__月__日 第*338*天

「但作先知講道的，是對人說，要造就、安慰、勸勉
人。」
（哥林多前書十四章3節）

實際上，每個被神的靈所充滿的人，都能按著受啓迪的層次說先
知預言（我稱此爲第一個層次的預言），特別是在敬拜儀式中，
聖靈的同在較易於辨識。我們所謂的啓迪性預言（inspirational
prophecy），其結果就是在今天的經文中，保羅所描述的。這類預
言的目的，是要激發並更新我們的心，而不是爲了給予任何懲治或
新的方向。這類的預言通常是出自神心中的一種提醒，是關於祂對
我們的關心和目的，而且常會強調我們從聖經已熟知的一些眞理。
啓迪性的預言可以是一種極有深度的啓示，或者也可以是（通常
是）極爲簡單的事，例如：「我感到主在說，祂眞的很愛我們。」
這樣的信息若是在一個神所指定的時間賜下，會極有能力和果效。

禱告良辰

聖靈啊，用祢對祢兒女奇妙的愛和關心的啓迪，來充
滿我的靈。幫助我願意藉著祢所賜予我的滿溢啓示去
激發別人。

若啟迪性預言太常發生，就會變得太普通，而信徒將不再
注意所發出的話語。

第339天　　　＿月＿日

「弟兄們，我告訴你們，我素來所傳的福音不是出於人的
意思。因為我不是從人領受的，也不是人教導我的，乃是
從耶穌基督啓示來的。」　　（加拉太書一章11～12節）

先知性啓示的特性之一是，它有時是寓意或象徵性的，而且只在未來
事件發生之後，才會完全了解。從舊約的觀點來看，彌賽亞的樣式如
何並非全然清楚。先知預言會有一位君王彌賽亞和一位受苦的僕人來
到，但根本沒有人想到，這兩位是同一個人。因爲顯然地，君王彌賽
亞不會是僕人，也不會受苦，所以就連門徒也難以理解。福音書，特
別是符類福音（the synoptic Gospels，指馬太福音、馬可福音、路加
福音），都指出門徒是如何地感到困惑。彌賽亞的祕密，就是一個貫
穿符類福音書的主題。他們極難以理解耶穌是誰，以及祂永恆國度的
本質。我們必須謹愼，不要被自己對先知性啓示的解釋所困，免得我
們錯失了神所要向我們說的話，以及要對我們做的事。

禱告良辰

天父啊，我喜愛祢藉著祢的靈，用啓示向我說話，幫
助我明白祢在話語中所記載的寓意和象徵性的例子，
因祢要藉此向祢的子民啓示祢自己。幫助我透過這些
方式，清楚明白祢的啓示。

草率地解釋先知性啟示，會在某些人的生命中造成混亂。

＿月＿日　　第*340*天

「門徒出去，到處宣傳福音。主和他們同工，用神蹟
隨著，證實所傳的道。阿們！」

（馬可福音十六章20節）

當你從某人領受一句先知性話語，必須與它保持距離，直到神
親自在你心中印證它為止。若先知職事者從神領受準確可靠的
啟示（例如：你將要開始一項街頭事工），那麼他們所做的只
是事先通知，你必須親自從神領受關於街頭事工的新方向。這
種先知性的通知，有時是神事先證實你以後自己才會聽見的
事。另一種景況是，先知性的話語會證實你已經清楚聽見的
事。但你若尚未領受神的證實，就不應單憑那先知性話語，就
踏出腳步開始行動。

禱告良辰

天父啊，讓我免於接受錯誤或誤導的先知性信息和解
釋進入我的靈。請印證祢透過別人所給我的話語，並
且幫助我單單從祢聽見可靠屬神的啟示。

什麼是預先發出的神聖啟示、什麼是經過印證的啟示、又應將
什麼認定為啟示的解釋；知道這其中的差別極其重要。

第341天

___月___日

「二人在那裡住了多日，倚靠主放膽講道；主藉他們的手施行神蹟奇事，證明祂的恩道。」

（使徒行傳十四章3節）

啟示本身並不會使主內肢體得益處，除非經過解釋和應用的這個過程。解釋也許是準確的，但若某人過早行動，在應用上搶在神的前面，或許就會產生極大的傷害和混亂。因此，與啟示一樣，在解釋和應用上，同樣亟需屬神的智慧。神從未照人所想的那般快速地行動。若你不願意等候神讓一切發生，切勿與先知性信徒及其話語有牽扯。神會藉著先知性恩賜來宣告祂的心意，但若非照著祂的時間表來加以應用，你將發現自己要踏進一扇尚未敞開的門。道路尚未預備好，恩典尚不足夠。

禱告良辰

天父啊，幫助我明白，當祢的靈透過先知向祢的子民說話時，我們必須清楚知道，祢何等渴望祢的子民能將這些話應用在自己生命中。不要讓我走在祢前面，或是在祢向我說話時，未能回應祢。

神從未照人所想的那般快速地行動。

__月__日　　第 *342* 天

「預言中的靈意乃是為耶穌作見證。」

（啓示錄十九章10節）

這節經文的意思是，耶穌的心所發出的新鮮啓示，正是爲祂作見證的本質。這包括祂是誰，以及祂的作爲和祂的感受的啓示。預言中的靈意（目的）是要啓示爲耶穌作見證的這些層面。對耶穌的熱情正是這先知性啓示的結果。這樣的神聖熱情，是先知性教會最重要的部分。這事工熱切地感受，並顯明神對教會和世人的心。先知職事不只關乎訊息，也要有能力經歷神某種程度的憐憫、憂傷、喜樂，之後才能得著對神的熱情。經歷神之後，關於祂未來某些目的和計畫的啓示就會臨到。若你「切慕作先知講道」（哥林多前書十四章39節），只是要尋求從神的心思（mind）得著訊息，你就已繞過先知職事的基石和本質了——來自祂的心（heart）的啓示。

禱告良辰

天父啊，願我從不忘記，你放在我靈裡對別人的啓示，必須發自熱切愛祢的心，並且渴望顯明祢對祢子民的愛和憐憫的心。

先知職事必須用熱愛和敏於神的心來作爲鑑定和封印。

「好像一粒芥菜種，種在地裡的時候，雖比地上的百種都小，但種上以後，就長起來，比各樣的菜都大，又長出大枝來，甚至天上的飛鳥可以宿在它的蔭下。」

（馬可福音四章31～32節）

過去兩千年以來，地獄的一切權勢無法消滅福音或教會。它反而繼續在成長。教會在倖存和增長的過程中，就是在活出先知性的話語。它的存在本身就是先知預言應驗的持續見證。教會的使命也是一種先知性的見證。如同初代的使徒一般，今日的教會也是耶穌基督受死和復活的見證人。身為基督的新婦，教會為了預備自己所作的一切——聚集、敬拜、舉行聖餐、作見證、傳福音、趕鬼、醫病、成為使人和睦的人——都是先知性的號角，要吹響基督與祂教會的關係，以及基督將再來的事實。下次當你坐在教會作禮拜時，要謹記我們離第一世紀的教會雖已近兩千年，你與他人一同奉祂名聚集的事實，既是一種先知性的應驗，也是一種對世人的先知性聲明。

禱告良辰

耶穌啊，得以與祢的子民一同聚集，共同預備要成為祢的新婦，是何等不可思議的榮幸。願我們的敬拜、講道、見證、屬靈崇拜的服事，都能向未得救的世人彰顯祢的愛，吸引他們進入與祢的關係中。

教會主要的工作，一直是保存並傳揚好消息，即祂的受死、復活，以及祂將再來審判世界。

__月__日　　　　第*344*天

「務要傳道，無論得時不得時，總要專心；並用百般
的忍耐，各樣的教訓，責備人、警戒人、勸勉人。」

（提摩太後書四章2節）

新約聖經中的書信，並非以主日學課程的方式寫成的。這些書信是
寫給像我們一般的信徒，亦即有時會經歷極困難景況的人。當身為
教會的我們，聽聞導致哥林多後書寫成的衝突，或發現致希伯來書
的背景狀況，我們就會認同新約中的人，而不只是認同對他們的勸
勉。這不只讓新約聖經活起來，也使教會與那些開啟這場賽程的信
徒產生一種連結感。身為先知性群體的教會，必須了解我們是在延
續他們所開始的。我們必須感受到那種連結感。這火把已多次傳遞
下去，而我們很容易忽略這個事實，即我們是在奔跑由他們開始的
競賽。他們的賽程已完成，現正聚集在終點為我們加油。對於神在
歷史中的先知性目的，教會是其活生生的見證。

禱告良辰

聖靈啊，幫助我明白初代的基督徒，明白他們作祢僕
人的心志和情感。讓我與他們有連結感，並賜我一顆
心，渴望與他們一樣，將自己分別出來歸祢。

教會是一個先知性群體，為要準確地保存和傳揚神的話。

第345天　　　＿月＿日

「你們在這事上卻不信耶和華——你們的神。祂在路上，在你們前面行，為你們找安營的地方；夜間在火柱裡，日間在雲柱裡，指示你們所當行的路。」

（申命記一章32～33節）

教會必須分辨聖靈現今的運行。如同以色列民在曠野中，跟隨著雲柱一般，教會也需要在聖靈說移動時就移動。教會與聖靈之間所存在的關係，並非靜態的。聖靈一直在教會中做新事，包括整體的教會和個別的教會。在西乃山上所頒布的十誡，永遠真實且不改變，但以色列百姓不斷改換所在地，因他們在曠野移動。我所說的移動，是指事實、架構、策略的著重點有所改變。教會成為先知性的群體，最大的表現在於會眾或教派隨著雲彩而移動，同時也背負著過去的一切智慧、經驗、圓熟。

禱告良辰

聖靈啊，願我永遠不會因滿足於自己的靈命，而看不見祢每時每刻和每天都在運行，向祢的子民啟示祢自己。願祢在我心、在我的教會、在祢的世界中，做一件新事。

我們是在神話語那不可改變之真理的範圍內活動。

__月__日　　第*346*天

> 「這救恩起先是主親自講的，後來是聽見的人給我們證實
> 了。神又按自己的旨意，用神蹟、奇事和百般的異能，並
> 聖靈的恩賜，同他們作見證。」（希伯來書二章3～4節）

神超自然的能力在教會中，也透過教會在彰顯，這是先知職事的
一個層面。如同以利亞的時代，神蹟證明神話語的眞理。書寫下
來的話語包括使徒的見證，倘若在主復活之後的數年間，當他們
在作個人見證時，尚且需要神蹟作爲印證，那麼今日豈不更需要
這證實性的神蹟，來印證他們記述的眞實性嗎？就先知性群體的
某個層面而言，神蹟的印證也極爲寶貴，因爲相較於任何事物，
這些神蹟最能夠讓信徒知道神的確與他們同在。神蹟的運行震動
我們的感官，使我們滿心喜樂（或滿心戰兢）地知道這個事實，
即藉著聖靈的同在，祂就在我們中間，而且祂與我們每個人都極
爲親近。透過這些神蹟，教會發出預言並傳揚祂是活著的！

禱告良辰

主啊，我渴望見到祢大能的神蹟、預兆、奇事。求祢
帶著祢的能力就近祢的子民，賜給我們大能的神蹟，
顯明祢就在我們中間。

在這些神蹟當中，書寫話語中的永生神，是大有能力地以個人、
親密、有形的方式顯現。

第347天 ＿月＿日

「所以，你們要去，使萬民作我的門徒，奉父、子、聖靈的名給他們施洗。凡我所吩咐你們的，都教訓他們遵守，我就常與你們同在，直到世界的末了。」

（馬太福音廿八章19～20節）

教會有責任成為「國家的先知」，宣告關乎不公、壓制、不義之事，因為這最終會使國家惹來神的審判。許多時候，國家先知的發言不一定會像那些教會的代表，而是在世俗的舞台上發言，像約瑟和但以理就是聖經的範例，他們在世俗權力的位置上代表神。林肯總統和金恩牧師就是先知性地在社會體制中，為公平和公義而奮鬥。然而，從教會同工體系這傳統的位分來看，他們並非先知性人物。我確信教會身為一個公眾團體，應該擔負先知的角色，在毫無政黨聯盟的包袱之下，為促進公義而奮戰。

禱告良辰

親愛的天父，願祢的子民、祢的教會，堅強站立，成為這世界的先知性發言人，向所有人宣告祢的公義。我們不要分裂，讓我們的動機和目的是純淨的。

教會和為教會發言的人，必須了解其界限在哪裡。

「我們並有先知更確的預言，如同燈照在暗處。你們在這預言上留意，直等到天發亮，晨星在你們心裡出現的時候，才是好的。」 （彼得後書一章19節）

世代以來，神已興起教會的領袖；他們的職責是成為神的先知，為反對人的罪而大聲疾呼。例如：約翰衛斯理，就使英國轉向神，而那時人們個人的不公義和冷漠，已將他們帶到社會混亂的邊緣。這樣的吶喊，類似反對社會不公的先知性呼籲，但其差異在於這是特別針對教會信徒，比較不像是約拿對尼尼微所發出的預言，卻像是以賽亞和耶利米向以色列和猶大所發的預言。在我心目中脫穎而出的人物，有葛理翰、查爾斯‧寇爾森（Charles Colson）、約翰‧派博（John Piper）、大衛‧韋克遜（David Wilkerson）、陶恕……等，他們是被興起的先知職事者，為反對教會中的不公義而大聲疾呼，因他們啟示了認識神這深刻的真理。他們的話蒙聖靈恩膏，為要喚醒人心歸回聖潔並熱愛耶穌。

禱告良辰

天父啊，讓我清楚地認識這些屬神的弟兄姊妹，即祢正在使用，要成為我們今日世界的先知職事者。恩膏他們的靈，喚醒他們的心歸向聖潔，並熱愛祢的兒子。使我們留心他們的話，不致錯失他們所帶來出自祢靈的啟示。

神使用這類先知性的發言人，如同祂使用施洗約翰一般，為要扎痛信徒的良心，直到完全的復興來到。

「我們也信，所以也說話。自己知道那叫主耶穌復活
的，也必叫我們與耶穌一同復活，並且叫我們與你們
一同站在祂面前。」 （哥林多後書四章13～14節）

有人曾經問過這樣耐人尋味的問題：「神住在哪裡呢？」一位極
富機智的人答道：「任何祂想要住的地方！」這的確是個好答
案。當所羅門獻上第一聖殿時，他說：「天和天上的天尚且不足
祢居住的，何況我所建的這殿呢？」（列王紀上八章27節）。因
此，到底神住在哪裡呢？哪裡有祂的同在呢？首先，祂就住在
天上，就在那無與倫比的光之中。第二，祂是全在的，無一處沒
有祂的同在。第三，祂屈尊地住在祂的「殿」中。在舊約中，那
殿首先是會幕，後來是耶路撒冷的聖殿。在新約中，則是指教會
——基督共同的身體，以及在基督裡的每個信徒。第四，祂和
祂的話原為一，因此祂就在聖經中。第五，祂就在教會的聖禮
中。最後，藉著祂「明顯的同在」，偶爾也「造訪」特定的人和
地。換言之，神「降臨」並與自然界接觸。

禱告良辰

天父啊，祢已用許多方式向我們啟示祢自己。祢選擇住在
我們中間，透過祢的話和教會來啟示祢自己。我渴望有祢
住在我生命中，有祢的「降臨」特地造訪我的生命。

我們蒙召，是要珍惜並尊重神同在的每個層面。

「我們不是向你們再舉薦自己，乃是叫你們因我們有可誇之處，好對那憑外貌不憑內心誇口的人，有言可答。我們若果顛狂，是為神；若果謹守，是為你們。」　　　　　　　　（哥林多後書五章12～13節）

保羅挑戰某些人的想法，他們注視著外在的事物，沒有正確地辨明即將來到之某事件的核心。這事件到底是什麼呢？下面一節經文就告訴我們了。保羅揭示這爭議是圍繞著兩種不同生命的普遍狀態，是他和其他信徒時而會經歷到的。他稱第一種類型為「顛狂」（beside ourselves）。在新約中，惟一用到這希臘文的另一處經文，是拿撒勒人指控耶穌顛狂了。英文的ecstatic（狂喜），是源自一個意指「忘我」（being outside oneself）的拉丁文。保羅似乎在指涉正統上所認為的狂喜屬靈經驗和現象。他勸勉哥林多信徒，不要因這真正神聖的活動看似並不「高貴」，或甚至並不總是合乎理性而絆跌。他反而挑戰他們要進入榮耀——即極大的喜樂——使這樣的造訪發生在他們中間，在他們心中釋放對神更大的熱情。在信徒身上可見的喜樂，可能是對福音最好的宣傳。

禱告良辰

聖靈啊，藉著祢所選擇的任何方式，向我啟示祢自己。使我願意因著祢同在的喜樂而「顛狂」。在我心中釋放更大的能力和對基督的熱情，並讓人看見祢的愛在我生命中。

　　　　　　我們要以喜樂的心來服事主。

第*351*天 　　　＿＿月＿＿日

> 「耶穌所行的事還有許多，若是一一地都寫出來，我
> 想，所寫的書就是世界也容不下了。」
>
> （約翰福音廿一章25節）

聖經並未記載一切可能是屬神或正當的超自然活動和經歷，無論是已經發生過，或終必發生在世人和列國當中的。聖經所記載的，乃是神的作為和正當的超自然經歷的範例，是屬於較廣的範疇，也是聖靈工作型態的代表。這就是約翰福音廿一章25節所教導的觀念；他說耶穌所行一切奇妙的事，若是一一記載下來，世界所有的書都容不下。聖經無一處教導神一定只會做祂曾經做過的事。事實上，聖經有許多先知預言，都述及神所行的事是祂從未做過的。我們有位朋友曾經說到：「你們要知道，神有這樣的問題——祂認為祂是神！」的確，祂是神，而且祂可以做祂想做的任何事情。

禱告良辰

除去我有限之人類思想的障礙，使我理解祢向子民啟示祢自己的許多方式。幫助我了解，祢能做祢想做的任何事情——並且在我裡面，做祢想做的任何事。

神總是，而且永遠可以自由地去做前所未有的事，而這與聖經所啟示、有關祂的屬性是一致的。

__月__日　　　　　第*352*天

「我又告訴你們，你們祈求，就給你們；尋找，就尋
見；叩門，就給你們開門。因為，凡祈求的，就得
著；尋找的，就尋見；叩門的，就給他開門。你們中
間作父親的，誰有兒子求餅，反給他石頭呢？求魚，
反拿蛇當魚給他呢？求雞蛋，反給他蠍子呢？你們雖
然不好，尚且知道拿好東西給兒女；何況天父，豈不
更將聖靈給求祂的人嗎？」

（路加福音十一章9～13節）

在這段經文中，耶穌既是邀請，也是挑戰祂的門徒要以一種明
確的方式，為一個明確的東西來禱告。這裡翻譯出來的動詞
「祈求」、「尋找」、「叩門」，在原文裡是進行式，因此這
些用語具有一種含意，亦即所渴望得著的祝福，必須反覆地以
行動和毅力來追求。神希望我們能真正地渴望所想要的事，而
非被動或漠不關心。任何暫時性的拒絕，只是為了加深對所遭
拒事物的渴望。祂也啟示我們，祈求得著祂國度中的好東西，
總括來說，就是要祈求祂釋出聖靈的職事。神是慷慨富有的天
父，祂真的想要將聖靈的職事賜給我們，但祂也希望我們能迫
切地渴望聖靈將祂的恩賜、果子、智慧降在我們身上。

禱告良辰

天父啊，感謝祢，因我得以勇敢且有信心地進到祢面
前。教導我以明確的方式來就近祢，將我最深的渴望
陳明在祢面前。求祢透過祢的靈來幫助我。

我們應該有信心且勇敢地祈求祂的同在和目的，知道屆時必要
成就──只要我們不軟弱，不疑惑。

＿月＿日　　　第*353*天

「祢必將生命的道路指示我。在祢面前有滿足的喜樂；
在祢右手中有永遠的福樂。」　　　（詩篇十六篇11節）

有些人似乎較容易被外顯的事件所感動。有些人似乎較不會感情
用事。還有些人有各種類型的障礙物，阻攔了聖靈的水流進入和
流經他們的生命。要誠實地將可能成為障礙物的重擔，以禱告帶
到主前，並相信如果還有任何障礙物，祂也會顯明出來。對神而
言，這是個能輕易蒙應允的禱告！一旦你如此做了，就不要因那
個問題想太多——也許你不會經歷很多外在的彰顯或現象，但
這並不意味你並未從聖靈有所領受。許多信徒提及，就在「沉
浸」於神的同在之後，才有許多聖靈的果子和能力透過他們的生
命釋放出來，但當時在那更新的環境中，根本看不出來他們有被
聖靈充滿。我們所必須專注或注意的，並非屬靈更新的外在影
響，而是靈裡內在的變化，為的是長成耶穌的樣式。

禱告良辰

親愛的聖靈，除去那些障礙物，因為它們阻攔祢同
在的水流進入我的生命中。容我「沉浸於祢的同在
中」，藉著祢的職事使我更新而變化，在我一切所行
的路上，愈來愈有基督的樣式。

誠實地將可能成為障礙物的重擔，以禱告帶到主前，
並相信如果還有任何障礙物，祂也會顯明出來。

第354天　　　＿月＿日

> 「聖靈所結的果子，就是仁愛、喜樂、和平、忍耐、
> 恩慈、良善、信實、溫柔、節制。這樣的事沒有律法
> 禁止。」
> 　　　　　　　　　　　（加拉太書五章22～23節）

當我們容許聖靈使我們外展，對人進行個別的服事時，亟需思想的是聖靈果子的各種層面。今天的靈修和接下來八天的每日靈修課程，我們要來思想每種聖靈的果子，要如何應用在被聖靈充滿的個人禱告職事中。

仁愛。仁愛可視為是總括性的特質，聖靈果子的其他層面皆源自於此。其實，聖靈的果子就是耶穌基督的性情在信徒的裡面，並藉著他們彰顯出來。當我們為別人禱告，必須視自己為僕人，而非英雄。當我們為別人禱告，應該意識到這是他們的時刻，而不是我們的。仁愛的靈會使其成為思考的重點。

禱告良辰

天父啊，我知道愛必須啟動、流經、浸透我整個生命。賜給我仁愛的靈，就像祢所有的一樣。

　　　　僕人的靈是真愛最顯著的記號。

___月___日　　　第*355*天

> 「又對他們說:『你們去吃肥美的,喝甘甜的,有
> 不能預備的就分給他,因為今日是我們主的聖日。
> 你們不要憂愁,因靠耶和華而得的喜樂是你們的力
> 量。』」
>
> （尼希米記八章10節）

喜樂。我們需要帶著喜樂的認知來為別人禱告,因這是神所賜
給我們的特權。即使你的情緒並不高昂,你仍需要汲取就在你
裡面的樂河的水。你藉著默想並專注於以下的事實,就可以喜
樂起來,即你是一個基督徒、是聖靈的殿、罪已被赦免、被預
定要上天堂、合乎主用、承接許多的祝福……等等。換言之,
試著退後一步,了解整個情況,即你在基督裡的身分,以及祂
的本相。之後,我們就能夠將個人的壓力暫時拋在腦後,專注
於我們面前這個人的需要。若你仍無法引出這樣的喜樂,就向
主坦承你的軟弱,並求祂在那景況中,施恩補足一切,而且事
後再為此禱告。

禱告良辰

親愛的聖靈,我要得著祢的喜樂。用難以理解的喜樂
滿溢我的靈魂,將那喜樂從我的生命流出去給別人。

致力地讓祂的喜樂從你的眼神和你的表情傳達出來。

第*356*天　　　＿月＿日

「我留下平安給你們；我將我的平安賜給你們。我所賜的，不像世人所賜的。你們心裡不要憂愁，也不要膽怯。」　　　　　　　　（約翰福音十四章27節）

和平。我們已被賜予權柄，得以奉耶穌的名，將和平的祝福分給別人。我們應該致力地帶領別人進入與神、與他們自己、與人和好的經驗中。我們應該致力地以和平的靈來接近他們——有一顆安息在神裡面的心，知道祂能夠藉著我們來動工，即使我們是軟弱的。

禱告良辰

親愛的聖靈，祢的和平使我得以安息在祢裡面，並將我的生命交託給祢。容許我的生命將祢的和平帶進這迷失、混亂的世界中。

我們應該致力地帶領別人進入與神、與他們自己、與人和好的經驗中。

__月__日　　　第*357*天

「公義的果效必是平安；公義的效驗必是平穩，直到
永遠。」　　　　　　　　　　（以賽亞書卅二章17節）

忍耐。我們需要放慢腳步，不慌不忙地為別人禱告。聖靈不喜
歡被催促——祂喜歡作帶領的工作。通常，祂是不慌不忙地彰
顯祂的能力。在安靜的靈魂裡，我們會對聖靈的影響力有更好
的領受，而那影響力是在我們的心靈、意念、情感、身體上
的。要除去惡者頑強的營壘，「浸透」的禱告常是極為必須
的。

禱告良辰

聖靈啊，我何等需要祢的忍耐。讓我明白，當我有信
心且安靜等候祢在我生命中動工時，祢就會改變我，
並賜給我祢同在的力量。

在安靜的靈魂裡，我們會對聖靈的影響力有更好的領受，而那
影響力是在我們的心靈、意念、情感、身體上的。

第*358*天　　　　__月__日

> 「祂又叫我們與基督耶穌一同復活，一同坐在天上，
> 要將祂極豐富的恩典，就是祂在基督耶穌裡向我們所
> 施的恩慈，顯明給後來的世代看。」
>
> （以弗所書二章6～7節）

恩慈。我們常會為一些生命被罪破壞的人禱告。許多人並未接受過社交技能的訓練，而且有一些不可愛的個性。許多人是接受了錯誤的教導，甚至被邪靈所壓制。我們必須振奮起來，仁慈地承受他們的某些不成熟，和藹地面對他們的詭計。我們必須以善勝惡，以恩慈對待那些對我們不友善的人。如此就使主得著尊榮，也給他們最佳的機會，讓他們尋求祂的幫助。

禱告良辰

聖靈啊，求使我成為一個有恩慈的人。讓我將仁愛天父的恩慈表達出來。幫助我以屬靈恩慈的回應，勝過我四圍和在我裡面的惡。

我們必須以善勝惡，以恩慈對待那些對我們不友善的人。

＿月＿日　　　第*359*天

「正因這緣故，你們要分外地殷勤；有了信心，又要加上
德行；有了德行，又要加上知識；有了知識，又要加上節
制；有了節制，又要加上忍耐；有了忍耐，又要加上虔
敬；有了虔敬，又要加上愛弟兄的心；有了愛弟兄的心，
又要加上愛眾人的心。」　　　（彼得後書一章5～7節）

良善。我們需要真正地關心別人的需要，因此，在為他們禱告之
後，緊接著應該致力於甘願以實際的方式表達關心。我們自己或許
沒有資源，但也許我們所認識的人有，就可以將他們轉介過去。我
們必須致力於打破在人生命中不公平的惡性循環，而非助紂為虐，
特別我們是以服事主的名義在關心人。還有，我們絕不可利用別人
所給予我們的神聖信任，因他們容許我們為他們禱告時，他們是極
為脆弱的。在基督教的歷史中，在服事的偽裝之下，脆弱的人曾遭
受許多邪惡的事。讓我們確定自己不要列在這張罪狀裡。

禱告良辰

天父啊，在我們現今的世界中，有許多不公平的事。
幫助我表達祢的良善，並謹慎處理祢交給我的神聖信
任；藉著祢的良善，帶領別人來接受祢愛子的救恩。

我們必須致力於打破在人生命中不公平的惡性循環，
而非助紂為虐，特別我們是以服事主的名義在關心人。

第360天　　　＿月＿日

「殷勤不可懶惰。要心裡火熱，常常服事主。在指望
中要喜樂，在患難中要忍耐，禱告要恆切。聖徒缺乏
要幫補；客要一味地款待。」

（羅馬書十二章11～13節）

信實。我們必須參與個人禱告的服事，知道這方面是需要毅力
的。我們常不只一次地需要為同一個人，同一個需求禱告。我
們必須不因外表的失敗而害怕，也需要謹記這真理：若我們在
小事上忠心，神就會交給我們更多的服事。當我們學以致用
時，聖靈加在我們身上的恩膏會更加強大。在你的餘生中，委
身於為數百人禱告吧，看神如何動工。

禱告良辰

親愛的天父，最重要的是，我希望被看為是對祢忠心
的人。讓我忠心地在祢面前為其他靈魂代求。

在你的餘生中，委身於為數百人禱告吧，看神如何動工。

＿月＿日　　第*361*天

「你們不要以外面的辮頭髮，戴金飾，穿美衣為妝飾，只要以裡面存著長久溫柔、安靜的心為妝飾；這在神面前是極寶貴的。」

（彼得前書三章3～4節）

溫柔（柔和）。我們需要帶著新鮮的認知，來為別人禱告，亦即我們沒有他們要的答案，但我們認識擁有答案的那一位。這使我們不至於自以為是和說出陳腔濫調。我們的動作，身體上和言語上的，都需要溫柔，而非魯莽或粗暴。若我們可以使他們感到自在，讓他們知道在我們面前是安全的，那麼他們就更能夠從主有所領受。

禱告良辰

親愛的天父，賜給我溫柔的靈。將祢溫柔的膏油澆灌在我的靈裡，使我靠著溫柔的靈，謹慎且不斷地讓溫柔的膏油流進別人的生命中。

我們的動作，身體上和言語上的，都需要溫柔，而非魯莽或粗暴。

第362天　　　＿月＿日

「你該知道，末世必有危險的日子來到。因為那時人要專顧自己、貪愛錢財、自誇、狂傲、謗讟、違背父母、忘恩負義、心不聖潔、無親情、不解怨、好說讒言、不能自約、性情凶暴、不愛良善、賣主賣友、任意妄為、自高自大、愛宴樂、不愛神，有敬虔的外貌，卻背了敬虔的實意；這等人你要躲開。」　　　（提摩太後書三章1～5節）

節制。我們鼓勵信徒，在他們為別人禱告時，要在情感和身體上「調低頻率」。若你在那時刻，外在明顯地已受到影響，而且出現無法掌控的聖靈充滿的經歷，那麼就試著保持接收的模式，直等到你可以冷靜下來，再進入給予的模式。我們必須認清自己若違反這個原則，就會不知不覺地落入操縱他們的危險中，給了他們錯誤的壓力，迫使他們要回應我們。這項通則也有例外的情況。其一是，若有人特別請你為他們禱告，而你仍在這樣的狀態中；另一個可能是，若那人是你的朋友，而你知道他們會接受這樣的經歷。也可能還有其他的例外。

禱告良辰

天父啊，在我為別人代求時，幫助我要「調低頻率」，使我進到祢面前，是帶著冷靜、接受的靈，讓祢的靈來引導我為別人禱告。

我們鼓勵信徒，在他們為別人禱告時，要在情感和身體上「調低頻率」。

__月__日　　　　第*363*天

「耶穌便叫一個小孩子來,使他站在他們當中,說:『我實在告訴你們,你們若不回轉,變成小孩子的樣式,斷不得進天國。所以,凡自己謙卑像這小孩子的,他在天國裡就是最大的。』」

(馬太福音十八章2～4節)

在聖靈的職事中,要採取學習者,而非專家的姿態。有些服事在我們這世代中,並非有很多人做過。我們必須持續地像個小孩子一樣,侍立在我們天父、主耶穌、聖靈的面前。我們必須更信靠他們教導和帶領的能力,甚於我們學習和跟隨的能力。所幸的是,他們對我們的委身,強過我們對他們的委身。而這事實真的是我們力量的來源。對於在信徒群體,以及基督身體中各種不同潮流和看法上的差異,要以仁慈、溫柔、忍耐相待。若神是聖靈運行的真正來源,那麼祂的行動必能超越我們的論斷和批評,而護住祂的尊榮。祂會興起可靠的見證人和擁護者。

禱告良辰

天父啊,我有太多要更認識祢之處。即使我生命的每個清醒的日子,都侍立在祢面前,我對於祢的作為、你的愛、祢對我生命的目的,仍有許多要認識的。親愛的天父,讓我成為一個學習者。

如果一件事真的出自於神,那我們不需向任何人證明!

第364天 ＿月＿日

> 「我親愛的弟兄們，不要看錯了。各樣美善的恩賜和
> 各樣全備的賞賜都是從上頭來的，從眾光之父那裡降
> 下來的；在祂並沒有改變，也沒有轉動的影兒。祂按
> 自己的旨意，用真道生了我們，叫我們在祂所造的萬
> 物中好像初熟的果子。」　　　（雅各書一章16～18節）

讓聖靈有當得的自由，並為聖靈製造足夠的機會，讓祂得以在一些
環境中彰顯祂自己，而那些環境是特別為著領受更新的服事，及伴
隨而來的活動所預備的。當然，不用人的介入，神也會以祂明顯的
同在，自行闖入任何的聚會。要示範並教導適當的約束，也要致力
於對特定的景況和環境保有敏感度。在這特殊的環境中，愛是什麼
模樣，或對愛的要求是什麼呢？為了和睦與合一的緣故，要努力地
順服帶有權柄的人。因為人深怕會錯過神，又怕會被欺騙，所以在
更新的過程中，難免會在分辨的事上出錯。若信徒不認同領袖已經
給予或正在下達的方向，就要鼓勵他們私下向領袖們陳情。

禱告良辰

天父啊，讓我在所有的工作和服事和我生活的每個部分，
都能準確、謹慎地分辨祢正在行的事，以及祢所要我向人
顯明的。別讓我「錯過」祢的啟示，或讓別人被欺騙了。

因為人深怕會錯過神，又怕會被欺騙，所以在更新的過程中，
難免會在分辨的事上出錯。

___月___日　　　第 *365* 天

「我兒，你若領受我的言語，存記我的命令，側耳聽智
慧，專心求聰明，呼求明哲，揚聲求聰明，尋找它，如
尋找銀子，搜求它，如搜求隱藏的珍寶，你就明白敬畏
耶和華，得以認識神。」　　　　　　　（箴言二章1～5節）

要查考聖經，並尋找新的洞見，認識神對待祂子民的方式。研究復
興的歷史。拜後見之明所賜，我們更容易察覺其中的智慧和錯誤。
要鼓勵人們不論是否親身而明顯地被聖靈觸摸過，都要因為神如今
正造訪祂的整體教會而喜樂。讓我們的思想不要那麼地個人主義。
但願我們都信靠主會在任何造訪中，賜給我們個人的那一份，也為
著祂在別人生命中的作為感到快樂。這樣的態度會將我們置於最佳
的景況，使我們能夠領受神確實要賜給我們個人的事。

禱告良辰

天父啊，我為著祢在我生命中正在做的一切事而感謝祢。
我一生都要來尋求祢的話，與祢的同在，為要得著從祢而
來的新啟示。我要全然致力於祢對我的命定。我希望被算
為配得向人彰顯祢奇妙的愛。主啊，我屬乎祢。請照祢所
選擇的任何方式來使用我——從今時直到永遠。

要鼓勵人們：不論他們是否親身而明顯地被聖靈觸摸過，
都要因為神如今正造訪祂的整體教會而喜樂。

成為合神心意的人

After God's Own Heart

● ES063　● 畢邁可（Mike Bickle）著

為何在聖經中，惟獨大衛被稱為「合神心意的人」？

他可以，你也可以！

為耶穌重燃愛火

Passion for Jesus

● ES043-1　● 畢邁可（Mike Bickle）著

認識神對你的看法，是熱愛神的一個途徑。問題是：

你想要多麼親近神？你想要多麼熱愛耶穌？

愛神的喜樂

The Pleasures of Loving God

● ES048　● 畢邁可（Mike Bickle）著

你是神的愛人，祂邀請你──基督的新婦進入與神深

刻的親密關係。

先知訓練學校（暫譯，2010年10月出版）

Growing in The Prophetic

● EG019　● 畢邁可（Mike Bickle）著

本書提供對於異夢、異象、屬靈恩賜之實用且符合聖

經的指南。

IHOP 相關推薦書籍

先知性敬拜者
Prophetic Worshiper
● EA021 ● 帕布羅‧培瑞茲（Pablo Pérez）著

聽IHOP深具恩膏的敬拜主領帕布羅‧培瑞茲在《先知性敬拜者》分享生命，你的敬拜也能令人聽見天堂的音樂！

永不放棄的禱告
Unrelenting Prayer
● EP077 ● 蘇鮑伯（Bob Sorge）著

挑旺你火熱地禱告，以新婦愛主的心，建立24/7不止息的禱告敬拜生活！

與主翱翔天際
The Happy Intercessor
● EP079 ● 百妮‧強生（Beni Johnson）著

成為一個快樂的代禱者，是你辦得到的事。你可以為家庭、職場、社區、國家和世界帶來改變。

興起！主的守望者
The Lost Art of Intercession
● ER060 ● 吉姆‧歌珥（James W. Goll）著

重新恢復這個世代的代禱者能力與熱情，讓你的心為神著火！

欲知更多優質好書，歡迎上以琳網路書房 www.elimbookstore.com.tw

什麼是IHOP-KC宣教基地？

IHOP-KC是堪薩斯市國際禱告殿（International House Of Prayer-Kansas City）的簡稱。它是國際性的宣教組織，委身於**禱告**（代禱、敬拜、醫治、先知性預言……等）、**禁食**（橫跨一年三百六十五天），以及**大使命**（以權能向萬國宣揚耶穌，藉此建立祂在地上的**公義**）。我們的工作包含裝備和差派宣教士，成為獻身的代禱者和有恩膏的使者，為要看見教會復興和失喪者當中有大收割而擺上。

IHOP-KC宣教異象宣言

要呼召、訓練和動員行事有先鋒者精神的**敬拜代禱者**，成為末世先知性的使者。在堪薩斯市建立廿四小時全天候的禱告室，作為常設的嚴肅會，秉持大衛帳幕的精神，用集體的聚集禁食禱告來「維護聖所」，並以此為神建立公義（從完全的復興到大收割）的**主要方式**。當神應允堪薩斯市經歷祂大能的突破**之後**，便差派團隊在列國分植禱告殿。因著禁食的生活方式，這種先鋒者的精神得以在神的恩典中運行（參考馬太福音第六章），預備他人靠著宣揚耶穌身為新郎、大君王和審判官的榮美而全心地活在愛裡。

在週末蒞臨IHOP-KC

遇見神崇拜：IHOP-KC的週末——我們禱告IHOP-KC的週末聚會能有更新、決志，是令人耳目一新的，也能進行分賜和裝備。在**週五晚上**，畢邁可會教導的主題是與神親密；**週六晚上**，他會教導的主題是關於末世的。週日，可以參加IHOP-KC同工的敬拜和教導。現場有照顧孩子的服務。週六會有**為期一天的座談會**。

詳情請參閱網站www.IHOP.org，網路上提供訪客住宿，
以及加入我們同工或成為實習生、參與聖經學校的資訊。

歡迎上網蒞臨IHOP-KC

國際禱告殿宣教基地網站www.IHOP.org，其設計的本意就是要讓人易於瀏覽。我們已將以下的社群所包括的部門，都結合在同一個網站了：

· 國際禱告殿（IHOP）
· 惟一渴慕（Onething）
· 兒童裝備中心（Children's Equipping Center）
· 先鋒事工學校（Forerunner School of Ministry）
· 先鋒音樂學院（Forerunner Music Academy）
· 約瑟團隊（Joseph Company）
· 活動與特會（Events & Conferences）
· 實習與訓練課程（Internships & Training Programs）
· 俄梅戛課程（Omega Course）

以上資訊都在我們好記的網址：www.IHOP.org 。不論你的興趣是在國際禱告殿、接收使命基地的泡播（Podcast）、瀏覽書店、觀看現場網路直播，或是註冊先鋒學校事工的網路課程，這個網站都將提供你所需要的資訊，也會帶給你許多餵養心靈的契機。藉著登入的功能，你將接觸到國際禱告殿更廣泛的資料，而我們期待我們的網站在未來數年間，能成為不斷提供資源的地方。網站的一些特色包括：

· 泡播
· 討論區
· 信息和教導的筆記
· 實習申請
· 網路書店

· MP3下載
· 免費訂閱的網路播放節目
· 線上學校的遠距學習
· 禱告室部落格
· 還有更多！

請儘快上www.IHOP.org來拜訪我們！

IHOP實習計畫

IHOP提供各個年齡層的人士為期三個月和六個月的實習計畫。每個實習的內容基本上是相同的，包含出席禱告會、教室指導，實際參與服事的體驗、社群團契和研讀聖經。實習生要定期參與禱告會——一週參加十五到廿五個小時——進入禱告室，其中包括參與敬拜團、為復興代禱、個人靈修時間、研讀神的話語。教育和指導涵蓋了廣泛的主題，包括基督教基礎、禱告、敬拜、與神親密、神國度的新婦典範、先知性和醫治的服事、服事窮人和多種主題。

IHOP入門（Intro to IHOP）：你若想要學習體驗IHOP的種種內涵——禱告、敬拜、親密關係，不拘你是已婚或單身的各年齡層人士，皆可參與IHOP入門為期三個月的實習計畫。

西面團隊（Simeon Company）：是三個月的訓練計畫，適合參加對象為：五十歲以上，拒絕退休，渴望透過禱告、禁食和敬拜激進地服事耶穌的人。

Onething實習計畫（Onething Internship）是六個月日間的實習計畫，適合對象為十八歲到廿五歲，擔任歌手、樂手、代禱者或傳福音者的年輕人。這個計畫包括提供住宿和一週十八餐。

火熱之夜（Fire in the Night）是三個月夜間的實習計畫，適合對象為十八歲到三十歲，想要整夜、或從子夜到早上六點通宵敬拜服事神的人。這個計畫包括提供住宿和一週十八餐。

夏令青少年實習計畫（Summer Teen Internship）是為期三週的夏日計畫，為要裝備青少年懂得先知性敬拜、代禱、與耶穌親密。IHOP-KC的家庭會提供住宿。

詳情請參閱網站www.IHOP.org

先鋒事工學校

透過晝夜禱告，重新發現神學教育

四種培訓計畫： ·使徒式講道培訓計畫，四年制；

·敬拜禱告培訓計畫，四年制；

·醫治和先知預言培訓計畫，兩年制；

·研經培訓計畫，四年制。

一個學院： ·先鋒音樂學院（請參考下方資訊），三年制。

三間機構： ·約瑟團隊（Joseph Company）

·使徒使命機構（Apostolic Mission Institute）

·佈道家機構（Evangelist Institute）

CTEE： ·線上學校（eSchool）：提供影音視聽課程教材

先鋒音樂學院（FMA，Forerunner Music Academy）

FMA是全時間的音樂學校，要訓練能在先知性恩膏中運作、技巧精湛的樂手和歌手。在IHOP晝夜禱告敬拜的情境下，FMA提供優質音樂訓練的綜合課程。大衛王明白先知性音樂和歌曲會釋放出神的大能。所以，他雇用了四千名全時間的樂手和數百位先知性歌者；他們唱出為錫安的呼求，晝夜地注視著神。這是他們生命中最主要的職責。他們受僱於大衛帳幕，其中結合了永不間斷的敬拜代禱，一天廿四小時、一週七天地持續下去。

連絡我們：

地址：12444 Grandview Road, Grandview, Missouri 64030

電話：816.763.0243　傳真：816.763.0439

E-mail：FSM@ihop.org　網址：www.IHOP.org

靈修叢書ES101

365愛慕神手札

原　　　著／畢邁可
譯　　　者／林恂惠
編　　　輯／李明夏、張珮幸、陳靜怡
特約編輯／徐成德
封面設計／果實文化設計工作室
發 行 人／章啓明
出 版 者／財團法人基督教以琳書房
地　　　址／臺北市10686忠孝東路四段210號B1
網　　　址／www.elimbookstore.com.tw
電　　　話／（02）2777-2560 分機151、152
郵政劃撥／0586363-4 財團法人基督教以琳書房
登 記 證／局版臺業字第2854號
版權所有・請勿翻印
出版日期／2010年8月一版一刷
再版年份／20 19 18 17 16 15 14 13 12 11 10
再版刷次／17 16 15 14 13 12 11 10 09 08 07 06 05 04 03 02 01

本書如有缺頁、破損、裝訂錯誤，請寄回本書房更換。
ISBN 978-986-6259-13-5（精裝）

國家圖書館出版品預行編目資料

365愛慕神手札 / 畢邁可（Mike Bickle）著；
林怡惠譯. --一版. --臺北市：以琳，2010.08
　　　面：　公分. --（靈修叢書：ES101）
譯自：Loving God
ISBN　978-986-6259-13-5（精裝）

1. 基督徒　2. 靈修　3. 上帝

244.93　　　　　　　　　　　　　　　99014022